探索与欣赏：唐诗宋词研究

马莉 姚俊丽 著

中国商业出版社

图书在版编目（CIP）数据

探索与欣赏：唐诗宋词研究 / 马莉，姚俊丽著．--
北京：中国商业出版社，2020.7
ISBN 978-7-5208-1185-9

Ⅰ．①探… Ⅱ．①马… ②姚… Ⅲ．①唐诗－诗歌研究②宋词－诗词研究 Ⅳ．① I207.2

中国版本图书馆 CIP 数据核字（2020）第 114587 号

责任编辑：刘加莹　武维胜

中国商业出版社出版发行
010—63180647　www.c-cbook.com
（100053　北京广安门内报国寺 1 号）
新华书店经销
北京亚吉飞数码科技有限公司印刷
*　*　*　*　*
787 毫米 ×1092 毫米　16 开　14 印张　251 千字
2021 年 3 月第 1 版　2021 年 3 月第 1 次印刷
定价：82.00 元
*　*　*　*

前 言

党的十九大报告明确指出:“深入挖掘中华优秀传统文化蕴含的思想观念、人文精神、道德规范,结合时代要求继承创新,让中华文化展现出永久魅力和时代风采。”所谓“深入挖掘”,即要拒绝将传统文化符号化、庸俗化,而是要从理论上坚持中华传统文化的时代意义与思想精髓,并将这种思想在中国古代文学研究中得以贯彻,对中国古代文学的命题与概念进行准确阐释,进而挖掘其中丰富的价值与内涵。唐诗宋词是中国古代文学乃至中华传统文化中最富有情感与美感的作品,理应成为弘扬中华传统文化的先锋力量。

文字是传达情感与思维的符号,不同文字组成的文学作品折射出不同的民族特质。就这一角度而言,唐诗宋词作为汉字艺术作品的巅峰之作,正是我们这个民族灵魂深处某种共同的节律。对这一民族心灵节律的传唱,是为了贴近我们灵魂深处那种特有的文化震撼,是一种发自内心的寻根。

唐诗是基本而古老的文学样式之一,在我国古典诗歌发展中,唐代达到了鼎盛时期,代表着我国诗歌艺术的最高成就。唐代诗人众多,他们对文字进行精练,创造了题材丰富、类型多样、情感充沛的诗词作品。宋词是词文学的高峰,它产生于唐末,在五代时期自由发展,而到了宋代达到了高潮。从最初的模仿到逐渐创新,从最初的以小令为主到小令长调并行,从以旧声为主到后来的改造旧声、创造新声,从以言情为主到后来的言情言志并存,从开始依赖曲调到不受曲调约束或者不论曲调,逐渐成为纯粹的文学作品,最终宋词也达到了顶峰。基于此,特策划并撰写了《探索与欣赏:唐诗宋词研究》一书。

本书分上下两篇,共包含九章。上篇对唐诗进行研究。第一章为总括,对唐诗的文化环境、总体状况和美学特征等进行了研究。第二章至第六章以时间发展为顺序,分别研究了初唐、盛唐、中唐、晚唐、五代五个历史阶段的诗歌特色。下篇对宋词进行研究。其中,第七章对宋词的总体状况进行分析,包括宋词形成的文化背景、发展状况与艺术审美特征。第八章和第九章分北宋、南宋两个时期，对各个时期的宋词创作情况进行了研究。

总体来说，本书以历史发展为顺序，对唐诗、宋词进行了细致的梳理和分析，重点探讨了各自的审美特点，尤其是从文化意蕴的层面对唐诗、宋词的美进行了阐释，给人耳目一新的感觉。全书以充沛的人文情怀，深入浅出的文笔，力图循序渐进地引导读者踏入唐诗、宋词的殿堂，让他们领略唐诗、宋词丰富的情感世界，感受唐诗、宋词的无限魅力。全书思想活泼，观点新颖，脉络清晰，语言优美流畅，适于读者阅读。

本书在撰写过程中参阅了大量有关唐诗宋词研究方面的著作，引用了许多专家和学者的研究成果，在此表示衷心的感谢。由于时间仓促，作者水平有限，书中难免有错误和不当之处，恳请广大读者提出宝贵意见，以便本书今后的修改与完善。

作　者

2020 年 3 月

目 录

上篇 唐诗研究

上篇　唐诗研究

第一章　唐诗：积新而盛，百花齐放

中国古典诗歌发展到了唐朝，达到了它的最高峰。唐诗继承了前代诗歌的优良传统，据清朝时所编的《全唐诗》统计，唐诗的作者有 2800 多人，诗歌 49000 余首。唐诗流派众多，风格多样，体裁完备，作品反映了社会生活的各个方面，达到了前所未有的深度和广度。

当然，唐诗的繁荣与当时开放的文化环境、社会经济发展密切相关。公元 618 年，李渊即帝位于长安，改国号为唐，并于武德七年（624）统一了全国。唐代成为我国历史上政治军事强大、文化经济繁荣的一个朝代。魏晋南北朝是文学自觉的时代，文学的艺术特质得到了充分的发展，文学创作积累了丰富的经验，为唐代文学的繁荣提供了良好的艺术土壤。唐人的贡献，就是在魏晋南北朝文学的基础上，合南北文学之长，创造了唐代辉煌的文学。强大的国力、兼收并蓄的文化精神与丰厚的文化积累，为唐诗的繁荣准备了充足的条件。

第一节　开放的文化环境与唐代文学的繁荣

一、唐代文化环境的开放

唐朝的立国者，对外来文化采取兼容的政策，去华夷之防，容纳外来的思想与文化。唐太宗说过："自古皆贵中华，贱夷狄，朕独爱之如一。"（《资治通鉴》）唐太宗这种一视华夷的思想，为他的后继者所继承，直到唐玄宗时期，李华还说："国朝一家天下，华夷如一。"（李华《寿州刺史厅壁记》）从国家政权到生活方式，都体现了这种华夷如一的思想。

唐代经济发达，国力强盛，对待各民族以宽松怀柔的和平政策为主，对于屡次骚扰边境的强敌，也坚决出兵反击，维护边境的稳定和发展。对于归附唐王朝的各民族，唐朝政府表现出宽容的大国风范，把大批归降的边地少数民族人口移入内地，在其聚居地设立羁縻州府，行政长官都督刺史由朝廷任命当地少数民族首领担任，允许世袭，州府实施内部自治，赋税不入国库，只要名义上向唐朝称臣纳贡就可以。这种以部落置州县的羁縻制度是唐朝的创造，取得了良好的效果。唐王朝先后在沿边设立羁縻州府857个，大大超过内地所置328个州府。唐在边地设六个都护府，统辖羁縻州府，对少数民族实行有力的领导。在经济方面，唐朝给予减免贡赋、开设互市等优惠的政策，促进了民族地区的发展。唐王朝派公主与边疆各族的上层人士进行联姻，进一步促进少数民族与中原地区的文化交流。

在如此开明的民族政策之下，各民族平等发展，大量少数民族来到长安，带来了文化的互动。服饰上，汉族学习少数民族，“穿胡服”“戴胡帽”是当时流行的装扮，由西域少数民族日常生活所戴的帽子——幕篱发展而来的帷帽，成为唐代妇女喜爱的装饰帽。同时，少数民族的发型妆容也受到欢迎。生活上，民族融合使饮食习惯更加丰富多彩，胡饼、葡萄酒等受到各阶层人民的欢迎，少数民族的帐篷成为贵族的时尚。当然，汉族的衣食住行与思想文化也深刻影响了各少数民族，尤其是思维观念方面，以儒学为核心的唐文化代表了当时的先进文化，儒学仁政德治的理念、大一统的思想，以及“天下为公”的社会理想符合各民族的共同愿望，因而受到推崇，在心理层面产生了强大的向心力和亲和力。

在不断融合的过程中，各民族的思想观念对中原文化也产生了重要的影响，例如，男女地位的改变对传统中原社会“男尊女卑”的观念产生了冲击，结果是女性的地位大大提高，开放程度也日渐提高，唐代妇女相对自由，可以在外参加活动，到郊外游玩、听戏、看球。受少数民族婚恋观的影响，唐代女子可以追求自己的爱情，也可以离婚、改嫁。

总之，民族融合的宽松政策使各民族人民和睦相处，文化习俗相互交流影响，中原的先进儒家文化被少数民族所接受，儒学经典得到大范围地传播。唐王朝对少数民族的接纳塑造了平等开放的社会氛围，这些观念促使经学中强调“夷夏之别”等内容的保守思想逐渐发生改变，日益形成融合各民族特点的多元文化，孕育了学术的发展与转化。

唐朝不但对国内各民族敞开胸怀，也对当时与之交往的世界各国实行积极的对外开放政策，促使中外文化广泛交流。

唐太宗即位初期便宣布了对外全面开放的方针，多次派使者王玄策出使天竺（今印度），并且欢迎各国人来唐经商、传教、留学。外国人甚至可以参加唐朝的科举考试，可以入仕做官，也可以娶唐朝女子为妻。唐太宗对于僧人西行求佛法也持支持态度，著名唐僧玄奘从天竺归来时太宗就给予了隆重接待，还支持他翻译佛经。

唐朝设置鸿胪寺、礼宾院和典客署，专门负责涉外事务。政府为来唐使节免费提供饮食、住宿、翻译、医疗等服务，还发放归国路费。到开元年间（713—741），与唐朝交往的有大大小小七十多个国家，大致范围东起今天的日本、朝鲜，南达南亚次大陆，西及中亚、西亚以至地中海沿岸地区，北至蒙古、西伯利亚等地区。来唐的外国人有外交使节、商人、留学生、宗教徒、艺术家等人，这极大地促进了唐朝经济、文化的繁荣。

唐代的文人多与入唐的外国人广泛交往，有些还结下了深厚情谊。唐诗中有很多送别外国友人的内容，如张籍《送新罗使》、皮日休《送圆载上人归日本国》等。这些交往使唐人具有了“国际”视野，乐于接纳新事物和善于汲取改造外来文明成为唐代学术的特点。

在整个唐代时期，受外来文化的影响是非常巨大的，从文学艺术到生活各个层面，都可以看到外来文化的影子。除了大量的移民，商贸往来也十分频繁，西域各个国家、各个民族文化对长安、洛阳等地有着十分深远的影响，尤其是南北丝绸之路的沿线地区。正是由于中外文化的交融，导致出现了开放的风气，这对于一些作家的文学题材、文学风格等产生了非常明显的影响。

唐代的人们对于人生的态度是非常积极、进取的，随着国力的不断增强，一些士人也开拓了新的人生道路。例如，士人进入仕途的方式比之前多了很多，除了应试，还有其他一些方式，如入地方节镇幕府等。寒门人士也有了更多的机会，尤其是一些与广阔社会生活接近的寒门人士，他们开始进入文坛，使文学的圈子不断扩大，开始走向民间，这对于文学的发展影响巨大。

唐代文人多积极入世，安史之乱至晚唐时期，国力渐衰，但是那些积极入世的趋势并未发生根本变化。这种精神在文学中也有明确的反映，那就是文学中有很多昂扬的情调，尤其是在诗歌中。唐人以恢弘的胸怀对待文化，创造了有助于文化发展的宽容环境。

唐朝初年，设立史馆，出于以史为鉴的目的，修《陈书》《梁书》《北齐书》《北周书》《隋书》五史。后来又以太宗御撰的名义修《晋书》，通过私修官审的形式修《南史》与《北史》。八史的修撰为修史提供了丰富的经验，刘知几的《史通》对史学问题进行了广泛的论述和描写，反映了当时人们的一种求实的倾向。这种倾向同步于文学的潮流。显然，初唐的文学逐渐摆脱南朝文风，向着反伪饰的方向发展。

唐代的绘画、书法是非常繁荣的，这也对文学产生了影响。我国的书法，讲究风韵，对于化境也是非常追求的。初唐的书法也出现了很多名家，如虞世南、欧阳询等，可谓是群星齐聚，是我国书法的一大高峰。其中，张旭和怀素的草书更能够彰显唐朝的精神风貌，书法中这种恣意的态度与盛唐诗人李白等的风貌是非常相似的。

在绘画上，也进入了一个新的时期。在唐代以前，多数画家在创作时多追求形似。到了唐代，这种追求形似的审美思想发生了很大变化。无论以李思训为代表的北宗派，还是以王维为鼻祖的南宗派，都程度不同地开始重视“神似”。可以说，“不拘形似”，在形似的前提下强调神似，是唐代画坛的一个重要理论主张。与此相应，唐诗创作在营构情理形神浑然一体的意境时，也非常重视“有神”。因此，可以这样说，由于审美观念的变化，唐代是我国诗画史上第一次达到诗画真正融合的时代，诗画一体也是唐代绘画与诗歌内在关联的一个重要特征，其实，诗中有画，自古皆然，十五国风及楚赋都不乏画意盎然的作品。但唐代以前，绘画因受儒家“助人伦，成教化”的“诗教”影响，作品多以帝王、贤臣为题材，而且一定张贴在庙堂，以示郑重，因此颇乏诗意。而唐代相对宽松的艺术氛围则为画家们提供了较为广阔的创作天地。另外，唐代科举考试的内容之一是命题作诗。其题目或选自“圣人”经典，或取自眼前景物。其中，有一种就是同看一幅画，然后以画意命题，让士子们赋诗。当然，根据画意作诗并不是唐代科举考试中经常性的题目，但是这种措施的影响却是深远的。它无形中令一切应试者们在读诗、作诗之余，还要赏画、懂画，甚至作画。这对于培养唐代诗人对绘画的鉴赏能力和提高绘画艺术的素养，对于融合诗与画的关系，无疑起到了促进作用。绘画对唐诗的影响，从《全唐诗》就可以看出来，《全唐诗》中著录有 189 首咏画、题画诗。许多著名诗人如李白、杜甫、王昌龄、岑参、高适、王维都有题画、咏画诗。唐代的绘画已有了分科，分出了人物画、山水画、花鸟动物画、壁画等。其中，唐代壁画最盛。吴道子一生对壁画贡献至巨，他画在两都寺观墙壁的就有四百余间。

音乐和舞蹈的繁荣，与文学的发展也有着密切的关系。在唐代，燕乐的发展催生了词，燕乐用诗于歌唱，从绝句开始，后来才因调填词。其实，古体诗当时也可用于歌唱。诗与乐，向来关系密切，而这种关系，在唐代更加发展。根据杨曼玮《唐代音乐文化之研究》的统计，《乐府诗集》中 2239 首乐府诗，合乐的占 1754 首。《唐诗记事》所记 1150 诗家中，诗作与音乐有关的，共200家，《全唐文》中有关音乐之作有241篇，《全唐诗》中涉及乐舞的就更多了。这些作品对乐声与舞容的精妙描写，充分说明唐代乐舞的高度繁荣，为唐诗表现领域的拓展带来了十分深刻的影响。

二、唐代文学的繁荣

唐代的文学领域出现了极其繁荣的景象，唐朝诗歌的成就成为我国封建社会诗歌发展史上的黄金时代。在《全唐诗》一书中，就有2800余位诗人所作的49000余首诗歌，其中，如李白、杜甫和白居易等，都是负有世界声誉的大诗人。韩愈和柳宗元等在古文运动的旗帜下所进行的文体、文风的革新，为唐代和后代的文学发展，特别是散文的发展，带来积极的、深远的影响。随着唐代都市的繁荣和适应市民的需要而发展起来的传奇小说，可谓开后代短篇小说之先河。在同样的条件下所产生的文人词，以及为宣传佛教而兴起的变文，都为我国文学开创了新的样式。这些文学样式的发生、发展以及成就和繁荣，既决定于当时具体而复杂的历史条件，也决定于它们各自的传统因素。

（一）唐诗的发展

唐代有着庞大的诗人队伍，并且主导力量也在逐步改变。魏晋南北朝时期，是一个士族社会，诗歌创作主要在两种圈子里产生，一种是宫廷诗人，一种是高级士族。虽然也有一些出身卑微的诗人，但是他们通常是依附于主流圈子而存在的。而唐朝诗歌的作者群体非常庞大，《全唐诗》这一部诗集的作者囊括了帝王、将相、布衣等，甚至还包含一些少数民族诗人，诗歌创作的普及面十分广泛。

南北朝时期的诗歌存在一个明显的缺陷，即与下层的社会是相分离的，并对一些社会矛盾有意回避，所彰显的大多是个人的喜怒哀乐。相比之下，唐代的诗人本身来自社会各个阶层，并且不少是来自社会的中下层，他们对社会各个层面的体验与认识都要比前人深刻得多。当然，受时代的影响，以及唐人的自身经历是非常曲折的，这就使得他们具有参与政治与社会的勇气和信心，因此，唐诗的主题异彩纷呈，风格多样。

诗人对各种社会问题与现象进行思考与观察，诗人不同的人生理想、人生态度都会在他们的诗作中体现出来，这就创造出了丰富多彩的唐诗。

当然，唐诗的艺术风格与流派也是多样化的。诗歌的审美特征在魏晋南北朝时期受到了人们的重视，这是中国文学的一大进步。

一般来说，人们习惯将唐诗划分为四个阶段：初唐阶段、盛唐阶段、中唐阶段以及晚唐阶段，在不同的阶段，都有一些杰出的诗人出现，这些诗人为唐诗的发展起到了非常大的作用。在他们的推动下，诗歌的艺术形式也逐渐完善，这可以从两个方面加以理解。

一方面，自齐梁以来，诗歌格律化的过程逐步加深，直到唐代之后，五言、七言、乐府歌行等各种体裁都有，并且更加趋于完善。

另一方面，唐人更加认识到诗歌是一种美的构造。在初唐的诗论中，有两个概念是常见的，一种是“风骨”，一种是“兴象”，其代表着诗人的审美追求。

（二）唐代散文的成就

唐代文学的繁荣不仅有诗歌，还有散文。唐代散文的发展与诗歌的发展是不同的，散文受政治影响发生了变化。唐朝初年，奏章虽然多采用散体，但是骈体也仍旧占据主要的地位。到了韩愈、柳宗元时期，提出文以明道的主张，将文体文风改革与政治改革联系起来，成为儒学复兴思潮的重要内容，并形成了巨大的声势，散体逐渐将骈体取代，在文坛上崭露头角，这就是“古文运动”的诞生。

正式提出“古文”名称的是韩愈，他把学习秦汉文章传统、奇句单行的散体文称为“古文”，与“时文”即六朝以来流行的骈文相对立。他的主张与创作在当时产生了极大的影响，一时“韩门弟子”甚众。后来，又得到柳宗元的有力支持，古文臻于全盛。从贞元到元和的二三十年间，古文压倒了骈文，成为文坛的主要风尚。

古文运动是安史之乱后，地主阶级知识分子为衰落的唐王朝寻找出路的改革思潮在文体文风问题上的反映，它要用儒家的伦理道德观念匡时救弊，复圣人之权，行先王之道。韩愈、柳宗元在继承先驱者的基础上进行了革新创造，提出了更为明确、更具有现实针对性的古文理论，取得了巨大成就。首先，韩愈、柳宗元明确提出“文以明道”的主张。韩愈一再说自己“修其辞以明其道”（《争臣论》），其主要目的，除了致力于建立儒家道统，便是用“道”来充实文的内容，使文成为参与现实政治的强有力的舆论工具。柳宗元最初“以辅时及物为道”（《答吴武陵论〈非国语〉书》），将全部精力都投入到了更具实效性的政治改革运动中去，改革失败、被贬南荒之后，从而主张以文来明其“道”。他们要明的道，就是他们的社会政治主张。他们的文章多论说世态，干预社会现实，因而使“古文”有了强大的生命力。其次，韩愈、柳宗元重“道”也重“文”，重视文学与生活、创作与作家道德修养的关系。韩愈多次强调：“愈之志在古道，又甚好其言辞。”（《答陈生书》）柳宗元也说：“言而不文则泥，然则文者固不可少耶！”（《答李翊书》）韩愈还发展了孟子的“养气说”，提出了“气盛则言之长短与声之高下者皆宜”的观点（《答李诩书》）。他进一步发展了司马迁的“发愤著书”思想，提出了著名的“不平之鸣”说（《送孟东野序》）。“不平则鸣”为古文运动注入了生机。韩、柳的文章多是悲愤不平之作，有着强烈的感情色彩，是善鸣其不平者的最好表现。

另外，韩愈、柳宗元都主张向前人学习，博采众长，提出了创造新体古文的具体标准。对前人他们主张“师其意不师其辞”（韩愈《答刘正夫书》），提倡创新，努力做到“引笔行墨，快意累累，意尽便止。”（柳宗元《复杜温夫书》）他们大量使用“古文”“文章”之类词语，将经、史、子乃至碑、铭、杂说等一切有韵无韵之文统统包罗在内，并在理论上予以倡导，在写作实践中赋予这些应用文体以文学的特质。正由于韩、柳两人的古文成就了一种全新的艺术风貌，才使他们成为散文史上独标风韵的大家。

韩、柳之后，散体文的写作走向低潮。而较有成就的是杜牧、孙樵、沈亚之等。杜牧重视文章的思想内容，他的许多文章都是有感而发，具有针砭时事的政治内容。他坚持使用散体，笔锋犀利，明白晓畅。他还把散文的笔法、句式引进赋的创作，写出了《阿房宫赋》那样融叙事、抒情、议论于一炉的新体散赋，突破了六朝以来赋作日益骈偶化、声律化的趋势，对赋的发展有重要的影响。孙樵自称为韩愈古文的再传弟子，他是晚唐坚持写作古文的代表作家，他的作品有一定的现实意义，清代将其列入“唐宋十大家”。

在古文运动走向衰落的同时，小品文却异军突起，大放异彩。小品文是随笔、杂感等短小文章的统称，它的特点是深入浅出、夹叙夹议地讲一些道理，或简明生动地叙述一件事情。晚唐小品文的代表作家有皮日休、陆龟蒙、罗隐等。

皮日休与陆龟蒙交往密切，时相唱和，并称皮、陆。他们的小品文分别载于《皮子文薮》和《笠泽丛书》中。这些文章有三个基本特点：一是强烈的现实性。他们的小品文与现实社会生活息息相关，多是针对现实有感而发的。二是大胆的批判精神。皮、陆的小品文深刻地揭露当时社会的种种弊端，大胆地抨击时政，有如匕首和投枪，锋利而切实。三是短小精悍、活泼有力。皮、陆的小品文在形式上大都篇幅短小，但短而不浮，小而不浅，文笔简练，深刻有力。

和皮、陆相比，罗隐的愤激不平更为强烈。《谗书》的历史短评，无论是思想的新颖，还是笔锋的犀利，都超越了此前的同类文章，其中如《英雄之言》《梅先生碑》等在唐末杂文小品中可谓压卷之作。

晚唐散文的创作虽然不及中唐那样波澜壮阔，但是讽刺小品文这种形式随着社会矛盾的尖锐化而得到了更为广泛深入的发展，以其鲜明的时代特征受到后人的喜爱和称赞。

（三）新文体的出现

唐代在魏晋南北朝志怪小说和杂史杂传的基础上，诞生了传奇小说。传奇小说的出现，从文体内部来说，是六朝志怪和杂史杂传演变发展的产物。从社会基础来说，则是现实生活娱乐的需要。传奇小说与六朝小说不同的地方在于：第一，作者有意识地创作；第二，有较为完整的情节结构；第三，塑造了鲜明生动丰满的人物形象。唐传奇题材多样化，富于人生情趣。传奇的兴盛期在中唐，与散文的文体文风改革高潮几乎同步。它也和散体文一样，在晚唐逐渐衰落。唐传奇的出现，标志着我国文言小说的成熟。

佛教在民间广泛传播，布道化俗，出现了俗讲和变文。俗讲往往把经文通俗化、故事化，散文和韵文结合，夹叙夹唱，并配有图画，以加强宣讲效果，吸引听众，争取信徒。俗讲的话本称作变文。由于这种形式生动活泼，深受民众喜爱，因此，变文的内容便从最初讲唱佛经故事的宗教题材，很快发展到包括历史故事、民间传说和当代人物事迹等反映现实生活的丰富题材，成为一种新的文学体裁。变文的说者，后来也不限于僧侣，并且在讲唱的同时辅以表演的形式也流行起来。

由于燕乐的盛行、燕饮歌吹的需要，出现了一种新的诗歌体式——词。这一新文体的出现，主要是因为娱乐的需要。中唐以后，城市经济发展，词也得以迅速兴起，文人加入词作的行列。到了晚唐五代，词在西蜀和南唐达到高度繁荣。西蜀“花间”词人绮靡侧艳，南唐词人拓展了词的境界，开始转向内心缠绵情致的抒写。

唐代文学是我国封建社会上升到高峰，并开始走下坡路时期的产物。从总的风貌看，它更富于理想色彩，更抒情而不是更理性；更外向而不是更内敛。从文学自身的发展来说，它是艺术经验充分积累之后的一次大繁荣；同时，又为文学的进一步发展开拓出新的领域，为下一次的繁荣做了准备。唐诗吸收了它之前诗歌艺术的一切经验而发扬创造，达到了难以企及的高度。

第二节 诗国高潮的形成

唐代是我国封建社会的强盛时期。唐诗代表了我国古典诗歌的最高成就,向来为世界人民所瞩目。唐诗作品多、作家多,正如前文所提到的,《全唐诗》里,唐诗的作者有2800多人,诗歌49000多首,诗歌数量是从西周到南北朝1600年间保存下来的诗歌数量的三倍多,唐诗作者数量是其五倍多。这些诗歌,历代相传的名作有几百篇,为历代文坛公认的著名诗人有几十名,“诗仙”李白、“诗圣”杜甫、通俗诗人白居易为世界公认的大诗人。他们的诗歌,无论是体制的完备,还是技巧的成熟;无论是意境的高远,抑或韵律的精严;无论是揭示生活的深度,还是反映现实的广度,都将中国古代诗歌推向了一个新的高峰。唐诗表现手法丰富多彩,风格多种多样:或以叙事见长,或以抒情取胜;或清水芙蓉,不假雕饰,或锦绣雕栏,精工锤炼;或雄奇奔放,或纤巧幽丽……是我国古代诗歌表现手法与诗歌风格的集大成。古典诗歌中的各种体裁在唐诗中都可以找到大量例证。不仅保留了前代的四言诗、五言古诗的体制,而且还创造了五言、七言律诗、排律、绝句,并使七言歌行体诗有了长足的发展。总之,唐诗的辉煌成就是空前的。这对后代产生了极其深远的影响。唐诗的发展与成熟经历了一个长期的过程。唐诗研究者对唐诗发展的分期有种种划分法,其中,“四唐”划分法最为通行。“四唐”即初唐、盛唐、中唐、晚唐四个时期。这是宋严羽在《沧浪诗话》中提出来的。此后,“四唐”划分法为一般文学史编写者所采用。下面用“四唐”划分法简单分析唐诗的繁荣发展情况。“四唐”划分法在具体年限上依据诗歌本身的发展规律和风格流变做了大致限定。需要指出的是,由于诗人和诗歌中存在着异常复杂的情况,其年限划分只是相对而言。

一、初唐时期(618—712)

初唐时期,最初的近一百年,是我国古典诗歌发展过程中的一个承前启后的阶段,也是唐诗繁荣期到来之前的准备阶段。

初唐诗歌是由齐梁诗歌的靡靡之音向盛唐诗歌的豪爽激昂的过渡。它一方面努力抛开齐梁诗坛宫廷诗歌的陋习,另一方面又暂时无法摆脱齐梁诗风的影响。其中的杰出之作则不受齐梁诗歌轻内容、重形式这种不良倾向的影响，而又能从齐梁以来的声律理论和实践中获得启发，呈现出新的面貌。

初唐早期的诗歌明显带着南朝诗歌的痕迹。贞观之治时期，在诗坛上有影响力的诗人是魏征、李世民和上官仪。魏征的诗多为奉和应制之作，缺乏文采。李世民的诗颇多个人打江山、建功业方面的内容，但形象不够鲜明。上官仪的诗多属宫廷诗，承袭齐梁诗歌风尚，偏重形式，在诗句组合上提出了“六对”“八对”的主张，一时间追随者众多，被称为“上官体”。而同时期的诗人王绩却专以田园隐逸为题材，诗风质朴独特。

初唐四杰（王勃、杨炯、卢照邻、骆宾王）反对宫廷诗歌空虚的内容和呆板的形式，追求浓郁的情思与壮大的气势，给诗坛带来一股清新开阔的春意。在初唐四杰的努力下，诗歌的题材扩大了，内容深化了：从宫廷扩展到市井与塞漠，从歌颂帝王功德、描写生活琐事扩大到表现士子的志向、民生的疾苦和社会的弊端。在形式上，王、杨的五律为律诗的定型起了促进的作用，而卢、骆的七言歌行正奇峰突起，表现出前所未有的风貌。但“四杰”受齐梁诗风的影响也不小，他们的地位和创作还难以在诗坛上产生改变诗风的号召力。稍后的陈子昂在武后时期脱颖而出，他以复古为革新，从理论和实践两个方面不遗余力地抨击齐梁诗风，扫除了浮艳诗风的残余，端正了唐诗发展的方向。与陈子昂同时的诗人沈佺期、宋之问的诗歌除了宫廷诗，还写了反映自己贬谪南方经历的诗篇，是唐代较早以诗描写南国风光习俗的诗人。“沈宋”的重要贡献是在自己的创作实践中使律诗定型化。与初唐四杰、陈子昂同时活跃在诗坛上的还有“文章四友”（杜审言、崔融、李峤、苏味道）和刘希夷、张若虚。“四友”的作品多属宫廷诗范围，其中以杜审言的作品较佳，其五律颇多符合格律规范。而刘希夷和张若虚继卢、骆之后，进一步在诗歌意境的创造方面，为唐诗的发展提供了成功的经验。初唐是唐诗发展的起点、奠基时期，为盛唐诗歌的繁荣进行了理论和创作上的准备。

由上可知，初唐诗人主要有两类：一类以宫廷官员为中心，主要是魏征、李世民、上官仪、“文章四友”、沈佺期、宋之问；一类以中下层文士为中心，主要有“四杰”、陈子昂、刘希夷、张若虚。此外，还有一类是隐士和诗僧，主要是王绩。这三类诗人之中，成就最显著、对后世影响最大的是第二类，其中尤以陈子昂为最重要。

总之，初唐时期的诗歌，就表现领域而言，逐渐从宫廷台阁走向关山塞漠，作者也从宫廷官吏扩大到一般寒士；就情思格调而言，北朝文学的清刚劲健之气与南朝文学的清新明媚相融合，走向既有风骨又开朗明丽的境界；就诗的形式而言，在永明体的基础上，唐人创造了一种既有程式约束又留有广阔创造空间的新体诗——律诗。

二、盛唐时期(713—770)

盛唐时期，继之而来的便是开元、天宝盛世唐诗的全面繁荣。不仅出现了许多著名诗人，而且形成了不同的风格流派。以王维、孟浩然为代表的山水田园诗派和以高适、岑参为代表的边塞诗派，成为盛唐诗坛的两大主要阵营。李白和杜甫代表了盛唐诗歌的最高成就，他们的诗在思想内容和艺术表现方法上都有独特的创造，为唐诗发展开辟了新道路和新境界。此期唐诗骨气端翔，兴象玲珑，无工可见，无迹可求，而含蕴深厚，韵味无穷。

山水田园诗派继承和发扬了谢灵运、陶渊明山水田园诗的传统，在以诗表现自然美方面不仅做到"形似"，而且做到"神似"。其中，王维的成就最为突出，作品被认为"诗中有画"。这一时期，文人士大夫的物质生活优裕，这为他们漫游旅行、欣赏山水提供了条件。社会上佛道思想的流行，佛家的净心明性的思想和道家崇尚自然、返璞归真的追求都对文人隐逸山林，游玩山水的风气产生重要影响。此外，晋宋以来的田园诗、山水诗的创作，也无疑提供了艺术上的借鉴。盛唐山水田园诗派创作上有如下特点：一是描写景物多为青山白云、鸣禽芳草、清风流水，人物多是幽人隐士、野老牧童、挑夫浣女，从中表现出回归自然、向往闲适隐逸的思想；二是多数诗歌偏于恬静淡雅，富于阴柔之美；三是诗体运用上，多五古、五律、五绝等形式。

边塞诗派继承和发扬了刘琨、鲍照边塞、战争诗的传统，多方面地表现"边塞"这个题材，既歌颂杀敌卫边的将士，表现了积极乐观的时代精神，又反映了征夫、思妇对和平生活的渴望，对扩边战争的不满，还描绘了边塞特有的风光，令读者大开眼界。边塞诗的主要艺术特点是格调雄浑豪放、慷慨悲凉，境界阔大、雄奇壮美。盛唐时期，国力强盛，疆域广阔；同时，边事增加、战争频繁。盛唐文人们多热衷从军边塞，为国立功，施展自己的才华和抱负。在这种社会历史背景下，文人边塞生活的机遇和经历大大增加，由此促进了边塞诗创作的繁荣。

李白和杜甫的作品都既有对太平盛世的歌颂，也有对社会弊端的揭露，都表现了忧国忧民的可贵精神，表现了他们强烈的社会责任感。李白"笔落惊风雨，诗成泣鬼神"，以诗全面、深刻、细腻刻画个人的内心世界，赞美祖国的大好河山，达到了出神入化的地步，被誉为"诗仙"。杜甫以诗全方位反映安史之乱前后的社会现实，成为当时社会历史的一面镜子，被誉为“诗圣”,作品被称为“诗史”。李白的诗歌豪放飘逸,杜甫的诗歌沉郁顿挫,各有建树,各成楷模。他们是唐诗史上的“双子星座”。

此外,还有众多的名家足堪称道。例如,“二张”(张说、张九龄)是初盛唐之间的宰相诗人,他们的部分作品内涵丰富,意境清新,饶有韵味,又都担负起了扶持新人、奖掖后辈的责任,被认为是初唐的殿军、盛唐的先导。其中,张九龄诗歌成就很高,写出了不少留存后世的名诗,并对岭南诗派的开创起了启迪作用。张九龄前期的诗作温婉淡雅,后期质素道劲、雄浑刚健。另外,张九龄的五言律诗文采清丽,情致深婉,如《望月怀古》一句“海上生明月,天涯共此时”唱绝千古。

又如“三王”(王翰、王湾、王之涣)“二崔”(崔颢、崔国辅)“一贺”(贺知章)等,都有名篇传世,而元结、顾况则以有别于盛唐风貌的创作出现在这个时期的末尾,并跨进了中唐的阶段。

盛唐诗歌深刻地反映了唐代全盛时期和由盛转衰时期(即安史之乱前后)的社会面貌,表现了人们对社会安定、国家富强的自豪感,对个人报效国家的强烈愿望,对祖国壮丽优美山河的赞美,同时,也暴露了许多不合理的社会现象(如贫富悬殊、战争祸害、奸佞当权、英才见疏等),揭示了当时阶级矛盾、民族矛盾和统治阶级内部矛盾;全方位地反映时代风貌,深刻地表现各种社会角色的心路历程,形成了响亮厚重的“盛唐之音”。盛唐诗歌的体裁样式齐备。古体诗(包括乐府、歌行)得到熟练的应用和发展,律诗走向高度成熟,其中,排律成了重要形式,律绝的精湛运用为词的创作提供了基础。

三、中唐时期(771—835)

中唐时期,唐王朝由盛而衰,唐诗却进入了另一个繁荣时期。中唐诗歌的发展明显分为两期。

中唐前期,即天宝后期,社会矛盾激化,藩镇割据、宦官专权、朋党相争这三大社会痼疾,加上自上而下的政治腐败,使大量有识之士深为忧虑,相当多知识分子看不到国家的发展前途,大批诗人思想苦闷彷徨,情绪转向消沉。由此,部分诗人开始写民生疾苦。天宝十四年(755)冬,发生安史之乱。安史之乱成了唐代社会由盛而衰的分水岭,这一社会大变动,也引起了文学的变化。诗歌中开元、天宝盛世繁荣期那种兴象玲珑、骨气端翔的境界意味已逐渐淡化,理想色彩、浪漫情调也逐渐消退,从题材到写法,都不同于盛唐诗了。这可以说是唐诗发展中的一种转变。其中,刘长卿、韦应物写了不少优秀的山水田园诗。刘长卿受盛唐“王孟”

的影响，擅写山水风景，情调冲淡闲远，自诩“五言长城”，但语意与格局颇多雷同。韦应物颇多政治讽喻之作，又以擅写山水田园诗出名，在盛唐“王孟”之后，自成一家。但已难以与盛唐“王孟”比肩。“大历十才子”在当时影响极大，他们的作品多应酬和流连光景之作，间有社会生活的反映，也较浮浅，气格已大不如盛唐。元结、顾况在杜甫之后创作了一些揭示民生疾苦的诗歌。元结编《箧中集》，收沈千运等人反映现实的诗作24首，在理论与实践上都开了新乐府运动的先声。顾况学习《诗经》，作讽谕诗，《上古之什补亡训传十三章》以首句一二字为题，开了白居易《讽喻诗》“句首标其目”的先例，是新乐府运动的先驱。另外，钱起、卢纶、李益也是这段时间影响较大的诗人。

中唐后期，诗坛又重现繁荣景象。一时名家齐出，群芳争艳，在题材的广泛性、思想内容的深刻性上都超出前期，直逼盛唐，艺术成就也足以与盛唐比肩，形成了开元、天宝之后又一个创作高潮。这时的诗不仅数量多，质量高，而且风格多样，个性突出，恶同喜异，变中求新，这就是白居易所说的“诗到元和体变新”（《馀思未尽加为六韵重寄微之诗》）。“好刻好苦，好异好详”（明陆时雍《诗境总论》）是所谓“元和体”即中唐后期诗的总体艺术特征。元和体从创作主张和诗歌风貌上主要分为两派：韩愈、孟郊、李贺等人，险绝奇怪，甚至以丑为美，形成韩孟诗派；白居易、元稹还有张籍、王建，则从乐府民歌吸取养料，把诗写得通俗易懂，形成元白诗派。其中，韩愈接受李白和杜甫的影响，用诗来全面地表达自己的生平经历和对现实生活的感受，深刻而细腻地记述自己的心路历程，诗风浑厚奇险，被认为是唐代转变诗风的重要诗人。白居易以儒家“诗教”为指导，继承杜甫诗歌现实主义传统，提倡写“新乐府”诗，用诗干预社会现实生活，主张把诗写得通俗易懂。

两派之外，刘禹锡、柳宗元的诗也自成一格。刘禹锡笔力雄健，有“诗豪”（白居易语）之誉。他不但怀古咏史诗写得极为精彩，而且在民歌创作上也卓有成就，其《竹枝词》《浪淘沙》等诗为历代诗评家所推崇，成为后世学习民歌的范本。柳宗元的山水诗成就很高，有“王、孟、韦、柳”之称。他们共同开创中唐诗坛的新格局，使中唐诗坛几乎可与盛唐媲美。

四、晚唐时期（836—907）

晚唐社会政治黑暗腐败，藩镇割据，宦官专权，党争激烈，使中唐以后朝廷逐渐走向衰微的局面更加不可收拾。随着大唐帝国覆亡命运的逐渐逼临，唐诗也步入了它的结束时期。晚唐诗歌中普遍有一种感伤的情调。

大量的诗作受已有传统的束缚，缺乏创新风貌。晚唐诗人既没有初盛唐诗人那种昂扬的开拓进取精神，也没有了元和诗人们的改革热情。藻饰繁富的风气伴着感伤颓废的情绪逐渐蔓延，终使华艳纤巧的唯美主义诗风成为晚唐诗坛的主流。

晚唐诗歌的发展大体也分为两期，前期杜牧、许浑、李商隐等人，一方面对朝廷抱有希望，一方面又对现实失去信心，处于想有作为而又不可能有作为的矛盾之中。他们带有唐代优秀诗人的品格，在忧国忧民中创作了不少反映社会现实的诗篇，表达了对国势衰落的忧虑，对个人怀才不遇、仕途坎坷的愤慨。在诗歌形式上，杜牧继李白、王昌龄、李益之后，成为晚唐七绝的圣手。其精心结撰的咏史绝句和抒情小诗，向来脍炙人口。李商隐追求细腻幽婉的朦胧美，在艺术上做了深入的开拓，将七言律诗推向新的高峰，创造了唐诗最后一批精品，成为唐诗的最后一个高峰。其精心结撰的"无题"诗以其独特的艺术魅力吸引了后代无数读者。

后期的著名诗人主要有皮日休、陆龟蒙、杜荀鹤、罗隐、聂夷中、郑谷、司空图、韦庄、韩偓等人。他们大多数对朝廷采取了冷漠的态度，在艺术上，大多追随前人诗风。其中，皮日休、聂夷中、杜荀鹤等人继承元稹、白居易新乐府的传统，反映民生疾苦，抨击社会黑暗。他们的诗作虽然表现上尚不够浑成和深刻，但毕竟为绮靡华丽、颓废感伤的晚唐诗坛增添了生气，成为唐代现实主义诗歌的余晖。

晚唐大量诗人，醉心诗歌创作，诗歌的总体内容或反映民生疾苦、官场昏暗、宦官罪恶、藩镇作乱以及农民战争等重大社会现实；或怀古咏史；或表现闺情、爱情、歌妓；或表现个人生活琐事见闻。其中，后两类作品数量很多，在一定程度上表现了作者逃避现实的空虚的精神状态。

就总体而言，晚唐诗歌是唐诗的组成部分，它光彩夺目的部分同样具有极高的价值。

第三节　唐诗对时代的反映及其美学展现

唐诗是大一统、大融合形势下的产物，从上层官方文化到民俗、民族、地域等各个层面都处在相互的渗透融通之中，从而使社会生活呈现出众声喧哗、多姿多彩的状貌。唐诗反映深广的社会生活，将丰富的生活体验化为精神产品，超胜于其他时代的诗美。

一、唐诗对时代的反映

唐诗反映的范围是非常广泛的，都是从一个方面或者多个方面入手，对时代进行反映。几百万唐诗，其内容与题材的广泛性得到了世界的公认。

首先，唐诗反映了唐朝人丰富的精神生活。从东汉末年到魏晋南北朝到隋唐统一之前，长期处于动荡分裂的局面，这从客观层面上促进了各民族的迁徙与融合。同时，随着江南地区的发展，中原文化与长江文化出现了融合，各民族之间文化相互融合与发展，这使得唐人的文化更加繁荣。唐王朝统治者对儒教、道教等各个学派都采取包容的姿态，唐朝人的生活是非常活跃自由的，因此，唐朝人的精神生活是非常广阔的，也是空前丰富的。因此，人们对生活的期许也是非常乐观、积极的。唐诗反映出人们具有广阔的胸怀，富有理想，富含热情。例如：

宁为百夫长，胜作一书生——杨炯《从军行》

大笑向文士，一经何足穷——高适《塞下曲》

济苍生，安黎元——李白《书情题蔡舍人雄》

致君尧舜上，再使风俗淳——杜甫《奉赠韦左丞丈二十二韵》

登高丘，望远海——李白《登高丘而望远》

三杯吐然诺，五岳倒为轻——李白《侠客行》

一生大笑能几回，斗酒相逢须醉倒——岑参《凉州馆中与诸判官夜集》

其次，唐诗细致具体地反映了唐代各种精神生活的各个层面。例如，李白的诗作傲视权贵，杜甫的诗作心怀国家与人民，王维的诗作热爱自然，岑森的诗作向往边疆。当然，也有思念母亲的，如“慈母手中线，游子身上衣”；描写心酸的，如“朝扣富儿门，暮随肥马尘”等，无不一一呈露，情态毕肖。唐代文人表现出丰富的对政治与现实关怀的热情。例如：

终愧巢与由，未能易其节——杜甫《自京赴奉先县咏怀五百字》

功名只向马上取，真是英雄一丈夫——岑参《送李副使赴碛西官军》

男儿何不带吴钩，收取关山五十州——李贺《南园》

问以经济策，茫如坠烟雾——李白《嘲鲁儒》

此外，唐代在伦理观、君臣观、妇女观等层面，都发生了巨大的改变，或者要比其他朝代更为开放。例如，在君臣观念上，李白向往平等的君臣关系，杜甫就很欣赏他“天子呼来不上船”的行为。在尊卑观念上，李白说“钟鼓馔玉不足贵”“安能摧眉折腰事权贵”。在女性观念上，唐代对于女性的限制是非常宽松的，武则天以女主临朝，这在其他朝代显然是不可以的，并且唐代的公主可以改嫁，即便是很多次，这在史书上都是不避讳的，可见这方面的礼俗是不被限制的。在题材上，唐诗会不自觉地选择反映观念的变革，后世读者从唐诗中总能够感受到唐人的活跃的思想。唐代是一个开放的时代，人们的言行相对较少受到拘束。一些在后代人那里羞于自我暴露的话，他们能够坦率而勇敢地写进诗里。例如，李白得到玄宗召他进京的诏命时，在《南陵别儿童入京》中毫不掩饰自己的狂喜：“仰天大笑出门去，我辈岂是蓬蒿人。”宋人批评他浅薄，虽或许有其浅，但绝不伪饰。

再次，唐诗对唐代丰富的社会生活进行反映。中国古典诗歌主要是抒情诗歌，就主导层面而言，其主要表现的是主体的情感，而不是反映周遭的世界。唐诗的抒情诗也是非常强大的，其反映的是更强大的现实。唐朝人热爱生活，对事功是非常重视的，也非常关注现实生活。另外，在写法上，唐朝人不仅在乐府诗中对时事、现实等的传统加以反映，而且在五言古诗与七言古诗中加强了叙述的成分，注意将抒情与叙事结合起来，这也增强了诗歌的社会性与现实性，从《全唐诗》中可以看出，其对于当时的社会生活进行反映。例如，类似安史之乱的历史事件，在很多朝代都发生过类似的事情，但是并没有任何一个时期像安史之乱时期那样，产生了那么多的诗歌名句。一些进步的诗人敢于去观察与揭露，也善于对现实社会加以剖析。例如，杜甫的“朱门酒肉臭，路有冻死骨”，这样惊心动魄的名句，在客观上反映了封建社会阶级剥削、阶级对立的本质。

最后，唐诗反映的社会生活面貌是非常广泛的，也是与时代结合在一起的。虽然宋朝也出现了很多的诗人，但是对时代的反映与唐诗相比是远远不及的。林庚在《从唐诗的特色谈起》中说：“唐诗的时代感越鲜明，他的生活气息也就越浓厚。”政治、时事、民间等的痛苦与欢乐都是唐朝诗歌里面常见的题材，因此，可以说唐诗是以最为宽广的渠道通向时代的主潮。

二、唐诗对美的表现

(一)生活美与精神美

唐诗以前所未有的力量,对繁荣昌盛的生活美进行呈现,也表现了这一时代人们昂扬的精神状态。在唐代那样一个发达的社会,生活很容易激发起来人们的诗情,基于时代精神的影响,这一时期的诗人往往会以一种诗意的眼光来看待生活,因此即便是平常的生活,也会让诗人感受到丰富的美。例如,张若虚的《春江花月夜》表现的是人们在和平时代的情思与生活感受。整首诗中带有一些迷茫与惆怅,但是这种情绪并不是表达一种沉重的叹息,反映生活的枯燥和苦难,而是表达对自然、对生活的如痴如梦的追求。再如,王维的《春中田园作》也是从和平环境的日常生活取材而来的,诗中描写的是欣欣向荣的景象,从而更欢快地迎接春天。基于这样的背景,诗人"惆怅思远客",感慨世间还有人不能享受生活之美。这与《春江花月夜》的追求,具有一致性的本质,即希望生活更理想、更圆满,不会给人留下遗憾。诗中"归燕识故巢,旧人看新历"两句,反映生活在自然地、和平地更替与前进,丝毫没有叹息流年的情绪,而是在新的时间内容面前,憧憬美好的明天。

《春江花月夜》和《春中田园作》所表现的对于生活的感受,还包含着自然所给予人们的美感。人们觉得从自然中发现了美,也就等于在自己生活中发现了美。王维的《辋川集》是对自然景物的描写,同时也是对辋川生活的抒发。自然景物和生活感受紧密结合,这是唐代的山水诗的特点,很多诗人正是将自然美作为生活中的美好表现出来。

诗人基于日常社会关系入手,也常常表现的是一片淳朴的情谊。孟浩然的《过故人庄》,寓深挚的友情于极为淳淡的色调和气氛之中。白居易的《问刘十九》,一方面写出绿蚁新酒、红泥火炉和黄昏欲雪,一方面写出渴望与刘十九把酒共饮的深情期待。

最能表现唐人生活浪漫和传奇色彩的,则是边塞诗。岑参等人对天山、热海、大风雪、大沙漠和边疆战争的描写,在古代诗歌领域里,开辟了前所未有的美学境界。例如,岑参《白雪歌送武判官归京》的"忽如一夜春风来,千树万树梨花开",张籍《凉州词三首》(其一)的"无数铃声遥过碛,应驮白练到安西",都极富边疆特色,表现了诗人对边塞生活和风光浪漫而新鲜的感受。描写战争的,如王昌龄的《从军行》、卢纶的《塞下曲》等。

生活的形态是丰富多彩、不断变化的，边塞类作品，以及唐诗对上述种种色调比较明朗的生活现象的描写，它们的生活美总的来说，还是比较显而易见的，这时的生活美和“美的生活”几乎是同义语。安史之乱之后，以杜甫为首的一批诗人的诗作，其表现的生活美已不再是“美的生活”，而是从斗争中发掘了悲壮的美。杜甫的《悲陈陶》采用的是郑重的笔调，将这一悲剧事件的时间与牺牲者的身份相联系，渲染了战场的残酷与家人的惨痛心情，让读者从战士的牺牲中感受到肃穆的气氛，从人们悲伤的心底写出一种悲壮的美。李贺的《雁门太守行》也是这类诗中的杰作，全篇围绕最后一句——“提携玉龙为君死”，层层进行渲染。杜甫等人感受到民间人们的疾苦，体会到时代的错乱，并没有将苦难单纯地展现出来，而是仍旧对美进行描写。这些因素被诗人融入诗篇的时候，与客观苦难现实相交织对照，愈加显得沉郁顿挫，激起读者丰富复杂的情绪。

随着唐王朝逐渐走向没落，生活中美的因素也受到了损害与侵蚀，很多美的故事已经逐渐消逝。因此，很多诗人常常将这些因素作为哀婉的对象，将那种怜香惜玉的心情表达出来。这类的诗篇也有很多，尤其是李贺的作品。他在《苏小小墓》等诗中所开辟的鬼境，与李白所描绘的仙境相比，体现出一种热烈的展望与追求，是一种伤悼。稍后的李商隐用“伤春伤别”概括杜牧的创作，他自己多数作品也离不开这个中心。这种“伤春伤别”，从作家对生活美的把握方式看，正是用哀挽肯定美。李商隐《登乐游原》中的“夕阳无限好，只是近黄昏”，可以说是对美的一曲挽歌。

唐诗中呈现的生活美更加注重对客观生活加以感受，这从主观因素上来说，将主人公的情操、思想、气质等进行展现，这也呈现了唐朝人独特的精神上的美，其社会基础也是非常广泛的，体现出当时以庶族地主出身文士为主体的广大诗人的精神风貌。

首先，唐诗表现出来的是那个大时代中人们豪壮开阔的胸襟。例如，王之涣的《登鹳雀楼》、杜甫的《望岳》，他们写的山河是那样的恢弘，而诗人的精神是更想凌驾之上。即便是对一些小的对象与范围的描写，也往往将唐人的那种胸襟与气质体现出来。王维的《辋川集》固然是一些山水小品，但给人的感受不是一丘一壑限制了诗人的眼界，而是有宁静致远的效果。杜甫的《房兵曹胡马》：“骁腾有如此，万里可横行。”《画鹰》：“何当击凡鸟，毛血洒平芜。”诗人通过鹰飞骏奔的描写，形象地表现了自己不平凡的胸襟。

其次，唐人对待生活有着特别执着的精神。或是出于对理想的追求，或仅仅是一种生活愿望，唐人总是必欲遂愿而后已。例如，孟浩然《望洞庭湖赠张丞相》中的“欲济无舟楫，端居耻圣明”表达的是对入世的追求；

李贺《南国十三首》(其五)中的“男儿何不带吴钩，收取关山五十州”，表达的是对功名的追求；王维《山居秋暝》中的“随意春芳歇，王孙自可留”，表达的是对隐逸的追求；等等。在种种追求中，理想的追求自然最为动人。杜甫在经过长安十年困顿之后，写了《自京赴奉先县咏怀五百字》，用“盖棺事则已，此志常觊豁”回答社会对他的冷眼与打击。李白的组诗《行路难》写于天宝三年被“赐金还山”的时候，结尾唱出了高昂的强音：“长风破浪会有时，直挂云帆济沧海。”这是一曲感叹世路艰难的悲歌，但本质上又是理想追求的颂歌。

唐诗中的精神美，除了上述几点描述外，在不同的诗人身上的描述也自然是不同的。例如，李白等一些诗人是从对地主与门阀的不满出发的，他们的诗作表现出对自由的向往以及对传统观念的蔑视。这不仅在诗作的风格上有所体现，在思想作风上也有明显的表现。与之不同的是，杜甫等诗人受历史条件与出身的影响，他们汲取儒家思想中的优秀成分，并逐渐发展成对祖国、人民命运的关怀。这种精神不仅在“三吏”“三别”一类杰作有明显的体现，同时还深深地渗透在大量不易句摘、难以指实的抒情诗中。杜甫入蜀以后的诗，后一类居多。著名的《蜀相》，并没有直接说出自己的心事，然而在动乱的时代背景下，那种“出师未捷身先死，长使英雄泪满襟”的慨叹，传达的正是死不足悲但悲开济邦国之志难酬的崇高精神。

像杜甫式的忧国忧民，对盛唐诗人来说，一般还表现得不太突出，而到了中晚唐，在国家和人民的艰难处境中，诗人们的这种情操，就更多地受到激发。从白居易和新乐府诗派的创作，一直到李商隐的《行次西郊作一百韵》，杜牧的《早雁》《泊秦淮》，聂夷中的《咏田家》等，也都体现了对国家和人民命运的关切。

(二)融通美

唐代海纳百川、融会贯通的时代特点，一方面为这个时代的诗歌创作提供了丰富的题材内容，更为重要的是深刻地影响着创作主体的文化心理及人格风范，并由此形成唐诗的融通之美。在唐代近三百年间，从上层典雅精致的官方文化到民间的民俗文化都处于一种众声喧哗、多元融通的格局中。从上层官方文化而言，一个重要的特点就是具有三教融合的广阔空间。在个体文人身上，往往是出入三教，采取儒道互补，旁采释家的通融之法，如白居易宣称“上遵周孔训，旁鉴老庄言”(《遇物感兴因示子弟》)，又说“外服儒风，内宗梵行”(《和梦游春序》)，取舍极为融通自由。其他如王维早年尊儒尚侠，中、晚年礼佛；李白出入儒、仙、侠、纵横之间；

李商隐学道玉阳而又心怀天下……这对唐人的精神生活与诗歌创作的影响是深远的。在唐诗的发展过程中，虽然在不同的发展阶段，由于政治环境的变化，各种思潮会有主次消长的流变，但综观唐代，多种思潮始终并存兼容，只是随其起伏流变对诗歌的影响程度不同罢了，而诗歌题材在变化更替中也显现出并存兼容的态势。

唐代特别是唐初统治者对外来民族和文化都能够采取兼容的政策。从民间的民俗文化而言，一个重要的特点是外族生活方式、生活观念的传入，使现实生活更加丰富多彩、炫人眼目，在社会生活中具体表现为胡汉融通的民俗空间。由于民族交流的加强，胡化倾向是唐代城市日常生活中的一个重要特点，“女为胡妇学胡妆，伎进胡音务胡乐”“胡音胡伎与胡妆，五十年来竞纷泊”这是中唐诗人元稹在《法曲》一诗中对西域乐舞及文化盛行长安的描述与总结。所以，唐代的社会生活与传统农耕文明以及儒家文化所规范的生活范式相比，生活情调更为热烈奔放，绚烂多姿。

在多元的文化格局和眩人眼目的感性生活中，唐人思想在整体构成上是极为丰富的，这就使得他们在观念与态度上不盲从一端，取舍自由通脱，并形成了潇洒行世的人格风范，如李白以隐求仕，王维亦官亦隐，白居易的中隐观等都未截然划分仕隐的界限。他们的理想并非求官职以养终身或沉溺享乐其间，更多的是要求体合个性、建立功勋，所以出入自然，进退自如。

文化风尚的众声喧哗，世俗生活的热烈多彩，无疑极大地拓展了唐人的生活空间，丰富了唐人的生活内涵，诗人们或漫游，或投身边塞居山林，或任职幕府，李白、杜甫、高适都有大范围的漫游，岑参几度从军边塞，王维亦官亦隐。唐人不拘于经学，也不精于思虑，唐代的时代性情是情感超过思理。这使唐人对现实生活采取诗意的、审美的观照方式，从而使唐诗少书卷气而多鲜活的生活气息，贺贻孙在《诗筏》中说“盛唐诗有血痕而无墨痕”，虽所评仅为盛唐诗，实可推延至整个唐代。唐人诗中有一种放言无惮的天真与率性，很多诗句都是冲口而出，直言袒露，较少思虑避讳伪饰，如李白《行路难》（其二）的诗句“大道如青天，我独不得出”，《南陵别儿童入京》的“仰天大笑出门去，我辈岂是蓬蒿人”，自有一种感人的力量和气势。韩愈在诗中从不隐晦自己对功名利禄的追求，但读来不会让人感到庸俗可憎，反而有一种率性认真的痛快淋漓。另外，唐诗的情感体验与传达丰富立体、意味深长，在唐诗中最能体现此点的便是其间所表现出来的混合情调，典型如盛唐边塞诗中的英雄理想与现实痛苦、英雄气概与离愁别怨、壮丽豪放与一往情深、渴求立功与思乡怨战、刚健与柔美、崇高与苦难等，写尽了戍边将士繁复多姿的心像。

唐诗风格的多样融通，还表现在南北诗风的融通。中国文学南北地域差异，从《诗经》《楚辞》的时代，就已显露。隋唐以前，南北朝长期分治，不同的地域特色、文化氛围使得南北文学风尚显示出了差异性。魏征在《隋书·文学传序》中指出了南北朝诗歌的差异在于“清绮”与“贞刚”，“清绮”指出南朝诗歌偏重声律辞藻，偏重于形式之美，“贞刚”“重乎气质”指北朝诗歌所具有的真挚朴厚的情感力量与气势，这两种诗风各有所长，又各有其短。魏征提出“各去所短，合其两长”，其实就是要求诗歌创作要把声色与性情结合起来，用南朝的辞藻、声律表现初兴帝国的恢弘气象与刚健开朗的健康情思，而这正是唐诗发展的方向。魏征的论述已意味着唐代文学风格多元化趋向，充分显示了封建帝国接纳包容的文化姿态，综观整个唐代不同时期的美学风格取向，这种兼容并包的特点更为明显，为后世文学提供了丰富多彩的美学范式。

唐诗风格的多样融通，与唐人对待前人文学遗产和同时代其他诗人成就的态度有关。唐代诗人较少门户之见，也没有厚古薄今的偏见，而往往采取兼取融通的态度，这种通脱的取舍方式必然造成唐诗风格的多样化。也正因为如此，唐诗中七类诗体并存：五言古诗、七言古诗、五言律诗、七言律诗、五言长律、五言绝句、七言绝句，而每一种诗体因其字数、长短、格调、对偶等方面的差异，都有其相对固定的风格特征，而唐代大诗人创作中虽有自己偏爱的诗体，但往往对其他诗体都有所涉笔。

总之，唐诗是融通之世孕育产生的融通之诗，是众声喧哗中开放的奇葩，其历久弥新的艺术魅力、洒脱不羁的人格魅力，很大程度上都来自于它的融通之美。

第二章　从绮错婉媚到骨风刚健：初唐诗歌

初唐诗歌还是唐诗的准备阶段。在其之前，诗歌已经有了近两千年的历史。之前的诗人在题材、体裁、语言、风格等层面都取得了巨大成功，提供了大量的艺术经验，尤其是魏晋南北朝时期留下的诸如诗歌重辞采声律之美、诗歌的各种表现手段等优点以及诗歌内容单薄、感情纤弱等缺点，对初唐诗坛产生了巨大影响。如何用南朝优美的声律辞藻、北朝刚健的情感来彰显新气象，表现广阔的社会生活，是初唐诗人研究的对象。初唐时，人们在诗歌创作中开始寻求新的道路。当然，这一发展过程是非常缓慢的，其主要成就表现在三个层面：一是表现领域的扩大，二是律诗的定型，三是风貌、形象的出现。在初唐诗坛上，出现了一大批诗人，如以绮错婉媚为本的"上官体"诗歌、凌云健笔意纵横的初唐四杰、格律诗定型的代表沈佺期与宋之问以及陈子昂与唐诗风骨。因此，本章就对其展开分析和探讨。

第一节　以绮错婉媚为本："上官体"诗歌

初唐前期的诗坛，为"梁陈工掖之风"所笼罩。诗歌的主要创作倾向仍旧是对六朝诗风的承袭，唐太宗也不例外，虽然他是一位英主，但是对浮艳轻薄的宫体诗非常喜爱。在他身边聚集了一批宫廷诗人，这些诗人虽然在精神面貌上与六朝诗人有所区别，他们的作品很多也彰显了阳刚之气，但是更多的仍旧未跳出宫体诗的题材和绮靡的风格。贞观之后，唐初宫廷诗风仍旧延续，上官仪便成为这一诗派的领袖人物，由此发展出"以绮错婉媚为本"的"上官体"诗歌。

"上官体"诗歌刻意避开了那种用华丽辞藻进行堆砌的风格，采用风花雪月等自然形式，运用审美感受，对人间的百态进行感悟，并且诗人对于色彩的搭配也是非常看重的，对于声辞的美与形式的美都是十分追求的，并形成了"绮错婉媚"的风格。所谓"绮错"，即诗歌整体是和谐的，词汇也错落有致，句子对偶工整。所谓“婉媚”，即诗歌风格是华美的、娇柔的，让人读过之后动情于中。

上官仪（608—664），字游韶，陕州（今属河南）人。唐太宗贞观元年（627），上官仪考取了进士，担任弘文馆学士，之后升到秘书郎的职位，并且参与了《晋书》的编纂。之后，上官仪被任命为太子中舍人等官职，他这个人非常正直，敢于直言进谏，后来受到一些人的诬告而被处死。直到唐中宗继位之后，他才得到平反，并获得追封。

上官仪为了与宫廷的需要相符，在作诗时采用了很多婉媚的词汇，并且他受到南朝文化的影响，非常擅长五言，格律也是非常对仗工整的，有固定的程式化特色，内容多为奉命的作品，如歌功颂德等。

上官仪的大部分作品，并未融入强烈的感情，但是在诗歌风采上则华饰雕琢，如《入朝洛堤步月》：

脉脉广川流，驱马历长洲。
鹊飞山月曙，蝉噪野风秋。

这首诗写的是诗人在东都洛阳皇城之外等待入朝觐见的情境。唐朝初年，百官上朝并没有可供休息的地方，因此，需要在破晓之前赶到城外等候，到了天明之后才会放行。诗的前两句描写的驱马沿洛堤来到皇城外等候，表达一种心旷神怡、镇定自若的风度。后面两句即景抒情，鹊飞报喜，表达一种天下太平的景象，又流露出自己春风得意的情态。

虽然从内容上说，上官仪的作品多是应制之作，并且多是对风雪、花草等的描写，但是在格律上的独特之处也是非常凸显的，如《早春桂林殿应诏》：

步辇出披香，清歌临太液。
晓树流莺满，春堤芳草积。
风光翻露文，雪华上空碧。
花蝶来未已，山光暖将夕。

这首诗是应制唱和之作，也是非常典型的作品，它并未摆脱宫廷诗的“三部式”的特色，采用一种清新的笔调来描绘桂林殿早春的景色。第一联将主题点名。第二联、第三联采用工整的对句形式，将结构加以展开，但是这两句规避了传统宫廷诗的特色，运用舒朗的意象对宫殿初春的景色加以描写，保证了各种感官的交叉，并且使得景色与色彩相协调，给人以春意昂扬之美。这两句表明了诗人在观察这些景色时是非常细腻的，并且将虚实做相间的处理，使诗作的意境展现得恰到好处。最后一联通过含蓄的手法，想象日暮的景象，整体而言，整首诗采用对仗手法，展现了应制诗的独特特色。

总体而言，“上官体”诗歌的创作是基于强盛的国势、稳定的政治局面上产生的，并结合当时开放的文化背景，开始摆脱宫体诗的风格，将唐诗的风貌凸显出来。同时，“上官体”诗歌将宫体诗的风格、题材与情景等融合为一体，这使得宫体诗发生了质变。

第二节　凌云健笔意纵横：初唐四杰

“初唐四杰”，即初唐时期的四位诗人，分别是王勃、杨炯、卢照邻和骆宾王。《旧唐书·文苑传》曾对“四杰”进行了描述，即“王勃、杨炯、卢照邻、骆宾王皆以文齐名，海内称为王杨卢骆，亦号为‘四杰’”①。也就是说，之所以将四人并称，是因为在初唐时期，他们组成了一个具有影响力的诗歌流派。明代著名诗人胡应麟在《补唐书骆侍御传》中曾说：“唐三百年风雅之盛，以四人者为先导也。”这也凸显出四人在中国古代诗歌史上的地位。

初唐时期的诗歌虽然经过了贞观诗坛的改造，但就主流层面来说，仍旧是那些奉和应制的作品遍及文坛，或嘲风雪，或弄花草，或歌功颂德。这些作品显然与当时社会的发展不相适应，当时的历史现状也要求诗歌进行改革。在这一点，“四杰”达成共识。例如，卢照邻在《乐府杂诗序》中说要“发挥新题，孤飞百代之前，开凿古人，独步江流之上”；杨炯在《王勃集序》中说：“尝以龙朔初载，文场变体，争构纤微，竞为雕刻。糅之金玉龙凤，乱之朱紫青黄，影带以徇其功，假对以称其美，骨气都尽，刚健不闻。思革其弊，用光志业。”基于这样的共识，“四杰”结合自身特点，用自己的创作实践为诗歌发展做出贡献。

一、王勃的诗歌创作

王勃（？—676），字子安，绛州龙门（今山西河津）人。他是王通的孙子，王绩的侄孙。幼年即聪慧异常，6 岁能作文，15 岁被作为神童推荐于朝廷，拜为朝散郎。后应沛王李贤召，任府中侍读兼修撰。当时，诸王很喜欢斗鸡，王勃因代沛王写《檄英王鸡》的游戏文字，高宗认为这是挑拨诸王关系，把王勃逐出沛王府。此后他远游江汉，客居蜀中。后任虢州（今河南灵宝）参军。因擅杀官奴，被免职，其父也受牵连被贬为交阯令。上

① 葛晓音 . 唐诗宋词十五讲（2 版）[M]. 北京：北京大学出版社，2013：9.

元三年(676),王勃前往交阯奉养父亲,渡海时溺水而死,年仅27岁。在“初唐四杰”中,王勃是才气最大、成就较高的一个。他的著述很多,除诗、赋、文外,尚有学术著作多种。杨炯曾于他身后编有《王子安集》二十卷,今存《四部丛刊》影印本及清乾隆间项家达所辑《初唐四杰集》。

王勃的诗大多描写的是自然风光,主要表达了对自然的热爱之情和对自由不羁的生活的向往,有时表达伤感惆怅的情绪,往往随感而发,清纯自然。在音律上虽然偶有不和谐之处,但已经与后来的绝句有点接近。他的代表诗作有《山中》《滕王阁诗》《临高台》等。

《山中》云:

长江悲已滞,万里念将归。
况属高风晚,山山黄叶飞。

这首诗是游子思归的题材。长江停滞不流,是为游子不能归乡而悲伤;深秋风高,人如黄叶飘零,但叶落归根,而游子还是不能回到故乡。后两句所写之景是对前两句所写之情起衬映作用的,而又有以景寓情的成分。这里,秋风萧瑟、黄叶飘零的景象,既用来衬映旅思乡愁,也可以说是用来比拟诗人的萧瑟心境、飘零旅况。同时,把“山山黄叶飞”这样一个纯景色描写的句子安排在篇末,在写法上又是以景结情,有种宕出远神、耐人寻味之妙。

王勃的《滕王阁序》及《滕王阁诗》也是为历代所传诵的佳作。《滕王阁诗》云:

滕王高阁临江渚,佩玉鸣鸾罢歌舞。
画栋朝飞南浦云,珠帘暮卷西山雨。
闲云潭影日悠悠,物换星移几度秋。
阁中帝子今何在?槛外长江空自流。

滕王阁矗立在赣江岸边,号称江南第一阁,登上此地,可以俯视,也可以远望。王勃第一句开门见山,用质朴苍老的笔法,点出了滕王阁的形势;第二句则指出滕王阁建造之初的那种豪华场面已经不复存在了。三、四两句紧承第二句,更加发挥。滕王阁既无人游赏,阁内画栋珠帘当然冷落可怜,只有南浦的云,西山的雨,暮暮朝朝,与它为伴。这两句不但写出滕王阁的寂寞,而且也写出了滕王阁的居高,写出了滕王阁的临远,情景交融,寄慨遥深。第五、六两句立即转为“悠”“秋”两个柔和的韵脚,“闲云”与上文“南浦云”衔接,“潭影”避开了“江”字,把“江”深化为“潭”。云在天上,潭在地下,一俯一仰,写的还是空间。而“日悠悠”把空间转入时间,点出时日的漫长,经年累月,自然生出风物更换季节,星座转移方位。建阁人今安在?连续发问,表达了紧凑的情绪。最后指出槛外的长江,却是永恒地东流无尽。这首诗虽然将多个属于空间范畴的词和属于时间范畴的词放在一起，但都以滕王阁为中心，所以是有机地融合在一起的，不会让人产生叠床架屋的感觉。全诗语言丰腴绮丽，有六朝余习，但又有永恒的哲理寓含其中，令人深思。

王勃的很多诗作都是描写自然风光的，这彰显了他对自然是非常的热爱和喜欢，并且追求自由的性格，如《春园》：

山泉两处晚，花柳一园春。
还持千日醉，共作百年人。

这首诗描写的是王勃被贬之后，被逐出沛王府，在园子中看到的这幅景色而作的，描写的是繁花似锦的春色，虽然身处逆境，也避免不了自己对大自然的喜欢。

除了表达对大自然的热爱之外，王勃的一些诗作也会表达一种惆怅的心情，如《羁春》：

客心千里倦，春事一朝归。
还伤北园里，重见落花飞。

诗人描写的是春天已经到来了，但是思人仍旧还未归来，从而写出了那份神伤。春天又来了，春花也相继开放，继而凋谢，但是作者羁留在外的现状并未有什么变化，这表达了诗人在外度日如年的心情。

二、杨炯的诗歌创作

杨炯（约650—约693），华州华阴（今陕西华阴）人。杨炯幼年就非常聪明博学，文采也非常出众。唐显庆四年（659），即他11岁的时候，应制举及第，被奉为“神童”。刚进入弘文馆，因为年轻，杨炯对于出仕与否并不在意，但随着年龄的增长，自身的学识、阅历加深，自己“学而优则仕”的信念开始萌动。唐上元三年（676），27岁的他应制举及第，补九品校书郎，33岁时为詹事司直。后徐敬业起兵讨武，杨炯的族兄参与其中，因此杨炯受到牵连，被贬为梓州司法参军，后被选为盈川令，不久死于任所。杨炯虽然出生于名门之家，但少年贫困，成年后仕途并不顺利。

现存杨炯的诗作有33首，多为五言绝句和排律诗，其风格不同于“四杰”中的其他三人，介于王勃、卢照邻与沈佺期、宋之问之间。由于杨炯仕途坎坷，初期也写过一些表达情感的诗作，如《送梓州周司功》：

御沟一相送，征马屡盘桓。
言笑方无日，离忧独未宽。
举杯聊劝酒，破涕暂为欢。

别后风清夜，思君蜀路难。

这首诗表达了诗人在送别友人之后望向西南方，担心友人会遭遇坎坷，也不知道何时才能与友人相见，表达了与友人之间真挚的情感。

又如《巫峡》：

三峡七百里，惟言巫峡长。
重岩窅不极，叠嶂凌苍苍。
绝壁横天险，莓苔烂锦章。
入夜分明见，无风波浪狂。
忠信吾所蹈，泛舟亦何伤！
可以涉砥柱，可以浮吕梁。
美人今何在？灵芝徒自芳。
山空夜猿啸，征客泪沾裳。

这是一首五言诗，于垂拱元年（685）所作，是诗人任司法参军途中所作。诗人在途中写了几首山水诗，主要是为了表达心中的不平，这首诗是当时作者心理活动的典型体现。全诗包含两大部分，前八句是对所见的描写，后八句是作者的思考。通过描写巫峡的气势、刻画巫峡的起伏跌宕，自然联想到自身仕途的不顺与凶险，因此产生了一连串的感悟。

杨炯并没有到过边塞，但是他的边塞诗写得非常出色，如《从军行》：

烽火照西京，心中自不平。
牙璋辞凤阙，铁骑绕龙城。
雪暗凋旗画，风多杂鼓声。
宁为百夫长，胜作一书生。

这首诗借用乐府旧题“从军行”，描写的是一个读书人从军、参与战斗的过程。虽然仅仅有四十个字，却将人物的心理活动揭示出来，又对环境气氛加以渲染，笔力非常雄劲有力。首联从写边报传来，激发了斗志，诗人并未直接说明军情，而是利用“烽火”这一形象化的景物，将紧急的军情表达出来。一个“照”字渲染了气愤，一个“自”字表达了书生的那种爱国之志。颔联写主帅离开京城、奔赴前线，以迅雷不及掩耳之势将敌军团团包围。颈联承接颔联，刻画出两军对峙的激烈场面。尾联表达了广大书生建功立业的心愿。一首短诗，写出书生投笔从戎的过程，并且把丰富的内容浓缩在有限的篇幅之中，展现出诗人的艺术功底。

三、卢照邻的诗歌创作

卢照邻（636—695），字升之，自号幽忧子，幽州范阳（今北京大兴附近）人。自幼“阅礼而闻诗”，10多岁时学习文字训诂及经史，博学善文。永徽五年（654），授邓王府典签，还不到20岁。为适应王府环境，也写过一些精巧雅致的宫体诗。后因“有横事被拘”，幸得友人救助出狱。乾封末（668）出为益州新都（今属四川）尉。蜀地险阻，官职低微，他深感孤苦凄凉，诗歌内容也日渐充实。后患风疾，乃辞官归乡。最后因不堪病痛折磨，自投颍水而死。卢照邻一生耿直狷介而又充满了浪漫的幻想，其为人与为文在“四杰”中都是很有特色的。卢照邻存诗近百首，主要存于明人所辑的《幽忧子集》中。

卢照邻的诗在内容上多写边塞、游侠、思妇、怀人等题材，有时也反映自己凄苦的处境，抒发幽愤与不平，揭露统治者的荒淫奢侈等。就诗风而言，他的诗也比较多样化，有淳朴清新，富有民歌情调的诗，如《梅花落》：

梅岭花初发，天山雪未开。
雪处疑花满，花边似雪回。
因风入舞袖，杂粉向妆台。
匈奴几万里，春至不知来。

这首诗从梅岭的梅花开放着手，想到边塞是多么遥远，并处在严寒之中，觉得梅花仿佛出现在眼前，因此感觉那个遥远的距离已经消失了。但是，等到自己清醒的时候，才又想到征人在遥远的边疆，等到春天到来，征人还不见回来。显然，整首诗从小的层面入手，给人以婉转之感，其间也有笔锋的转折，这是对主旨进一步的升华。

又如《曲池荷》：

浮香绕曲岸，圆影覆华池。
常恐秋风早，飘零君不知。

这首诗前面两句描写的是花好月圆，后两句却突然借用花的飘零来抒发自己的怀才不遇。在整首诗的写作中，诗人采用象征手法，用荷花的遭遇来暗喻诗人的遭遇。显然，这是一种虚实结合的手法，诗歌中创造的荷花暗示着自己埋藏在内心的精神世界，最后二者实现完美地结合。读者在品读时只有突破诗人设置的这一障碍，才能了解埋藏在深处的诗人所要表达的内心世界，从而获得诗人写作的意图。

除了上述这些诗，卢照邻有些诗歌写得还是非常铿锵有力的，如《战城南》：

将军出紫塞，冒顿在乌贪。
笳喧雁门北，阵翼龙城南。
雕弓夜宛转，铁骑晓参驔。
应须驻白日，为待战方酣。

这首诗是一首拟古诗，通过描述汉朝初年与匈奴的战争，对当时浴血奋战的战士进行歌颂，也深刻地反映了唐朝初年某些对外战争的现实。第一联指明了交战的双方，并对当时的地理背景进行介绍，采用了严谨的对句形式。第二联是对第一联的映照，将士们在战争中不仅采用了正面迎击的方式，还左右进行包围，从而直接捣毁敌人的巢穴。第三联描写了战士们的生活，每时每刻都在严阵以待，虽然是紧张的，但是也都能充满信心。最后一联是名句，诗句中虽然并未写出何时战斗打响，但是战士们都在迎接着胜利。

卢照邻还有5篇歌行体，几乎篇篇都是出色的作品。如《长安古意》：

长安大道连狭斜，青牛白马七香车。
玉辇纵横过主第，金鞭络绎向侯家。
龙衔宝盖承朝日，凤吐流苏带晚霞。
百尺游丝争绕树，一群娇鸟共啼花。
游蜂戏蝶千门侧，碧树银台万种色。
复道交窗作合欢，双阙连甍垂凤翼。
梁家画阁中天起，汉帝金茎云外直。
楼前相望不相知，陌上相逢讵相识？
借问吹箫向紫烟，曾经学舞度芳年。
得成比目何辞死，愿作鸳鸯不羡仙。
比目鸳鸯真可羡，双去双来君不见。
生憎帐额绣孤鸾，好取门帘帖双燕。
双燕双飞绕画梁，罗帷翠被郁金香。
片片行云着蝉翼，纤纤初月上鸦黄。
鸦黄粉白车中出，含娇含态情非一。
妖童宝马铁连钱，娼妇盘龙金屈膝。
御史府中乌夜啼，廷尉门前雀欲栖。
隐隐朱城临玉道，遥遥翠幰没金堤。
挟弹飞鹰杜陵北，探丸借客渭桥西。
俱邀侠客芙蓉剑，共宿娼家桃李蹊。
娼家日暮紫罗裙，清歌一啭口氛氲。
北堂夜夜人如月，南陌朝朝骑似云。
南陌北堂连北里，五剧三条控三市。
弱柳青槐拂地垂，佳气红尘暗天起。
汉代金吾千骑来，翡翠屠苏鹦鹉杯。
罗襦宝带为君解，燕歌赵舞为君开。

别有豪华称将相，转日回天不相让。
意气由来排灌夫，专权判不容萧相。
专权意气本豪雄，青虬紫燕坐春风。
自言歌舞长千载，自谓骄奢凌五公。
节物风光不相待，桑田碧海须臾改。
昔时金阶白玉堂，即今惟见青松在。
寂寂寥寥扬子居，年年岁岁一床书。
独有南山桂花发，飞来飞去袭人裾。

这篇歌行通过对汉代长安的描写，反映了唐代长安的盛况。不过，诗人并没有用全面罗列的结构铺叙这幅上层社会的热闹画面，而是着意刻画宫室、车马的富丽装饰和豪门中歌舞者的妖娆情态，在细节的描绘中展现出都城长安的宏大气象。诗中描写了形形色色的人物：挟弹飞鹰的荡子、暗算公吏的少年、仗剑行游的侠客、宫中禁卫的执金吾，纷纷聚集在北里娼家，狂歌滥饮，极尽声色之娱。而在宫廷与市井之间，更有势倾天子的将相豪贵，争权夺利，各不相让。诗人把长安的盛况渲染到极致，最后却归出繁华须臾、好景不长的主旨，这种人事沧桑之感，反映了初唐文人对兴亡盛衰的思索和警觉。结尾以扬雄穷愁著书的生涯与长安豪华骄奢的生活做对照，寄托了诗人的寂寥愤慨以及追求不朽声名的人生观。全诗采用了多种修辞手法，如叠字、顶真格、复沓层递句式等，所以辞藻艳丽却清新疏宕，而且加强了音韵铿锵的节奏感，读来声调婉转流畅，抑扬顿挫，气势充沛。

四、骆宾王的诗歌创作

骆宾王（638—684），字观光，婺州义乌（今属浙江）人。7 岁时因随口吟成《咏鹅》一诗，被誉为神童。高宗永徽年间，任道王府属官。咸亨元年（670），随薛仁贵等出征边塞，此后在四川宦游多年，曾任武功主簿。仪凤三年（678），入朝为侍御史，但因多次上疏讽谏武后，被弹劾下狱。出狱后，贬临海（今浙江天台）县丞，郁郁不得志。武后光宅元年（684），徐敬业起兵反武氏，骆宾王奔赴扬州加入徐的幕府，并写下了著名的《讨武曌檄》。同年兵败亡命，不知所终。今存《骆宾王文集》四卷、六卷及十卷本多种。

骆宾王的诗最大的特点就是增加了个人抒情的成分，真情流露较为明显。例如，经典诗作《在狱咏蝉》：

西陆蝉声唱，南冠客思深。

不堪玄鬓影，来对白头吟。
露重飞难进，风多响易沉。
无人信高洁，谁为表予心？

这是一首非常工整的五言律诗，写于678年。当时，诗人因上书议论政事，触怒武则天，而被诬陷受赃下狱。蝉在古代是清高的象征。诗人咏蝉，一方面是借此表明自己的清白，另一方面是借蝉抒写自己孤高自洁的情怀。首联由秋日高唱的"蝉声"写到深深的"客思"，借物起兴，很自然地抒发狱中自己的思乡之情。颔联紧接着用反诘的口吻由秋蝉之哀吟联想到自己被诬下狱的身世遭遇，从而表达内心的悲怆和伤怀。这里"白头吟"，也是借卓文君《白头吟》的典故表达自怜自伤之情。颈联进一步紧扣题目"咏蝉"，蝉因露水太重不能展翅飞，蝉声因风多而更低沉，这里诗人正是通过描绘蝉的处境来表明自己的处境。尾联物与人融和为一，承接前面六句，表达出强烈的怨愤和悲痛之情。全诗处处扣住蝉的特点，以蝉的"清畏人知"比喻自己的高洁，贴切含蓄，感情充沛，用典自然，寄托遥深。

《于易水送人》是一首抒情性极强的五言绝句：

此地别燕丹，壮士发冲冠。
昔时人已没，今日水犹寒。

在这首诗中，诗人借送别而思古，借思古而惜今。前两句吊古，追想当年壮士们送荆轲赴秦的悲壮场面，面对同样的易水，诗人对英雄的仰慕之情油然而生；后两句伤时，昔日的英雄已经亡去，而诗人徒有羡慕他们的英雄业绩，却没有机会施展自己的才华，实现自己的抱负。全诗语气苍凉，格调激越。最后一句更是余韵不绝。

骆宾王也写了一些出色的边塞诗，如《从军行》《边庭落日》《夕次蒲类津》等。《夕次蒲类津》云：

二庭归望断，万里客心愁。
山路犹南属，河源自北流。
晚风连朔气，新月照边秋。
灶火通军壁，烽烟上戍楼。
龙庭但苦战，燕颔会封侯。
莫作兰山下，空令汉国羞。

这是作者戍边时作的一首边塞诗。开头的两句言诗人黄昏远望，禁不住客愁涌上心头。其下六句写边塞景色。戍楼、军壁、灶火、烽烟，加以新月初升，晚风渐紧，组成一幅悲凉荒远的图画。诗人的豪情壮志便在这荒凉的边疆景物中引发出来。最后四句由见闻的描写转而抒发诗人立功边塞的壮志豪情：要像班超那样投笔从戎，觅取封侯，不要做李陵一样的败军之将，让汉朝蒙受耻辱。全诗格调悲凉沉郁，充分表现了诗人的爱国热忱与思乡情结。

骆宾王有着突出的才华，一身傲骨，由于长时间未得到升迁，因此内心是非常不满的。这体现在他的一些诗作之中。与卢照邻有着类似的写作手法，骆宾王善于写长篇诗歌，并且善于采用铺张的形式，内容也比卢照邻更为丰富。如《帝京篇》：

山河千里国，城阙九重门。
不睹皇居壮，安知天子尊。
皇居帝里崤函谷，鹑野龙山侯甸服。
五纬连影集星躔，八水分流横地轴。
秦塞重关一百二，汉家离宫三十六。
桂殿嶔岑对玉楼，椒房窈窕连金屋。
三条九陌丽城隈，万户千门平旦开。
复道斜通鳷鹊观，交衢直指凤凰台。
剑履南宫入，簪缨北阙来。
声名冠寰宇，文物象昭回。
钩陈肃兰戺，璧沼浮槐市。
铜羽应风回，金茎承露起。
校文天禄阁，习战昆明水。
朱邸抗平台，黄扉通戚里。
平台戚里带崇墉，炊金馔玉待鸣钟。
小堂绮帐三千户，大道青楼十二重。
宝盖雕鞍金络马，兰窗绣柱玉盘龙。
绣柱璇题粉壁映，锵金鸣玉王侯盛。
王侯贵人多近臣，朝游北里暮南邻。
陆贾分金将宴喜，陈遵投辖正留宾。
赵李经过密，萧朱交结亲。
丹凤朱城白日暮，青牛绀幰红尘度。
侠客珠弹垂杨道，倡妇银钩采桑路。
倡家桃李自芳菲，京华游侠盛轻肥。
延年女弟双凤入，罗敷使君千骑归。
同心结缕带，连理织成衣。
春朝桂尊尊百味，秋夜兰灯灯九微。
翠幌珠帘不独映，清歌宝瑟自相依。

且论三万六千是，宁知四十九年非。
古来荣利若浮云，人生倚伏信难分。
始见田窦相移夺，俄闻卫霍有功勋。
未厌金陵气，先开石椁文。
朱门无复张公子，灞亭谁畏李将军。
相顾百龄皆有待，居然万化咸应改。
桂枝芳气已销亡，柏梁高宴今何在。
春去春来苦自驰，争名争利徒尔为。
久留郎署终难遇，空扫相门谁见知。
当时一旦擅豪华，自言千载长骄奢。
倏忽抟风生羽翼，须臾失浪委泥沙。
黄雀徒巢桂，青门遂种瓜。
黄金销铄素丝变，一贵一贱交情见。
红颜宿昔白头新，脱粟布衣轻故人。
故人有湮沦，新知无意气。
灰死韩安国，罗伤翟廷尉。
已矣哉，归去来。
马卿辞蜀多文藻，扬雄仕汉乏良媒。
三冬自矜诚足用，十年不调几邅回。
汲黯薪逾积，孙弘阁未开。
谁惜长沙傅，独负洛阳才。

这首诗主要是以七言为主，其中也有五言的交叉出现，运用慷慨的笔调将京都的繁华、官员宅第的富丽堂皇以及达官贵人的淫乐生活写出来，抒发了作者的感慨，这样的繁华始终是不能长久的。开篇写“山河千里国，城阙九重门”，然后从远写到近，对其进行了分析和阐释，描绘了王侯将相昏庸无度的生活，又通过评述来抒发“谁惜长沙傅，独负洛阳才”的感慨，指出任何时候都应该居安思危，而不能贪图享乐。显然，诗中的一些判断并不是冷静的判断，而是作者情感的宣泄，包含对人生的思索也凸显出来。从眼前的繁华联想到该地之前是多么的不朽，但是随着时光的流逝，那些不朽已经成为过去，体现了富贵与贫贱的起伏、人情的冷暖。

总体来说，“四杰”的诗歌在思想艺术方面存在一些共同之处。

首先，他们看到贞观之后大唐的繁荣景象，因此，产生了希望永久繁荣的愿景，并有着一种自豪感。他们看到贞观年间重臣都源自布衣，以文章见长的被封为卿相，因此，激发了他们“取公卿于朝夕”的幻想，并且不甘心憔悴于圣明之代的志气。同时，六朝频繁的兴衰让他们有着好景不长的担心，因此，他们的长篇诗歌大多是对盛京壮丽景象的铺陈，其气势渊源超越宫廷文学，但在歌颂太平的同时，流露出人世沧桑的思考，因此，使这些诗歌又蒙上了一层感伤情怀。

其次，他们使诗歌从宫廷逐渐走向市井，在抒发强烈爱国热忱的同时，贯注自身伟大的理想，抒发自身抑郁不平的心境。同时，对边塞形势的关注也揭示出他们重义轻生的豪侠意气，表现了社会上一般人的生活思想和正常健康的感情。

虽然“四杰”在艺术上并未摆脱初唐诗坛从齐梁陈隋沿袭下来的创作风气，但他们追求远大人生理想以及因怀才不遇所激发的种种不平，创新了盛唐诗歌的基本主题；他们以比兴寄托融入词采华靡的齐梁体，为初唐诗歌融合建安风骨和江左文风提供了宝贵的经验；在形式格律方面，也为五言律诗和绝句的成熟做出了自己的贡献。可以说唐诗声律风骨兼备的风貌，是从他们开始形成的。

第三节　格律诗的定型：沈佺期与宋之问

初唐诗歌的兴起有两股力量，一股源于社会，一股源于宫廷。对于宫廷力量，先有太宗时代的宫廷文人群，后有武则天时期的宫廷文人群。初唐时期，两股力量并存。总体来看，宫廷诗人有着更大的力量，因为他们可以有优厚的条件，可以享受到各种便利，可以产生巨大影响，但是无论如何，这些诗人很难跳出“平庸”的包围圈。当然，这一派诗人也有自身的贡献，他们的诗作虽然格调不高，但是往往在创作技术上追求精益求精。这对大时代的大作家来说，无非是一些雕虫小技，但是就唐诗发展的总体效应而言，也是不可缺少的一部分。在武则天时期，这一特点体现得尤为明显，其中沈佺期与宋之问就是这一特点的代表人物。他们的贡献是最终完成了绝、律两种诗歌体裁的创立，即促进了格律诗的定型。

一、沈佺期的诗歌创作

沈佺期（656—714），字云卿，相州内黄（今属河南）人。唐高宗上元二年（675）进士。曾任通事舍人、给事中等官。武后时官至考功员外郎。后因依附张易之，被流放到驩州。中宗神龙年间，召拜起居郎，历官修文馆直学士、中书舍人、太子少詹事。死于开元初。沈佺期与宋之问齐名，时称“沈宋”。擅长七律，被后人称为“律诗之祖”。他的律体精工严密、文辞华丽，但缺乏社会内容。有集十卷，《全唐诗》编为三卷。

沈佺期的诗歌创作划分为两大时期，而这两个时期的分界线就是贬谪前后。贬谪之前的作品并未凸显格律诗，多是应制之作，但是这些诗作摆脱了前朝诗歌那种矫饰的特点，将丰富的感受力与想象力凸显出来。贬谪之后的作品多是触景生情的作品，并直抒胸臆，表达自己的远大抱负，也将格律诗这一唐诗艺术的高峰逐渐体现出来。如《夜宿七盘岭》：

独游千里外，高卧七盘西。
晓月临窗近，天河入户低。
芳春平仲绿，清夜子规啼。
浮客空留听，褒城闻曙鸡。

这首诗是诗人遭贬流放途中所作，是一首五律名篇。首联破题，说自己远游，此刻夜宿七盘岭，“独游”显示出诗人失意的情绪，“高卧”表达诗人住宿在高山之上，是对“独游”的烘托。颔联写夜宿所见的景色，颈联承接颔联，抒发一种“独游”的忧思。“空留听”指杜鹃催归，但自己不能归去。整首诗格律比较严密，且讲究工巧与对仗，巧妙地以“远游”与“高卧”为中心点来论述，语言铿锵有力，寄情于景。

沈佺期最有代表性的诗作是《独不见·古意呈补阙乔知之》：

卢家少妇郁金堂，海燕双栖玳瑁梁。
九月寒砧催木叶，十年征戍忆辽阳。
白狼河北音书断，丹凤城南秋夜长。
谁谓寒愁独不见，更教明月照流黄。

这是一首七律诗，借用“独不见”这一乐府古题来创作。这首诗写的是一位长安少妇思念征战沙场十年不归的丈夫。诗人用婉转的笔调，描绘了少妇在寒砧处处、落叶萧萧的秋夜辗转反侧、久不能寐的凄苦情状。显然，这首诗将环境气氛与人物心情紧密结合，烘托出少妇的孤寂之情。在手法上，诗人采用了反面映照与正面烘托，从多个层面对女主人公的愁绪进行描写。在取材上，虽然源于闺阁生活，但语言上诗人做了推敲，显得境界非常广远，读起来给人一种“顺流直下”之感。

又如《寒食》：

普天皆灭焰，匝地尽藏烟。
不知何处火，来就客心然。

这首诗运用封闭式的结尾来呈现个人的情绪。寒食节本来意味着团聚与快乐，但是对于游子而言，只能是孤独的凸显。“然”不仅是对他的忧愁的隐喻，并且与外部世界形成悬殊对照，这恰好体现了诗人自己的处境。

当然，能充分体现沈佺期诗歌艺术成就的必然不是这类诗，而是那些完全摆脱宫廷范畴的个性化的诗歌。例如他的征戍题材作品《陇头水》：

陇山飞落叶，陇雁度寒天。
愁见三秋水，分为两地泉。
西流入羌郡，东下向秦川。
征客重回首，肝肠空自怜。

又如，《杂诗三首》之三：

闻道黄龙戍，频年不解兵。
可怜闺里月，长在汉家营。
少妇今春意，良人昨夜情。
谁能将旗鼓，一为取龙城。

这两首诗的题材相同，在场景的描写与意象的构造上，也显示出同样的激烈凄厉的氛围与矫健生动的气势。然而，在具体构思上，两首诗又各具特色。前面一首诗是从征人的角度来描述的，如借助水流等意象，表达两地别离以及心路沟通的方式。后面一首诗是从闺中妇女的角度来描述的，借助异地月同明的意象，抒发一种哀叹之情。在诗的结构层面上，都是采用意象的统一对旧有表现形式的琐碎加以描述与代替。

在贬逐期间，沈佺期除了在诗歌中抒发愁苦激愤的情怀外，还有表示澄澈心境与悟道精神的诗歌，如《绍隆寺》：

吾从释迦久，无上师涅槃。
探道三十载，得道天南端。
非胜适殊方，起喧归理难。
放弃乃良缘，世虑不曾干。
香界萦北渚，花龛隐南峦。
危昂阶下石，演漾窗中澜。
云盖看木秀，天空见藤盘。
处俗勒宴坐，居贫业行坛。
试将有漏躯，聊作无生观。
了然究诸品，弥觉静者安。

这首诗是从寺院景观引发的联想，并由此而摒弃“世虑”，游心于“香界”“花龛”之间，骋目于“云盖”“天空”之外，这种以心理力量消解现实磨难的文学主题表现方式得到了不少后世文人的肯定与借鉴。

总之，沈佺期对格律诗的定型与发展有着巨大功劳，且其歌律化水平已经很高，呈现了与宫廷诗有所区别的文化内涵。

二、宋之问的诗歌创作

宋之问(656—712),字延清,汾州(今山西汾阳)人。上元二年(675)进士及第,历任洛州(今河南洛阳东北)参军、尚书监丞、司礼主簿等职,唐中宗执政后。因他攀附张易之,被贬为泷州(今广东罗定市)参军,后又任鸿胪主簿、考功员外郎,后被太平公主诬蔑,于景龙三年(709)被贬为越州(今浙江绍兴市)长史。景云元年(710),他又被流放钦州(今广西钦州市东北)。先天元年(712)。宋之问被唐玄宗赐死。宋之问写的多是对朝廷歌功颂德、阿谀奉承的靡丽诗文。但经历了仕途沉浮之后,他也写就了一些好的作品,如《江亭晚望》《晚泊湘江》《题大庾岭北驿》《度大庾岭》《渡汉江》等。他善于写五言诗,有《宋之问集》传世。

除沈佺期,宋之问也是格律诗的奠基人,沈佺期的七言律诗写得好一些,而宋之问的五言律诗写得好一些。二人水平相当,人格也相近。宋之问的一些小诗也颇具有人情味,如《渡汉江》:

岭外音书断,经冬复历春。
近乡情更怯,不敢问来人。

这首诗真实地描写了诗人久别还乡的复杂又激动的心情,语言上不矫揉造作,意境颇为深邃,展现了语言的自然之美。前两句描述的是被贬的情况,本身凄苦,又和家人断了联系,诗人通过层层递进,对空间隔绝、书信断绝、时间久远一一进行展示,从而强化了他苦闷的心境。而后面两句写归来之后的心理变化,明明接近故乡,但是内心害怕起来,以致遇到乡里来人都不敢与之交谈,怕带来不好的消息。这种矛盾心理显得非常戏剧化,从“情更切”变成了“情更怯”,从“急欲问”变成了“不敢问”,这能表现出诗人强烈抑制自己的急切愿望以及由此造成的精神痛苦。

被流放之前,宋之问的诗歌多为宫廷游宴诗,但与一般的应制之作相比,诗歌中个人情感的抒发明显增多,如《江亭晚望》:

浩渺浸云根,烟岚出远村。
鸟归沙有迹,帆过浪无痕。
望水知柔性,看山欲断魂。
纵情犹未已,回马欲黄昏。

这首诗属于一首记游诗,诗词结尾体现出宫廷诗的特点。诗中切近和把握了“沙有迹”“浪无痕”这些自然状态,反映了诗人对景物的细腻观察。而“望月”“看山”中又融入了诗人自身的思绪,从而使其与以往的记游诗有不同的意境,形成了自然与人的思绪的紧密融合。因此,同沈佺期前期的宫廷诗歌创作类似，宋之问的宫廷诗已经超越了传统宫廷诗本身的意义，在彰显整体性审美意味的同时，也呈现了诗人对人生问题的思考。

被流放之后，宋之问的诗歌风格发生了明显的变化，不仅具有真情实感，而且情韵俱佳，如《题大庾岭北驿》：

阳月南飞雁，传闻至此回。
我行殊未已，何日复归来。
江静潮初落，林昏瘴不开。
明朝望乡处，应见陇头梅。

这首诗是宋之问被贬途中经过大庾岭北驿时所作，表达了诗人怀乡的忧思，悲伤之情溢于言表。前四句描写南雁北归但有来日，而自己不仅不能停留，还要翻山越岭，不知道归期是何时。当人与雁比较之后，五六句是对眼前景色的点缀，江潮初落，水面非常平静，彰显一种寂寞之感，但诗人心潮起伏，并未感受到安宁，显然这两句是对上述几句的抒情，是一种转承手法，对凄凉孤寂气氛的渲染。最后两句用南朝陆凯以梅花一枝寄怀范晔之典，抒发了自身真切的情感体验，使怀乡之情达到最高点之后，又收得含吐不露。全诗既精切浑成，又灵动洒脱。

总之，宋之问的诗歌所涉及的范围是非常广泛的，而且也体现出了工整对仗，将格律诗的风格展现出来，是一种创新的风格。

第四节　陈子昂与唐诗风骨

陈子昂（661—702），字伯玉，梓州射洪（今四川射洪县）人。出身富豪之家。唐睿宗文明元年（684）进士，武则天时代任麟台正字、右拾遗等职。曾随武攸宜东征契丹，因直言敢谏，得罪权贵，被降职。陈子昂由于政治抱负无法实现，38岁时便辞官还乡。不久被射洪县令段简所害。有《陈子昂集》，存诗一百二十余首。

陈子昂小的时候受过道教、佛教影响，晚年因失时不遇，又转向老庄和佛教。不过，从他18岁折节读书到辞官回家前，主要还是接受了儒家思想。从他向朝廷所上的一系列政论奏疏来看，其政治思想实质上是儒家王道仁政思想。他认为，治国的宗旨即“王政之责，莫大乎安人”，因此极力主张息兵、措刑、亲农桑、倡节俭、除暴安良。在《谏雅州讨生羌书》《谏用刑书》《谏政理书》中都一再呼吁不可劳民伤财、滥杀无辜。这些严正切实的见解都是针对当时统治者对外穷兵黩武、对内残酷镇压异己等而发的。显然，陈子昂是一位关心国事民生的文人。

在政治上，陈子昂敢于针砭时弊，在文学上，陈子昂反对齐梁诗风，提倡汉魏风骨。他对当时文坛上风骨不振、兴寄都绝、一味浮华夸饰、堆砌典故的宫廷诗风深为不满。

陈子昂主张改变文风的想法是随处可见的，但他的这一主张也由来已久，只不过未形成潮流、且时断时续，让后人不好遵循。前人已矣，而且他们的主张，大抵收效不大，只有陈子昂站在历史升华的关头，呐喊一声，生出许多精彩。他的诗歌是自己文学主张的实践。

陈子昂具有明确的人生目标和诗歌理想。这在《感遇》中就有所体现，其中有不少哲理性的思索。此外，《感遇》诗以喻论理，甚至明言直指，发为抽象的议论。如"翡翠巢南海"一诗写珍禽因美见杀，寓意已很明显，篇末仍要点出"多材信为累"，使之更为醒目，这就稍欠含蕴之致。

以下是陈子昂的《感遇》（其二）：

兰若生春夏，芊蔚何青青。
幽独空林色，朱蕤冒紫茎。
迟迟白日晚，袅袅秋风生。
岁华尽摇落，芳意竟何成。

诗人通过特写的手法，将香兰与杜若的芳姿进行凸显。红色的花朵在紫茎上盛开，使充当背景的春色也为之动容，但是如此美丽的画面只是在空度时日，等到秋天到来时逐渐飘落。诗人感叹兰若的芳香是不能维持长久的，其实表达的是自己的理想是很难实现的。这首诗寄托了诗人时不我待的心境。

《登幽州台歌》是陈子昂跟随武攸宜东征契丹时所作。诗中怀古伤今，抒发了怀才不遇的强烈感慨。当时，由于武攸宜指挥失误，致使先锋部队大败，陈子昂满腔热情地向武攸宜进谏，并自告奋勇带兵出击，但武攸宜以他是书生为由而不采纳他的建议。几天后，陈子昂不忍见危不救，又进谏，因此激怒了武攸宜，下令将他贬为军曹。带着这种痛感怀才不遇的激切悲愤，诗人登上了蓟北楼（即幽州台），仰望苍天，俯视大地，悲从中来，不可遏止，唱出了震烁千古的《登幽州台歌》。陈子昂的诗文铿锵有力，这与他个人的努力分不开，但也与社会发展的时机有关。陈子昂的诗作对后代诗人影响深远，他的《登幽州台歌》，气象不凡，影响很大。

前不见古人，
后不见来者。
念天地之悠悠，

独怆然而涕下。

这是陈子昂的名篇,诗人具有政治才能与见识,但怀才不遇,心情抑郁悲愤。诗歌前两句感叹的是人生短暂,诗人综观历史,不能不感叹人生的短暂,短短几十年,如同白驹过隙,转瞬即逝。这种感叹可能引起的是一种颓废思想,也可能是激发斗志。自古以来,多少仁人志士并未因此而消沉,而是更加振奋精神,正是这种积极的态度,陈子昂才"怆然涕下",在这悲怆之中蕴含着一股奋发的豪气。这是诗人为那些空怀报国之志的人们发出的一种呐喊,细细读来,语言奔放,富有感染力。从结构脉络上来说,前两句仰望古今,写出时间的绵长,第三句登楼眺望,写空间的无限连阔,第四句写诗人悲苦的心境,这样前后照应,显得格外动人。

陈子昂的律诗中也有一些佳作,如《度荆门望楚》:

遥遥去巫峡,望望下章台。
巴国山川尽,荆门烟雾开。
城分苍野外,树断白云隈。
今日狂歌客,谁知入楚来。

这首是调露(679—680)年间,陈子昂初次出川应试途中入楚时所作。诗歌首联交代了诗人的行程;颔联进一步描写眼前所历之景;颈联继续写景,更具体地状写楚境胜地;尾联诗人以楚狂接舆自比,直抒胸臆。全诗笔法细腻,结构完整,寓情于景,含而不露,艺术感染力很强。尤其诗人对舟行出川后平野空旷、豁然开朗的景象的概括,气势很少有人能敌。

除了上述诗作,陈子昂也有一些诗作是对现实政治弊端的反映,并衬托了人们生活在苦难之中。在武则天当政时期,由于她穷兵黩武,重用酷吏,导致政治出现了腐败,人们生活在水深火热之中。基于这样的情况,陈子昂多次上书,但是未得到武则天的重视,因此只能在自己的诗歌中进行抒发,如《感遇》(三十八首·其二十九):

丁亥岁云暮,西山事甲兵。
赢粮匝邛道,荷戟争羌城。
严冬阴风劲,穷岫泄云生。
昏曀无昼夜,羽檄复相惊。
拳跼兢万仞,崩危走九冥。
籍籍峰壑里,哀哀冰雪行。
圣人御宇宙,闻道泰阶平。
肉食谋何失,藜藿缅纵横。

这首诗的特点在于用诗来议论时弊,其与一般的陈述意见的政论文不同，其是政论，又是诗。该诗通过对战争带给人民灾难的描写，尖锐地讽刺了当时的政治腐败现象。

总体来说，陈子昂的诗歌创作以淡和简古为主，在声律上对仗和平仄相间是非常注重的，对汉魏非常推崇，但并没有亦步亦趋，而是在吸收了齐梁以来的声韵理论的基础上，创造出不同于汉魏古诗的古体诗。陈子昂的诗歌标志着唐代诗风革新和转变的正式开始。

第三章　声律风骨始备：盛唐诗歌

唐代是中国封建社会的鼎盛时期。从唐太宗的贞观之治到唐玄宗的开元、天宝盛世，国力不断强盛，唐朝成为当时世界上首屈一指的王朝。由于经济繁荣，人民生活安定，有力地促进了文化的繁荣。众多诗人就在这种背景下相继涌现。

第一节　盛唐诗歌的创作特点

盛唐时期的诗歌，是诗歌创作的辉煌阶段。在这一时期，诗歌涉及的题材是非常广泛的，有边塞诗、政治诗，也有送别诗、山水诗、咏物咏史诗等，琳琅满目。

盛唐时期的诗歌创作丰富多彩，但又不失和谐统一。尤其是开元盛世时期，由于推崇教育与文化建设，因此，出现了很多从各州郡与庶族阶层来的人才。这些人摆脱了宫廷诗的依附，靠自己的真才实学寻求政治出路。也正是因为人才辈出，促使盛唐诗歌出现了多姿多彩的局面。但是，盛唐诗人所处的时代本身是健康和谐的，因此，诗人的创作也呈现出了和谐统一的色彩。用八个字概括这一时期诗歌的基本面貌就是“笔力雄壮，气象浑厚”，其中“笔力雄壮”指的唐诗风格是与齐、梁时期的纤弱、萎靡不同，彰显的是一种朴实、有力度、强大的表现力，即“笼天地于形内，挫万物于笔端”。

“笔力雄壮，气象浑厚”的诗歌创作风格使盛唐时期的诗歌更让人觉得饱满有力。明代王世贞云：“盛唐之于诗也，其气完，其声铿以平，其色丽以雅，其力沉而雄，其意融而无迹。”(《徐汝思诗集序》)这句话的意思就是说盛唐时期的诗歌力量非常雄厚，元气非常充足，艺术造诣也是非常浓厚的，且融合的时候也没有踪迹。

在创作上，盛唐时期的诗歌呈现出感激与怨怼两种感情。这两种感情看似相反，但是实际上有着紧密的联系。有成就功名伟业时的感激，也有遇到挫折时的怨怼。因此，在一些具体的作品中，这两种情感是相互交织的。盛唐时期的诗人具有浓厚的理想主义色彩。“时来整六翮，一举凌苍穹”（岑参《北庭贻宗学士道别》）、“大鹏一日同风起，扶摇直上九万里”（李白《上李邕》），这是被时代召唤而创作出来的，目的是希望自己能够干一番轰轰烈烈的事业。而且，盛唐人的这种精神与那种狭隘的名利主义是不同的，它表现出人们期待建功立业的那种使命感与荣誉感。例如，“济人然后拂衣去，肯作徒尔一男儿”（王维《不遇咏》）、“苟无济代心，独善亦何益”（李白《赠韦秘书子春》）、“小来思报国，不是爱封侯”（岑参《送人赴安西》）等。这都表现出盛唐诗人对于独善其身的做法并不十分赞同，而是推崇一种使命感；要实现功成但不要封侯，表现出他们的奉献精神。正是由于这些精神的存在，盛唐诗人一谈到建功立业，就表现出高昂的情绪，富有信心。但是，盛唐诗人建功立业的理想在很多时候很难实现，甚至无法实现，这就导致他们的这种激动情绪转化为怨怼，继而在现实与理想中发出一些怨怼之词。但是，盛唐诗人的怨怼之词不是一种哀怨，如“君恩如水向东流，得宠忧移失宠愁”（李商隐《宫辞》），也不是一种软弱，而是带有巨大的力量与气势，不是与无聊空虚相结合，而是与有才但得不到发挥的机会相关。具体来说，封建制度的根本弱点加上时代的转折与发展，导致盛唐时期的诗人感受到黑暗势力在逐渐变得强大，前途也遭遇了重重障碍，进而因为愤怒出现了极大的怒吼声。例如，李白的《将进酒》《宣城谢朓楼饯别校书叔云》《答王十二寒夜独酌有怀》等诗篇，其中饱含着雷霆般的震怒，在颓废的社会中是很难出现的。另外，盛唐诗人的怨怼还饱含着诗人与时代之间产生的冲突，盛唐诗人只要肯接受上层统治者的笼络，就可以轻松地得到一官半职，但是他们往往不会简单地接受这些。李白等人往往不愿意接受统治者的这种安排，而是想成就一番大的事业，这种远大的志向显然在唐玄宗后期是无法实现的。

除了上述两点，盛唐诗歌在创作上还兼具声律风骨，对于这一特点，可以从唐诗的形式与内容上进行分析。

就形式上说，盛唐诗歌的创作呈现了明显的“声律”特色。

首先，在这一时期，律诗逐渐成熟并普及开来。其中，五言律诗在初唐与盛唐之交定型之后，一直到盛唐逐渐打破了传统的单调呆板的局面，出现了五律五排破偶为散的局面。同时，与古诗句法进行对照，这就使得呆板的格律变得更为活泼。这样正说明人们对声律的驾驭已经从必然逐渐向自由转变。七律的形式要比五律晚，直到武则天后期才得到了发展。到了开元年前，七律也不多，基本上处于从歌行体向工稳过渡的时期，直至到了杜甫手里才得以成熟。但不得不说，这种特殊的形态使七律具有了特殊的美。

其次，在盛唐诗歌中，歌行和绝句得以发展。其中，七言歌行将初探时期常用的排比、顶真等手法逐渐减少，而是采用散句的形式将全篇贯串起来，因此，不是以悠扬婉转的声情见长，而是通过气势来取胜。篇幅则是由初唐的铺排作为节制收敛，从而形成矫健也不乏委婉的艺术风格。最具代表性的就是李白与杜甫的诗作，他们可以说是歌行创作的大家，他们的创作就极具变化，“几于鬼斧神工，莫可思议”（朱庭珍《筱园诗话》），达到了较高的境界。当然，在盛唐诗歌中，绝句也占有绝大比例，而且这一时期的绝句逐渐恢复了与乐府诗的联系，虽然篇幅短小，但是意境是绵长的，给人以天然清韵的感觉。这些诗作汲取民歌中那些自然音调与单纯明快的风格，更自觉地将个人感受与民族情感紧密结合，用朴素、平易的语言加以陈述与概括。

就内容上说，这一时期的诗歌创作呈现出“风骨”的特点。因为这一时期诗歌的两大主题是对积极进取思想的抒写以及对日常生活感受的表现。前者多在边塞诗、感怀诗中呈现，后者躲在山水诗、闺思诗中呈现。但是这两大主题之间也有着紧密的关联，因此，虽然有些盛唐诗人有着偏精独诣，但是那些兼长各类题材的人占据大多数。并且，他们所提倡的风骨在各类题材中都有所展现。具体而言，盛唐时期的“风骨”主要有如下几点表现。

首先，盛唐诗人是从宇宙历史的发展规律的高度来思考人生与时代发展。例如，李白、王维等人对人事兴废、天道变化给予了较多的关注，从而对时代进行观察、对自我加以审视，让人们更加珍惜时光与生命，为建功立业做出努力。这样明确的目标使得盛唐诗歌有着爽朗与高远的情调与境界。

其次，盛唐诗人对于独立的人格与高洁的品质是非常注重与赞颂的，这使得他们很少追求功名与庸俗，增强了理想主义的色彩。例如，盛世的繁荣给很多寒门子弟展现了光明的政治前景，同时，为更多人享受人生提供了物质基础，使他们能够获得良好的文化教养。因此，无论个人目前的处境如何，都能够以积极的态度面对人生。

最后，盛唐诗人在追求建功立业的热情中彰显强烈的自信心。唐代开国以来政治开明、经济繁荣，国力也是非常强盛的，加上统治者采取了多种措施推崇济世之才，这就培养了很多文人以天下为己任的信念。因此，这一时期的诗人身上有着很多布衣的骄傲和自尊，并且凭借着个人的才能获取更多的自信和希望。即便他们感觉到社会中存在某些问题，但是他们仍旧未放弃这种自信和希望。

总之，盛唐诗歌兼取汉魏兴寄和齐梁清词，主张在丰满的形象描绘中体现出风骨性灵。

第二节　清淡简远：王维、孟浩然与山水田园诗

盛唐的来临有其内在的必然性。从汉朝以来，封建集权专制和“罢黜百家，独尊儒术”的政治意识形态已逐渐失去了内在的合理性，唐朝顺应了历史发展的潮流，并鉴于魏晋南北朝的混乱及隋朝短命而亡的教训，实行了比较开明的政策。初唐时期，朝廷选贤任能，注重发展生产，关注民生疾苦。初唐、盛唐时期以租佃制经济取代汉魏六朝以来的部曲经济，庶族地主阶级取代士族地主阶级是中国传统社会中经济、政治上的一次意义重大、影响深远的改革。

与此相适应，科举制度取代察举制度，在野士人通过科举而把自己从书本上得来的文化理想提升到现实运作的层面上来。这两项改革，使政治运作和经济发展充满了活力。这些基本条件使唐朝一度出现了“开元之治”的局面，但这只是为文学的繁荣提供了基本条件，文学还有自己的发展规律。

盛唐以前，中国文学已经积累了非常丰富的艺术经验，不仅有《诗经》《楚辞》和众多的诗人、文学家，更为重要的是中国文学还经过了魏晋六朝这一“人的觉醒时期”，此时的人物品藻十分重视人的感性形式，一大批品藻用语为人的感性自觉找到了美的形式，山水诗以及咏物、抒情骈文的勃兴更丰富了这些美的形式，可以说，魏晋六朝文学是一次情感形式的造山运动。

另外，唐朝的思想比较自由，儒、释、道并用，文人士子也可以随意指点江山，而文人士子本身更极富流动性，社会为他们提供了各种仕进的机会和平步青云的幻想，因此，他们往往以浪漫与激动的心情来对待生活。自汉代建立的政治意识形态此时呈现出最为开放的状态，也充分发挥出了其内在的合理性，唐人的政治本体意识空前强化，他们相信只要遵循这种政治制度，无论是社会理想还是人生价值都会实现和建立，因此，他们对这种政治本体寄予了深切的希望，产生了强烈的乐感。至开元年间，随着文人阶层的进一步扩大，一大批中下层的诗人，特别是那些在野的遗才，从根本上改变了初唐诗歌的状况，形成了真正的诗国高潮。

一、王维的诗歌创作

王维（701—761），字摩诘，太原祁（今山西祁县）人，出身官僚地主家庭，幼而能诗，擅长书画、音乐，是一位艺术全才。王维的“发迹”颇有传奇色彩，《集异记》载：“王维未冠，文章得名，妙能琵琶。春试之日，岐王引至公主第，使为伶人进主前。维进新曲，号《郁轮袍》，并出所作。主大奇之，令官婢传教，遂召试官至第，谕之，作解头登第。”王维存诗四百多首，题材广泛，内容丰富，不仅有著名的灌注着隐逸超脱之情和禅思哲理的山水田园诗，还有意气豪迈、情绪慷慨的游侠诗，也有抨击现实的政治诗，对于亲情友情、乡愁离愁，王维的诗中也多有表现。

王维的山水田园诗数量很多，约有百首，题材也广，具有很高的艺术成就。要解读王维的山水田园诗，首先要进入王维的心态，那就是“静”“闲”“淡”。细翻全集，可以发现王维最爱用这类字眼。“寂寥天地暮，心与广川闲”（《登河北城楼作》），“我心素已闲，清川澹如此”（《青溪》）。唯其能静，才能领略到一切自然的美。因此，王维的山水田园诗往往是从隐逸者的视角来描绘田园生活，不仅显得清幽净美，往往还反衬出对尘俗的厌烦。例如：

不到东山向一年，归来才及种春田。
雨中草色绿堪染，水上桃花红欲然。
优娄比丘经论学，伛偻丈人乡里贤。
披衣倒屣且相见，相欢语笑衡门前。

（《辋川别业》）

以自然流畅的笔调将山村描绘得那样美好，充满了古朴的人情美与人性美，并通过对乡贤的赞美衬托出对俗世的否弃。有的诗则表现了摆脱官场冗繁后的喜悦，如《淇上田园即事》：

屏居淇水上，东野旷无山。
日隐桑柘外，河明闾井间。
牧童望村去，猎犬随人还。
静者亦何事，荆扉乘昼关。

不仅山水自然与田园风光融为一体，“静者”的心境更与山水田园融为一体，“日隐桑柘外，河明闾井间”是静，“牧童望村去，猎犬随人还”还是静，这种没有世俗纷扰的静，是摆脱了功名利禄之心的静。但必须看到的是，王维的“静”“闲”“淡”是他的生活和创作态度，并不一定是他的山水田园诗本身的艺术风格。相反，这样的生活和创作态度更易于使他的诗摆脱世俗的干扰，呈现出更加纯粹而强烈的情感色彩，不仅使其动中有静、静中有动，更使其在静穆中显示出一派盎然的生机。

王维的确有一双善于发现美的眼睛，他极其善于抓住不同季节中富有特征的景物，从中摄取最富有诗意的一面或是最引人入胜的一刹那，将山水与田园、物候与季节以及人情与农事渲染得极富诗情画意。如《渭川田家》：

斜光照墟落，穷巷牛羊归。
野老念牧童，倚杖候荆扉。
雉雊麦苗秀，蚕眠桑叶稀。
田夫荷锄至，相见语依依。
即此羡闲逸，怅然吟式微。

诗作描绘了一幅农村的晚景图：夕阳映照村落，牛羊在夕照中归来，老人倚着柴门等候归来的牧童；野雉在麦苗中鸣叫，蚕儿在桑叶中安眠，荷锄的农夫相互问询，依依道别。这些最平常的农村事情，构成了和平、安宁的氛围，表现出作者对这种牧歌式社会的向往。诗作以意象衬理，理借物显。

又如《山居秋暝》：

空山新雨后，天气晚来秋。
明月松间照，清泉石上流。
竹喧归浣女，莲动下渔舟。
随意春芳歇，王孙自可留。

诗作描写秋天雨后山林傍晚的幽清景色，通过静态和动态、喧闹与静谧的和谐配置，将“明月”“松林”“清泉”“浣女”“渔舟”等美好意象交错连缀，组成了一幅淡雅、清丽、恬美的山居秋暝图。这些意象不是简单的堆积，而是有生命的整体。例如，颔联中“明月松间照，清泉石上流”将“明月”和“松”，“清泉”与“石”这两组物象分别通过“照”“流”二字联系起来，构成了新生的意象，从而使雨后的秋山、朗照的秋月以及潺潺的流水生发出了新的生命的意义。在清新宁静而生机盎然的自然山水中，诗人感受到的是自然的生之韵律，精神也升华到了空明无滞碍的境界，自然美与心境美水乳交融，创造出如水月镜花般不假雕饰的纯美诗境。

但是，在平静的山水清音与田园牧歌中，我们还应该看到王维疏狂与郁闷的不平静的一面：

寒山转苍翠，秋水日潺湲。
倚杖柴门外，临风听暮蝉。
渡头余落日，墟里上孤烟。

复值接舆醉，狂歌五柳前。

（《辋川闲居赠裴秀才迪》）

农民的辛苦、政治的腐败、朝纲的混乱，安史之乱以及个人仕途的挫折，使王维始终无法彻底“平静”，在这里，我们可以窥见王维在安适闲静外表下深藏着的不平、忧郁和愤怒。诗作以接舆和陶渊明自比，以大醉来抒发不平，用狂歌来倾吐愤懑。因此，在一定意义上讲，王维对田园风光的赞美，对农村的理想化，是他对现实表示不满和否定的一种形式。当然，也正是那个时代给了他追求理想的激情和热望，使他唱出了再也不能复现的山水清音与田园牧歌。

王维的诗风在40岁前后发生了转变，由前期的积极关注现实转变为对山水田园的歌唱和对禅境的沉思与体悟。王维自佛禅老庄而获得了灵犀，又将禅理与诗情相融通，化育了他的山水田园诗，使其显示出了特异的风格。对晚年的生活与心境，他也这样说：

晚年惟好静，万事不关心。
自顾无长策，空知返旧林。
松风吹解带，山月照弹琴。
君问穷通理，渔歌入浦深。

（《酬张少府》）

其中，虽然多少还有嵇康、阮籍式的愤懑和陶渊明式的带性负气，但更多的是自然、洒脱与逍遥。正是在这样的心态中，诗人以佛眼观花，以禅心悟世，终使自己成为“诗佛”。

王维的“禅诗”，并不是一般的“诗画一律”、动静合一，而是有更深的禅意诗境蕴含其中。由“画”入“诗”，应该是进入“诗情画意”的两重心灵境界。王维的这些“入禅之作”不仅是文学自身的发展使然，在格调上也正是禅宗流布士林的世风和盛唐“有容乃大”的气魄的体现。如《终南别业》：

中岁颇好道，晚家南山陲。
兴来每独往，胜事空自知。
行到水穷处，坐看云起时。
偶然值林叟，谈笑无还期。

这里有老庄的道，有孔子的隐，更有佛家心灵的禅悟，它不仅反映了王维的心态与思想，更反映了文化的融合。王维的所谓“诗佛”，也只有在这一意义上才真正成立。

二、孟浩然的诗歌创作

孟浩然（689—740），字浩然，襄阳（今属湖北）人，其家薄有资产，父祖通晓诗文。孟浩然自幼苦读，深受儒家思想的影响，希图建立功业。孟浩然以孟轲的后代自居，并追慕前贤，认为自己自强不息，学有所成，并且求诸当道，但其命不通。尽管这样，孟浩然仍不气馁，希望有朝一日能够展翅高飞。

孟浩然的思想既有儒家入世的一面，又有浓厚的老庄退隐的意识。盛唐的繁荣激发了孟浩然建功立业的愿望，但黑暗的一面又使他对现实有着清醒的认识，并保持着一定的距离；家乡的先贤隐士一方面给了他经世济时的雄心壮志，但另一方面也助长了他的隐逸情结。孟浩然就是在这样的各种思想意识冲突而又相互融透的心理状态中来表现自己的心志和吟唱山水田园的。

孟浩然的山水诗多写于他隐居鹿门山和漫游的途中，这些诗作表现出了鲜明的艺术特色，昭示着盛唐诗歌的艺术特征。

首先，孟浩然的山水诗十分善于营造清幽的艺术境界。例如：

夕阳度西岭，群壑倏已暝。
松月生夜凉，风泉满清听。
樵人归欲尽，烟鸟栖初定。
之子期宿来，孤琴候萝径。

（《宿业师山房期丁大不至》）

诗中写等待友人的心情，“松月生夜凉，风泉满清听”可谓清幽之极，而全诗意境浑融，不可句摘，营造出了一幅浑然一体的暮琴候友图，已不是六朝的状物析理、句句相隔的山水诗所能比拟的了。

孟浩然的山水诗更善于将情景融为一体，使其相互映发、相互促生，将静谧的心境和清纯的物境和谐地统一起来。如著名的《夜归鹿门山歌》：

山寺钟鸣昼已昏，渔梁渡头争渡喧。
人随沙路向江村，余亦乘舟归鹿门。
鹿门月照开烟树，忽到庞公栖隐处。
岩扉松径长寂寥，惟有幽人自来去。

淳朴、清新、流丽、自然。幽人心境与渡头的喧闹在比照中融而为一，以静带动，化动为静，将山寺钟鸣、渔梁争渡、沙路行人以及鹿门月照都收摄在“幽人”静穆的心境中，可谓有出神入化之妙。

将隐逸与放情、执着与旷达和谐地融合起来，也是孟浩然山水诗的重要特点。例如：

北山白云里，隐者自怡悦。
相望试登高，心随雁飞灭。
愁因薄暮起，兴是清秋发。
时见归村人，沙行渡头歇。
天边树若荠，江畔洲如月。
何当载酒来，共醉重阳节。

（《秋登万山寄张五》）

白云中的隐者心逐鸟灭，“天边树若荠，江畔洲如月”，显现出隐者包容万象的廓大的胸怀；但这种隐者的超越如果到此为止就有枯寂之嫌，而孟浩然恰恰是在廓大心境的观照中执着于现实的细节，无论是薄暮之愁、清秋之兴，还是沙行渡头的归村人，都在他的视野之中。但这种执着又不是局促的，“何当载酒来，共醉重阳节”，就是对这种执着的超越。

在具体的艺术手法上，孟浩然十分善于使用自然朴素而又清新淡雅的白描手法，往往在不着痕迹中尽传其神韵。例如：

山暝听猿愁，沧江急夜流。
风鸣两岸叶，月照一孤舟。
建德非吾土，维扬忆旧游。
还将两行泪，遥寄海西头。

（《宿桐庐江寄广陵旧游》）

挂席几千里，名山都未逢。
泊舟浔阳郭，始见香炉峰。
尝读远公传，永怀尘外踪。
东林精舍近，日暮空闻钟。

（《晚泊浔阳望庐山》）

两首诗都是纯用白描手法，对于自然景物没有刻意的细致描绘，笔触仿佛在若有若无之间，而读者却遐思无限，情意深远。这种淡远的白描手法历来被称为“清空”，《岘佣诗说》评此诗“清空一气”“最为高格”“所谓羚羊挂角，无迹可求”。

有时，孟浩然的小诗写得自然流畅而富有意味。如《春晓》：

春眠不觉晓，处处闻啼鸟。
夜来风雨声，花落知多少。

春光美好，但禁不住风雨的吹打；生命美好，不能因酣睡而错过。在这里，对春光的珍爱与对生命的珍惜已拆解不开，春光与生命，时代与生活是如此让人爱恋，以致使人们不愿放弃片刻的光阴。诗中即使含有一丝丝的伤感，也立刻在这种青春的情绪中蒸腾为对生活与生命的深情的感受。

孟浩然还有一部分田园诗，虽然数量较山水诗为少，但在思想和艺术上也有着突出的特色。孟浩然心系民生，时时表现出对农事的关怀。例如：

田家春事起，丁壮就东陂。
殷殷雷声作，森森雨足垂。
海虹晴始见，河柳润初移。
予意在耕凿，因君问土宜。

（《东陂遇雨，率尔贻谢南池》）

昨夜斗回北，今朝岁起东。
我年已强仕，无禄尚忧农。
桑野就耕父，荷锄随牧童。
田家占气候，共说此年丰。

（《田家元日》）

当然，这种关怀还是隐士式的，其中，更多的是对田园生活的描绘，诗作在“无禄尚忧农”的思想情调中凸显出的是自然淳朴而又生机盎然的生趣，甚至有淡淡的欣喜，这与陶渊明的田园诗形成了鲜明的对照。他的一些短诗则更有被誉为“古今隐逸诗人之宗”的陶渊明式的情致。例如：

日暮田家远，山中勿久淹。
归人须早去，稚子望陶潜。

（《赠王九》）

行至菊花潭，村西日已斜。
主人登高去，鸡犬空在家。

（《寻菊花潭主人不遇》）

这两首诗淳朴而凝练，以白描的手法画出了田园生活的自然情趣。应该说，这正是盛唐隐士的风格。一方面要隐逸出世，而另一方面又对现实的田园风光和田园生活不能忘怀。毕竟那个时代并不令人讨厌，所以在退隐中玩赏山水，感受田园之乐，也就成了必然。《游精思观回，王白云在后》一诗更是意趣盎然：

出谷未停午，到家日已曛。
回瞻下山路，但见牛羊群。
樵子暗相失，草虫寒不闻。
衡门犹未掩，伫立望夫君。

这里已分不清是山水诗还是田园诗，但山水间的情景，田园中的生活，在静穆中被刻画得呼之欲出。你看那将要下山的牛羊，那在昏暗中寻找伙伴的樵子，还有那倚在柴扉上等候丈夫的妻子，所有这些，都被静静地摄入诗人的眼中，同时又是那样地富有淳朴而新鲜的活力。孟浩然最著名的田园诗是《过故人庄》：

故人具鸡黍，邀我至田家。
绿树村边合，青山郭外斜。
开轩面场圃，把酒话桑麻。
待到重阳日，还来就菊花。

该诗正是在淡泊淳朴而又平易自然的艺术风格中表现出了至淳至浓的乡情美与人情美。首联写故人以鸡黍相邀，尽显农家风情，俭朴而真淳，而“具”“邀”“至”三字，毫无渲染，在不着痕迹中将诗意与情景自然导入；颔联写进入村庄所见，既近连平畴，绿树合围自成一统，又远接苍翠，郭外青山连绵开去，使故人的村庄显得幽静而不冷僻，安谧而不封闭；颈联紧承上联，宾主临窗举杯，面对场圃，放眼平畴，在一片泥土的气息中忘情地谈论着农事，一切都显得那样地自由和率意，达到了诗的情景的“高潮”；尾联写与故人相约，重阳秋日，就菊饮酒，共庆丰收，在不经意之间，其对故人和田园的倾情已溢出纸外。该诗各联之间平衡用力，既不是靠一两个意象来争奇斗胜，也不是靠一联两联来支撑门面，而是在整体的浑融中显示出高超的艺术水平。这就是所谓的“篇法之妙，不见句法”，也是盛唐诗歌的典范。

在南朝诗歌中，山水自然是最重要的题材，至孟浩然，山水诗被提升到新的境界，这主要表现在两个方面：一是情景交融、浑然一体；二是诗境纯粹，无枯燥的玄言议论。孟浩然在诗歌的整体成就上虽不如王维，但他不失为一座由初唐向盛唐过渡的丰碑。

第三节　豪放绮丽：高适、岑参与边塞诗

盛唐时期，有一批诗人以写作边塞题材著称，被称为边塞诗派。主要代表作家是高适、岑参、王昌龄，重要作家还有李颀、王之涣、王翰等。盛唐边塞诗的内容是多种多样的，就其基本面来说，主要是抒写了将士杀敌卫国的豪情，表现了他们与亲人的离情别绪，描绘了戍守战斗的场面，揭露了官兵之间的矛盾，刻画了边塞的奇异风光与边陲人民生活状况。盛唐边塞诗的风格呈多样化，但其主要风格是豪放。它体现了盛唐的风尚，即奋发有为、积极向上的时代精神。

一、高适的诗歌创作

高适（700—765），德州（今河北景县）人。父亲曾担任小官，家境并不宽裕。早年攻文习武，颇为艰难。20 岁上京求仕未果，退而客居梁宋，以农耕自给。36 岁再次上京应试无成，其间曾北游幽蓟，南游荆襄，东至淮楚齐鲁。广泛地结交文友名流，如杜甫、李白、李邕、独孤及、王昌龄、颜真卿等，接触社会各个层面，了解民间生活，知闻国家大事。在北游幽蓟时写了不少边塞诗，在漫游其他地方时写了一些反映社会弊病的诗篇。

天宝八年（749）第三次应举，中选，授封丘尉。不满于“拜迎官长心欲碎，鞭挞黎庶令人悲”的县尉处境，于 53 岁时辞官转入河西节度使哥舒翰幕府任掌书记，过上从军边陲的军旅生活，较全面地体察了战争、军旅、边塞的方方面面，写了许多精彩的边塞诗。安史之乱开始，他处在破敌平乱的前线，以国家安危为己任，一再向朝廷献计献策，被委以重任，先任淮南节度使，后任西川节度使。此时位高见广，更多地认识了社会现实的各个方面，诗歌作品在雄放中渗透着悲凉。65 岁还京任刑部侍郎，终散骑常侍。封渤海县侯，卒后赠礼部尚书。

高适生活在唐代社会发展的鼎盛时期，由于个人前半生长时间的失意和广泛接触社会现实的经历，他曾写了不少反映社会弊病的诗篇，成为开元诗坛上首先接触农民疾苦的诗人。高适大半生在外漂泊，又结交了许多朋友。与其他诗人一样，他写了不少友情诗、送别诗，其中也有不少佳作。当然，高适的杰出成就当推边塞诗。他的边塞诗热情地歌颂了守边将士英勇卫国的精神，表现了战士思乡念亲的正常心态，也揭露了军中的各种矛盾，反映了战争给人民群众带来的苦难。他的边塞诗的杰出代表作当推《燕歌行》：

汉家烟尘在东北，汉将辞家破残贼。
男儿本自重横行，天子非常赐颜色。
摐金伐鼓下榆关，旌旆逶迤碣石间。
校尉羽书飞瀚海，单于猎火照狼山。
山川萧条极边土，胡骑凭陵杂风雨。
战士军前半死生，美人帐下犹歌舞！
大漠穷秋塞草腓，孤城落日斗兵稀。
身当恩遇常轻敌，力尽关山未解围。
铁衣远戍辛勤久，玉箸应啼别离后。
少妇城南欲断肠，征人蓟北空回首。

边庭飘飖那可度，绝域苍茫无所有！
杀气三时作阵云，寒声一夜传刁斗。
相看白刃血纷纷，死节从来岂顾勋？
君不见沙场征战苦，至今犹忆李将军！

这是他39岁时写的作品。当时，他听到一位从前线归来的朋友谈起边境作战以及军中官兵境遇差别等情况，联系起自己首次赴蓟北的经历，深入地思考了有关边疆军旅方面的一些重要问题，有感而发精心构作此诗。诗从慷慨应征、转战沙场写起，把荒凉绝漠的自然环境、艰难困苦的战斗气氛和士兵在战场上的复杂心情都加以表现，并且写到了将官与士卒苦乐安危的悬殊以及他们对卫国战争的不同态度，多方面地反映了边塞征战的情景。诗篇内涵丰厚、气骨兼备，格调雄放苍凉，在盛唐边塞诗中是压卷之作。

高适其他许多边塞诗没有像《燕歌行》这样规模宏大，但各有其表现边塞主题的侧面，颇具价值。例如：

策马自沙漠，长驱登塞垣。
边城何萧条，白日黄云昏。
一到征战处，每愁胡虏翻。
岂无安边书，诸将已承恩。
惆怅孙吴事，归来独闭门。

（《蓟中作》）

这是怀才不遇的主题，但以边塞为背景，感叹有用兵方略（“孙吴事”）而无可施展。《营州歌》写的又是另一种情景：

营州少年厌原野，狐裘蒙茸猎城下。
虏酒千钟不醉人，胡儿十岁能骑马。

“营州”在今辽宁锦州市西北。诗中写营州少年习惯原野生活环境，表现了边地少数民族的骑射生活，从中可见豪迈勇武的风尚。再看《九曲词》（其三）：

铁骑横行铁岭头，西看逻逤取封侯。
青海只今将饮马，黄河不用更防秋。

“铁岭”，泛指边境山岭。“逻逤”即唐时吐蕃都城（今拉萨市）。前两句写边将希望立功之志，后两句赞扬由于边功有成，人民可以过上正常和平的生活。所有这些，构成了高适边塞诗内容的丰富性与复杂性。高适边塞诗有很高的艺术价值，他的这类作品洋溢着雄放苍凉的情调，有很强的个人感情色彩，透过这类作品可以窥察诗人复杂的思想风貌。

从艺术手段看，高适既善于用浓墨重彩描绘博大雄浑的场景，给人以惊心动魄的感受，又善于用工笔描绘人的心态，让读者窥见作品人物的感情流程。此外，他的大多数作品都采用了直抒胸臆的方法，向读者和盘托出自己强烈的爱憎感情与褒贬倾向。

在诗歌体裁方面，高适善于根据内容特点选用恰当的体式，如内容繁复丰富的就采用长篇歌行体，内容较简单的就采用绝句体。他的《燕歌行》就得力于长篇七言歌行的优势，把雄放悲凉、抑郁愤慨的感情抒写得淋漓尽致。

二、岑参的诗歌创作

岑参（715—770），荆州江陵（今属湖北）人，郡望南阳。家族曾世代任高官，至父辈而家道中落。少孤而能发愤读书，天宝三年（744）进士及第，为右内率府兵曹参军。天宝八年，赴边为安西节度使高仙芝幕府掌书记。两年后回京在终南过亦官亦隐的生活。天宝十三年（754）充任北庭都护、伊西北庭节度使封常清幕府判官。大历元年（766）入蜀为剑南西川节度使，次年转嘉州刺史，不久罢官东归而卒。

岑参一生两度赴边，久为幕僚，有较长的军旅生活经历，对征战实况、边疆风情有较深入的观察和了解，这为他写作边塞诗提供了很好的基础，他也充分利用这种有利的条件，写出具有独特风貌的边塞诗，存诗约400首。

岑参的边塞诗与高适的边塞诗有许多相同之处，诸如反映边塞生活情景、赞美戍边将士英勇杀敌卫国的精神、揭露军中生活苦乐不均的现象、表现将士思乡念亲的情绪、抒发自己报国志愿和爱国豪情等，都有名篇。例如：

都护新灭胡，士马气亦粗。
萧条虏尘净，突兀天山孤。

（《灭胡曲》）

写封常清（“都护”）西征凯旋后军营中士气高涨的情况，背景肃杀，俨然边塞氛围。再如：

九月天山风似刀，城南猎马缩寒毛。
将军纵博场场胜，赌得单于貂鼠袍。

（《赵将军歌》）

写的是都护赵将军与部将“纵博”（比赛骑射勇力）取胜，得到了战利品，这是边塞军旅生活的片段。又如：

走马西来欲到天，辞家见月两回圆。

今夜不知何处宿，平沙万里绝人烟。

（《碛中作》）

“碛”即沙漠，是边境常见之物。辞家两个月，方来到西边沙漠地带无处投宿，更兼思家，其情可想而知。《题苜蓿峰寄家人》：

苜蓿峰边逢立春，胡芦河上泪沾巾。

闺中只是空相忆，不见沙场愁杀人。

苜蓿峰是玉门关外五峰之一。“胡芦河”即今甘肃西部的疏勒河。写征人思乡之愁苦，却以家人之思念做反衬。表达同样主题的作品还有著名的《逢入京使》：

故园东望路漫漫，双袖龙钟泪不干。

马上相逢无纸笔，凭君传语报平安。

他的诗中多处赞美将士的崇高精神境界，其实也是借以抒写自己的高尚情怀。正因此，岑参也成为盛唐边塞诗派的主要诗人。但岑参边塞诗的独特风貌并不是由上述这些方面的题材作品来体现，而是由他诗集中最令人耳目一新的许多描写边塞风光的作品来体现的。

在岑参的诗集中，有一批作品描写的是光怪陆离、瑰丽奇特的塞外风光，为以前诗人所未道，也为古今传记所不载，这其中最为人称道的是《走马川行奉送出师西征》《轮台歌奉送封大夫出师西征》和《白雪歌送武判官归京》三篇。请看《走马川行奉送出师西征》：

君不见走马川，雪海边，平沙莽莽黄入天。

轮台九月风夜吼，一川碎石大如斗，随风满地石乱走。

匈奴草黄马正肥，金山西见烟尘飞，汉家大将西出师。

将军金甲夜不脱，半夜军行戈相拨，风头如刀面如割。

马毛带雪汗气蒸，五花连钱旋作冰，幕中草檄砚水凝。

虏骑闻之应胆慑，料知短兵不敢接，车师西门伫献捷。

这是天宝十三载（754）冬岑参在轮台送封常清出征写的诗。诗中极写走马川一带险恶而奇特的自然风光，从而反衬出行军的艰苦和将士们忠于职守的大无畏精神。所写的边塞风光使读者大开眼界，使从未到过边境者称奇激赏。

岑参与高适并称“高岑”，都是盛唐边塞诗派的杰出代表。他们都胸怀宏伟抱负，都有长时期怀才不遇的经历和从戎的生活实践，相当熟悉边疆军旅内情和边境风土人情，因而，都写出一批优秀边塞诗，为盛唐的诗歌大厦添上了瑰丽的砖瓦。他们的边塞诗拓宽了汉魏以来边塞诗的表现内容，提高了边塞诗的社会价值，无论是题材内容，还是艺术成就都是对以往时代边塞诗的超越。

第四节　气吞山河：诗仙李白的浪漫化描摹

李白继屈原之后，再创浪漫主义诗歌的高峰。杜甫作《寄李十二白二十韵》一诗，赞其为“笔落惊风雨，诗成泣鬼神”。反叛传统的精神渗透在李白的全部作品中，形成了对传统美学规范的强大冲击，成为李白诗歌无可抗拒的魅力所在。李白以其诗歌主张和实践，最后扫清了六朝绮靡诗风，完成了陈子昂提出的诗歌革新的伟业。

李白（701—762），字太白，自号青莲居士，祖籍陇西成纪（今甘肃天水附近），先世于隋末移居中亚，李白便诞生在中亚碎叶城（今吉尔吉斯斯坦托克马克附近）。5岁时，随父迁居到彰明青莲乡（今属四川江油）。青年时期在蜀中就学漫游，成年后，先后漫游了长江、黄河流域的名山胜地。唐玄宗天宝年初，应召入京，为供奉翰林。两年后被排挤出长安，开始了新的漫游。安史之乱中，因参加永王永璘幕府，被流放夜郎，中途遇赦东归。晚年漂泊东南一带，后病死于安徽当涂。李白的先世，其高、曾、祖父姓名履历皆无考。其父李客，终生未仕，似曾经商。大约他的思想比较开明，因此，李白幼年所受的教育是多方面的。除儒家经典，李白自称“五岁诵六甲，十岁观百家，轩辕以来颇得闻矣”（《上安州裴长史书》），又说“十五观奇书，作赋凌相如”（《赠张相镐》）。可见他所学内容驳杂，并受到司马相如等浪漫气质的影响。李白一生经历曲折，所受的影响是多方面的，因此思想也极为复杂。他既有儒家“济苍生，安社稷”的思想，又深受道家影响，崇尚自然，追求自由，蔑视王侯富贵和世俗平庸。纵横家策士作风和游侠义气在他身上也屡有反映。

李白的作品在唐代即已亡佚不少，在李白生前，其友人魏颢曾根据收集到的部分诗文编成《李翰林集》二卷；在诗人去世后，李阳冰又将他的一些手稿整理为《草堂集》二十卷；元和十二年（817），范传正又搜集其遗稿编为《文集》二十卷。但这三个本子，今皆不传。今传的李白集子是宋人重新编辑的，共计有九百多首诗。

李白不仅在思想上对盛唐诗歌的批判精神与现实意义进行深化，在艺术上也将诸子百家的思想进行汇聚，代表着盛唐时期的最高成就。李白诗歌以《庄子》《楚辞》为源，将盛唐时期的豪放性格加以融合，形成了高远放浪的独特风格与境界。

李白的艺术成就在于不仅对前代的艺术精华加以融合，还将盛唐时期诗歌的特色体现出来，他将盛唐诗人的共同理想夸大到了极点，使自我形象得以放大，因此，李白诗歌的个性是非常强烈的。例如，李白以大鹏、巨鲲等来描绘自己的图景，在想象中为自己展开了不受时空与自然限制的天地。在《庐山谣》中，李白跳出视野的限制，写出了“登高壮观天地间，大江茫茫去不还。黄云万里动风色，白波九道流雪山”。这样的壮美景象，显然只有那些巨人才可以真正地俯视一切、纵观天地。

《北风行》中“燕山雪花大如席，片片吹落轩辕台”采用的是夸张的手法，但是这种夸张并不让人觉得是过分的夸张，这是因为在“烛龙栖寒门”的无边黑暗中与茫茫大荒轩辕高台之下，大片的雪花才能与之相匹配。也正是因为如此，结尾处的“黄河捧土尚可塞，北风雨雪恨难裁”更让人觉得震撼，也是这样的夸张能让人更加惊心动魄。

对于李白而言，“幕天席地，交月友风，原是平常过活”（刘熙载《艺概》），因此能够写在自己的笔下。“白发三千丈，缘愁似个长。不知明镜里，何处得秋霜？”（《秋浦歌》）这也是一种对白发的夸张，这种夸张也是为了表达强烈的愁苦之情。

最能体现李白风格的是他的杂言和七言乐府歌行。这些作品打破了初唐时期工整对仗的束缚，而是采用古文与楚辞的句法，将那种气势混合于自己的情感之中，来构筑自己的理想世界。尤其是那些对山川的描写，将诗人的气魄融入自然景物之中，通过出神入化的想象将这种壮美的意境表达出来，如《蜀道难》：

> 噫吁嚱！危乎高哉！蜀道之难，难于上青天。蚕丛及鱼凫，开国何茫然。尔来四万八千岁，不与秦塞通人烟。西当太白有鸟道，可以横绝峨眉巅。地崩山摧壮士死，然后天梯石栈相钩连。上有六龙回日之高标，下有冲波逆折之回川。黄鹤之飞尚不得过，猿猱欲度愁攀援。青泥何盘盘！百步九折萦岩峦。扪参历井仰胁息，以手抚膺坐长叹。问君西游何时还，畏途巉岩不可攀。但见悲鸟号古木，雄飞雌从绕林间。又闻子规啼夜月，愁空山。蜀道之难，难于上青天，使人听此凋朱颜。连峰去天不盈尺，枯松倒挂倚绝壁。飞湍瀑流争喧豗，砯崖转石万壑雷。其险也如此，嗟尔远道之人胡为乎来哉！剑阁峥嵘而崔嵬，一夫当关，万夫莫开。所守或非亲，化为狼与豺。朝避猛虎，夕避长蛇。磨牙吮血，杀人如麻。锦城虽云乐，不如早还家。蜀道之难，难于上青天，侧身西望长咨嗟。

《蜀道难》是一首乐府古题，采用纯想象的形式，描写蜀道险峻的地势和山川。诗歌以“蜀道之难，难于上青天”这种强烈的咏叹点出题目，并且随着情感的起伏反复出现，贯穿于全诗。全诗将神话、夸张等融合为一体，创造出奇特变幻的艺术境界。采用了错落的杂句与散文形式，句子长短不齐，形成了奔放的语言特色。对于这首诗的主题，有些人认为是为某人作的，有些人说是无意作的，其实这首诗的妙处正在于其无意与有意之间，如果说这首诗引起了某些联想，那只能说明这首诗具有高度的概括性。

李白的《将进酒》《行路难》《梁甫吟》等歌行常常将消极的悲叹和强烈的自信统一在同一首诗里，气势充沛，瞬息万变。如《将进酒》：

君不见黄河之水天上来，奔流到海不复回。
君不见高堂明镜悲白发，朝如青丝暮成雪。
人生得意须尽欢，莫使金樽空对月。
天生我材必有用，千金散尽还复来。
烹羊宰牛且为乐，会须一饮三百杯。
岑夫子，丹丘生，将进酒，杯莫停。
与君歌一曲，请君为我倾耳听。
钟鼓馔玉不足贵，但愿长醉不复醒。
古来圣贤皆寂寞，惟有饮者留其名。
陈王昔时宴平乐，斗酒十千恣欢谑。
主人何为言少钱，径须沽取对君酌。
五花马，千金裘，呼儿将出换美酒，与尔同销万古愁。

此诗的乐府旧题，含有以饮酒放歌为言之意。李白由此引发，抒发“天生我材必有用”的豪壮气概，把借酒消愁写得激情澎湃，具有大河奔流的气势和力量。诗中还透露出诗人怀才不遇而又积极入世的复杂心理，从而使得传统诗歌中人生如梦的主题得以升华，并产生出震撼人心的力量。从艺术风格上讲，这首诗在感情抒发忽翕忽张、大起大落，笔墨酣畅淋漓，一泻千里，具有奔放的气势和感人的力量。同时，形成了诗歌波澜起伏、转折跌宕的章法特点。在句式上以七言为主，又间以三、五、十言句，使节奏的疾徐变化与感情的起伏跳跃高度地结合了起来。李白的这一类乐府诗，虽说是拟古，却处处有“我”在，呈现出他人无法摹拟的个性特色。

盛唐诗人虽然各有偏精独诣，但是他们的个人风格在“一味秀丽雄浑”风貌中体现得尤为明显，当然，诸子百家的差别只是相同下的某些差别。具体来说，盛唐诗人的个性往往在他们创造的意境中得以体现，但他们的审美又大多通过清新的境界与豪放的气势展现出来，因此，他们的典型意境具有很多相似性。同时，虽然盛唐诗人具有丰富的艺术表现，但是着重从客观美中寻求浑然一体的艺术境界，也就是说诗人的个性往往会在客观描绘与大体相同的抒情中展现，这也使得诗人的共性突出出来，个性并未展现得十分鲜明。李白也是在表现技巧上寻求变化,却能够使主人公的形象突出于诗歌的意境上,而不是在客观的描绘中蕴含,这是他兼具盛唐诗人的特色又高于其他盛唐诗人的特点。

李白的诗歌能够形成鲜明的个性,除了前面所述将自我形象与艺术视野放大之外,还在于他往往采用比兴的手法。然而,这一手法也体现了盛唐诗歌的风骨。李白常用比兴手法主要有两种。

第一种是以历史人物作比,这种方式来自于陶渊明的《咏贫士》一类组诗,陶渊明所歌咏的袁安、阮公等安贫乐道的贫士,将他的高风亮节体现出来。但是李白口中的历史人物,不仅将他功成身退的思想凸显出来,连选择的人物也是和自己非常相似的。如《古风》(其十):

齐有倜傥生,鲁连特高妙。
明月出海底,一朝开光耀。
却秦振英声,后世仰末照。
意轻千金赠,顾向平原笑。
吾亦澹荡人,拂衣可同调。

诗人采用的是鲁仲连这一历史形象,将自身奇伟倜傥的形象传神地展现出来。

第二种是以物来比兴,即采用青松、孤云等事物来表达他孤傲的形象。虽然他选择的物不固定,但是大多都是他本人精神世界的外化。如《古风》(其十六):

宝剑双蛟龙,雪花照芙蓉。
精光射天地,雷腾不可冲。
一去别金匣,飞沉失相从。
风胡灭已久,所以潜其锋。
吴水深万丈,楚山邈千重。
雌雄终不隔,神物会当逢。

在该诗中,诗人选用宝剑这一事物来比兴,宝剑能够照射天地的精光,有着气腾万里的气势,这恰恰描述了李白隐藏起来的意气与锋芒。通过这种比兴,将物与人结合起来,托物言志。在这一方面,除了陶渊明,没有人可以和李白媲美,只不过李白与陶渊明的风格不同,一个是狂放,一个是高洁。

李白的狂放在他的诗歌中多有体现,如"我本楚狂人,凤歌笑孔丘"。(《庐山谣寄卢侍御虚舟》),这种气势使得他将艺术的一些清规戒律破除掉,任意挥洒自己的笔墨与思想,形成了自己豪放的性格。李白的狂放往往是通过日月风云与黄河沧海等壮阔的事物体现出来的,但是也在他的日常生活中有所体现，尤其是月和酒成为他的伴侣，也铸造了自己诗仙的性格。如著名的《月下独酌》：

花间一壶酒，独酌无相亲。
举杯邀明月，对影成三人。
月既不解饮，影徒随我身。
暂伴月将影，行乐须及春。
我歌月徘徊，我舞影零乱。
醒时同交欢，醉后各分散。
永结无情游，相期邈云汉。

本诗写的是诗人邀请明月作为他的酒友，月不仅给了他一个同伴的影子，又仿佛能在他的梦中起舞，接受他的相邀。实际上，月是永恒的，照应着人的一生，因此诗人与月相邀，正是表达了他对永恒的期待。这种人生态度使诗人的苦闷与寂寞在酒与月中得以化解。

当然，李白不仅狂放，也非常的天真，尤其体现在他创造的一些高洁纯真的意境之中。追求高洁的心境是盛唐诗人的共同特点，但是相比其他盛唐诗人，李白的天真清高表现得更为突出。例如，《古朗月行》借月影被蚀比喻天宝年间政治的腐败与黑暗，但是诗人采用儿童天真的口气来写：

小时不识月，呼作白玉盘。
又疑瑶台镜，飞在青云端。
……

光明美丽的想象中透着稚气。又如《玉阶怨》：

玉阶生白露，夜久侵罗袜。
却下水晶帘，玲珑望秋月。

宫人的哀怨之情仿佛在水晶这种纯净的事物中浸透。诗人对现实的憎恶之情越来越深，因此，他的诗歌中运用黑暗与光明进行对比的手段特别明显。其中，《答王十二寒夜独酌有怀》的开头，写的是吴中大雪之后，万里晴空、明星闪耀等的景象，用冰雪堆砌成玻璃世界与黑白颠倒的现实世界形成对比，衬托诗人的清白形象，也反映了诗人的理想与对社会的抨击。

与王维、孟浩然一样，李白也有很多对飘逸生活进行描写的诗篇。其中不仅体现了清新优美的特色，也将自己的个性展现出来。《下终南山过斛斯山人宿置酒》这首诗具有陶渊明、孟浩然的风韵，但是其中蕴含的飘逸气息则是李白的本色。如《访戴天山道士不遇》：

犬吠水声中，桃花带露浓。
树深时见鹿，溪午不闻钟。
野竹分青霭，飞泉挂碧峰。
无人知所去，愁倚两三松。

这首诗描写的是犬吠、水声的喧闹以及野鹿、鲜艳的桃花，这些意境不仅包含了王维的特点，也透露出李白诗歌的水灵与活泼。如果说孟浩然的山水诗是一幅水墨画，王维的山水诗是一幅彩墨画，那么李白的诗更像是一幅水彩画，因为其中饱含着水分与滋润。

在李白的诗歌中，乐府诗是最能体现他的天真个性的。乐府主要是从民歌来的，李白直率的性格与民歌的淳朴相交融，再加上他有着对乐府民歌揣摩的深厚功底，他在写这类诗歌时显得游刃有余，而且对乐府的发展有着巨大的影响。在盛唐时期，李白的乐府诗有很多，几乎占据了初唐与盛唐时期的三分之一。乐府诗不受声律的约束，因此与李白的个性相符。最主要是的，李白有意采用乐府的复古对诗歌的律化进行反对，体现了一种强烈的使命感。

李白的乐府诗汲取了汉魏乐府与南朝乐府特色，语言天然清新，将那种雕饰去除，受到人们的喜爱。如《长干行》：

妾发初覆额，折花门前剧。
郎骑竹马来，绕床弄青梅。
同居长干里，两小无嫌猜。
十四为君妇，羞颜未尝开。
低头向暗壁，千唤不一回。
十五始展眉，愿同尘与灰。
常存抱柱信，岂上望夫台。
十六君远行，瞿塘滟滪堆。
五月不可触，猿声天上哀。
门前迟行迹，一一生绿苔。
苔深不能扫，落叶秋风早。
八月胡蝶黄，双飞西园草。
感此伤妾心，坐愁红颜老。
早晚下三巴，预将书报家。
相迎不道远，直至长风沙。

《长干行》是借用古辞题作《长干曲》。李白借用了汉乐府叙事的表现手法与结构，对少女爱情发展的阶段进行了叙述和描写，将少女随着年龄的增长而变化的情态写得非常细致入微。同时，李白又吸取了南朝乐府按照景物节序的变化来将人物内心展现出来的手法，表达少女对爱人归来的希望以及失望之情。全诗风格柔和、婉转，不仅有清商乐府的清新，还增加了比清商乐府朴素明朗的一面。

李白乐府的比兴不仅追求比兴本身的寓意，还追求其自身的美感。他不仅在乐府诗见长，在其他诗体中也会对民歌的语言进行自由的运用，将民歌的神韵展现出来。如《横江词》：

人道横江好，侬道横江恶。

一风三日吹倒山，白浪高于瓦官阁。

这首诗的题目是李白自创的，他运用南朝乐府民歌，通过“侬”这一第一人称口吻，对横江浦的风浪进行描写，与清商乐府的天然神韵契合。当然，除了这一首，还有很多绝句也都富有乐府的风味，如《赠汪伦》《客中作》等也都充满乐府风味。

与“七绝圣手”王昌龄相比，李白的七绝显得更加流畅、自然。如《峨眉山月歌》：

峨眉山月半轮秋，影入平羌江水流。

夜发清溪向三峡，思君不见下渝州。

虽然该诗只有短短四句，但是将峨眉山、平羌江、清溪、渝州、三峡五处地名涵盖进去，并借助峨眉对山月进行形容与描写，借用清溪三峡对水景进行勾勒，借用千里蜀江中流水与月影相联系，并发出“发”“向”“下”三个虚字，形成一股顺流而下的气势，让人觉得格外的流畅、清爽。

用七绝描写山水也是李白的特长，他能够在短短四句中用明快的线条对壮阔的景观进行勾勒，将游览过程进行浓缩。其中《早发白帝城》就是这样的诗作。

李白也善于表达离别之情，因此，在他的诗作中也有很多离别的诗作，如桃花潭水、长江碧流仿佛都与人情相通，又时时在和离人较量着别情的深浅和长短：“桃花潭水深千尺，不及汪伦送我情。”（《赠汪伦》）“请君试问东流水，别意与之谁短长？”（《金陵酒肆留别》）“仍怜故乡水，万里送行舟。”（《渡荆门送别》）都是“眼前景，口头语”，而写得一往情深，使人神远。又如《黄鹤楼送孟浩然之广陵》：

故人西辞黄鹤楼，烟花三月下扬州。

孤帆远影碧空尽，唯见长江天际流。

虽然诗作中并未写到离别的情感，但是诗人看到故人的孤帆远影逐渐消失，仍旧在目送着，这就表达了诗人的离别愁绪。李白虽然不擅长律诗，但是用五律的手法写的送别诗也有自身的特色。如《送友人》：

青山横北郭，白水绕东城。

此地一为别，孤蓬万里征。

浮云游子意，落日故人情。

挥手自兹去，萧萧班马鸣。

在汉魏乐府古诗中，运用浮云、孤蓬比游子这一意象是非常常见的。这首诗写的这些传统与“此地一为别”的景色是相契合的，而第三联不仅渲染了离别之情，也唤起了汉魏以来游子的联想，这就使得律诗也有了古代的韵味。

总体来说，李白的诗歌继承了前人创作的全部成就，并用豪放、叛逆的风格，将盛唐时期乐观的创造精神以及对封建秩序不满的情感反映出来，对盛唐诗歌的反抗精神与现实意义进行了神话，扩大了传统诗歌的表现领域，丰富了艺术手法，对后来的诗歌有着深远的影响。

第五节　沉郁顿挫：诗圣杜甫的现实化写照

杜甫（712—770），字子美，原籍襄阳，本人生于河南巩县一个“奉儒守官”的家庭。祖父杜审言是初唐“文章四友”之一。杜甫亲历盛世及安史之乱全过程，对社会变迁和人情世故有深入的了解和深刻地体会。所写诗歌作品较忠实地表现当时的社会状况，是离乱时世的悲歌，是唐代安史之乱前后社会现实的一面镜子，被誉为“诗史”，本人也被称为“诗圣”。杜甫的生平与创作大体可分为四个阶段。

34岁以前：读书与漫游。这是诗人从仕与写作的准备阶段。杜甫自小生活在诗书门第之中，他勤奋好学，7岁开始诵书吟诗，积累了丰富的知识。20岁起外出漫游，先到吴越，后到齐赵。在漫游的过程中，结交朋友，了解国情，历览名胜古迹，领略河山风光，为以后的仕进与写作创造条件、积累经验。24岁举进士不第之后，继续了10年左右的漫游。其间与高适、李白等认识，彼此饮酒赋诗，结为朋友。自称“性豪业嗜酒，嫉恶怀刚肠……饮酣视八极，俗物多茫茫”（《壮游》）。可见其豪爽与脱俗。在游览齐鲁时，杜甫初露头角，写了《望岳》：

岱宗夫如何？齐鲁青未了。

造化钟神秀，阴阳割昏晓。

荡胸生层云，决眦入归鸟。

会当凌绝顶，一览众山小。

这是咏东岳泰山之作。写泰山绵延于齐鲁两地，是天地间一切神奇、秀美的结晶。它高大、壮阔，包孕云霞，极目远望，令人胸襟涤荡，遐想万千。诗中流露了年轻人的雄心壮志和对前途充满信心，这与盛唐时期整个社会的积极向上的风尚是合拍的。

35岁至44岁：困居长安。天宝五年（746），杜甫35岁，赴长安待试，与王维、岑参等交游。次年，再次应试落第。此后在长安寄人篱下，等待时机谋取官职。杜甫在长安的重要活动之一就是给有关的大官写信求荐。《奉赠韦左丞丈二十二韵》就向韦济诉说自己的才干、抱负和处境：

……

读书破万卷，下笔如有神。

赋料扬雄敌，诗看子建亲。

……

自谓颇挺出，立登要路津。

致君尧舜上，再使风俗淳。

……

朝扣富儿门，暮随肥马尘。

残杯与冷炙，到处潜悲辛。

诗中把自己的处境说得那么不堪，不免夸大。而个人的抱负不小，却是千真万确，但韦济并不予理会。他还先后赠诗张珀、鲜于仲通、哥舒翰、韦见素等大官要人。希望他们能举荐他，但都没有达到目的。

在长安，杜甫曾与高适、岑参、储光羲等文友同登慈恩寺塔，写了著名的《同诸公登慈恩寺塔》。到了天宝十三年，进《封西岳赋》，得到赏识。次年，授滑西县尉，不久改授右卫率府胄曹参军，时年44岁。

杜甫得到任官之前，由于京师费用昂贵，资费难支，他已先将家属迁往奉先县安置。获得任官之后，他即自京赴奉先县探亲。写了《自京赴奉先县咏怀五百字》这篇史诗式的长篇纪行诗。诗的第一部分写生平忧国忧民的抱负。诗人说自己以尧舜时的贤官自比，既忠心于帝王，又为老百姓担忧。第二部分写途经骊山的见闻和感慨。诗人对贫富悬殊的社会现实发出了深深的叹息。第三部分写到家后的情景，从自身的遭遇想到国家的前途，产生无限的忧虑。诗人怀着极大的顾念之情回家，但“入门闻号咷，幼子饥已卒”。在无限悲痛之余，他“默思失业徒，因念远戍卒”，并对时局产生了深长的忧虑。

在被困长安的10年时间里，杜甫在诗歌创作上有了长足的发展。这主要是他为自己的仕途操心的同时，能够把视线投射到国计民生各个层面，因而有了事关大局、事关民众的写作题材。如这时期写的《兵车行》，就是自创新题的乐府诗，发扬了汉乐府的“缘事而发”的现实主义传统，开创了“即事名篇，无复倚傍”的创作局面。这是针对唐玄宗时期的扩边战争给人民大众带来巨大灾难而写的极具现实意义的诗篇。全诗如下：

车辚辚，马萧萧，行人弓箭各在腰。
耶娘妻子走相送，尘埃不见咸阳桥。
牵衣顿足拦道哭，哭声直上干云霄。
道旁过者问行人，行人但云点行频。
或从十五北防河，便至四十西营田。
去时里正与裹头，归来头白还戍边。
边庭流血成海水，武皇开边意未已。
君不闻，汉家山东二百州，千村万落生荆杞。
纵有健妇把锄犁，禾生陇亩无东西。
况复秦兵耐苦战，被驱不异犬与鸡。
长者虽有问，役夫敢申恨？
且如今年冬，未休关西卒。
县官急索租，租税从何出？
信知生男恶，反是生女好。
生女犹得嫁比邻，生男埋没随百草。
君不见，青海头，古来白骨无人收。
新鬼烦冤旧鬼哭，天阴雨湿声啾啾！

诗人在领略盛世风光的同时，已经意识到存在着难以克服的社会矛盾。《丽人行》也是这时期即事名篇之作，从曲江春游的贵族妇女写起，描写上层统治者腐朽奢靡的生活。结尾说"炙手可热势绝伦，慎莫近前丞相嗔"，暗示了杨氏擅权乱国的政局，是对当时统治集团中敏感问题的揭示。

45 岁至 48 岁：陷贼与任官。杜甫赴奉先县探亲之时，正爆发了安史之乱。他于天宝十五年（756）二月回长安，正值京城人心动荡不定。四月，杜甫又赴奉先。不久，潼关失守，京城居民纷纷逃难。杜甫也携家逃至鄜州，寄家于羌村。当时唐玄宗已经西向奔蜀。七月，太子李亨（肃宗）于灵武继位。八月，杜甫离羌村，只身投奔灵武，中途为贼所获，囚于长安大约八个月时间，诗人萦念亲人，心忧国事，但身不由己，无限强烈的忧国忧民感情发而为诗。写了许多震古烁今的名诗，如《春望》《月夜》《哀王孙》《悲陈陶》《悲青坂》《哀江头》等。请看《春望》：

国破山河在，城春草木深。
感时花溅泪，恨别鸟惊心。
烽火连三月，家书抵万金。
白头搔更短，浑欲不胜簪。

再看《月夜》：

今夜鄜州月，闺中只独看。
遥怜小儿女，未解忆长安。
香雾云鬟湿，清辉玉臂寒。
何时倚虚幌，双照泪痕干。

这是身陷囹圄，月夜思念妻儿的作品。至德二年（757）夏，杜甫逃离长安，潜投凤翔，五月，授左拾遗。不久，由凤翔探家。将一路见闻和感受写成叙事长篇《北征》，这是与《自京赴奉先县咏怀五百字》一样的史诗式的长诗。先写得假探家，本该高兴，但忧心国事，挥泪离去；再写途中所见山河破碎、生灵涂炭情景以及到家后的悲喜交集的感受；最后写对时局发展的估计与建议，表达了平乱成功、中兴在望的祝愿。全诗以探家为题材，以忧心国事、反映社会、思考人生为内容，写得波澜壮阔，气魄雄伟。到家以后，又将所见所闻写成著名的组诗《羌村三首》。诗中写的是诗人自己在战乱之中回家初见家人、邻里悲喜交集的情景。客观上深刻地反映了当时战乱给广大人民带来的深重苦难。

乾元元年（758），宰相房琯因平乱有失，被贬官出朝。杜甫极力搭救，亦被贬官华州司功参军。到任后，即往洛阳老家小住。次年春，从洛阳返回华州，沿途所见差吏拉丁，景象凶残，使民不聊生，于是写下了震撼人心的现实主义作品“三吏”（《新安吏》《石壕吏》《潼关吏》）、“三别”（《新婚别》《垂老别》《无家别》）。如《石壕吏》：

暮投石壕村，有吏夜捉人。
老翁逾墙走，老妇出门看。
吏呼一何怒！妇啼一何苦！
听妇前致词：三男邺城戍。
一男附书至，二男新战死。
存者且偷生，死者长已矣！
室中更无人，惟有乳下孙。
有孙母未去，出入无完裙。
老妪力虽衰，请从吏夜归。
急应河阳役，犹得备晨炊。
夜久语声绝，如闻泣幽咽。
天明登前途，独与老翁别。

这是诗人途经石壕村向农家借宿时亲见亲闻的事实。不久，因关中饥馑，杜甫任官入不敷出，不得已而弃官西行，举家投奔西蜀的亲戚，以求生路。他先到达秦州。在朋友的帮助下以采药、种药为生。由于生活所迫，不久，杜甫举家南行，迁至同谷。一个月后，从同谷出发前往成都，在亲戚的帮助下暂时定居下来。杜甫陷贼与任官的这四年，体验了人生百味，诗歌创作进入了一个高潮，写了许多千古流传的名篇。

49岁至终年：流寓巴蜀、漂泊荆湘。上元元年（760），杜甫筑草堂于成都浣花溪畔，并以种药卖钱维持家计，过了大约两年的安定生活，写了不少优美的田园山水风景诗。如《春夜喜雨》：

好雨知时节，当春乃发生。
随风潜入夜，润物细无声。
野径云俱黑，江船火独明。
晓看红湿处，花重锦官城。

只有深切关怀农事，又经历过颇多生活波折，对平静的生活有深刻理解的人，才可能对春雨发出如此由衷的赞美。他不仅欣赏当地的自然美，还为左邻右舍的人情美所感动。《客至》写道：

舍南舍北皆春水，但见群鸥日日来。
花径不曾缘客扫，蓬门今始为君开。
盘飧市远无兼味，樽酒家贫只旧醅。
肯与邻翁相对饮，隔篱呼取尽馀杯。

这是诗人为母舅崔氏的到来而写的，从中可以窥见诗人俭朴的生活情况及与邻居的友好关系。

成都是一个著名的文化古城，有许多文物古迹可供观赏。杜甫这时有时间、也有机会领略这些有深刻文化意蕴的历史名胜，由此而写了不少有关的诗篇。如《蜀相》：

丞相祠堂何处寻？锦官城外柏森森。
映阶碧草自春色，隔叶黄鹂空好音。
三顾频烦天下计，两朝开济老臣心。
出师未捷身先死，长使英雄泪满襟。

诗从祠堂落笔，又为诸葛亮立传，对传世英雄的无限景仰之情油然而生。在成都草堂定居的这段时间里，杜甫与外界朋友的联系受到客观条件的限制，减少了很多。但只要有可能，他还是深情待友。他与裴迪、高适依然有来往，他深深地怀念远隔他乡的李白等好朋友。由于生活略为安定，杜甫有时间思考诗歌艺术。他用绝句体形式来写诗歌评论，发表关于诗歌创作的见解，这在我国古代诗歌批评史上开创了先例。

当杜甫听到持续八年的安史之乱得以平定，欣喜若狂，写下了《闻官军收河南河北》：

剑外忽传收蓟北，初闻涕泪满衣裳。
却看妻子愁何在？漫卷诗书喜欲狂。
白日放歌须纵酒，青春作伴好还乡。
即从巴峡穿巫峡，便下襄阳向洛阳。

这被认为是杜甫生平第一快诗。而所谓“快诗”，其实也是泪痕斑斑的，从中可见诗人饱经风霜的人生苦况。

大历三年（768）正月中旬，杜甫离开夔州，沿流东下，三月抵江陵。此时生活更为窘迫，但能接济他的人已经不多。诗人衰病不堪，穷途末路之感日益增强。不久移居公安。冬，离公安，泊舟岳阳，写了《登岳阳楼》：

昔闻洞庭水，今上岳阳楼。
吴楚东南坼，乾坤日夜浮。
亲朋无一字，老病有孤舟。
戎马关山北，凭轩涕泗流。

写这首诗时诗人一路见闻、感慨颇多，进一步体会了劳苦大众生活的艰难。大历四年，诗人再入洞庭湖，沿湘江南下，抵达潭州。在潭州遇见了李龟年。杜甫还在少年时代，就因小有才气而为洛阳前辈援引，出入岐王李范和秘书监崔涤的宅第，听过李龟年演唱动人的歌声。李龟年是当时红极一时的歌手，他在盛唐浓厚的文化氛围中在东都洛阳大建宅第，反映了一代艺人的丰厚待遇。但由于战乱，他也流落江南，以卖艺为生。这真令杜甫感慨万分了，于是他写了《江南逢李龟年》：

岐王宅里寻常见，崔九堂前几度闻。
正是江南好风景，落花时节又逢君。

大历五年（770）四月，杜甫避乱离开潭州，客死于从衡州向耒阳进发的船上，一代诗坛巨星就这样陨落了。

杜甫有《杜工部集》，存诗1400多首。他的诗歌表现社会的重大主题，反映了民生的疾苦，揭露了统治者的罪恶，表现了国家民族的灾难，带有鲜明的时代色彩和进步倾向，誉之为“诗史”并不过分。在抒写万方多难的社会现实的同时，诗人几十年如一日用诗记下了自己一生的经历，表现自己的人格、理想、喜怒哀乐。可以说，他的诗也就是他的心路历程的写照，是个人际遇与家国兴衰的融合。在上述这些既表现社会现实，又表现个人生活经历的诗篇中，贯穿着一根红线，这就是积极向上、忧国忧民的思想。杜甫正是用诗表现自己作为知识分子的崇高形象。

杜甫早年给皇帝的“表”中已经说到自己诗歌的风格是“沉郁顿挫”。后人认为这样概括是符合实际的。杜甫的诗因其题材内容的关系，显得深沉蕴藉，凝重悲抑。诗篇在运用技巧方面，既注意到意思表达的迂回曲折，避免了平板直率，又注意到音律声调的跌宕起伏，并与雄阔悲壮的内涵相表里，因而使作品意境浑厚，韵味无穷。

杜甫的诗歌具有高度的艺术性。他善于从丰富的社会生活中提炼主题，从普通现象中概括出本质，塑造出许多具有时代特征的典型形象，并且寄寓了自己的爱憎感情。在他笔下，达官贵人、贫妇村童、将官胡卒、州县官吏等形象无不栩栩如生；京城、山村、战场、旅途等环境无不呼之欲出；祖国壮丽河山，优美田园，各地风光，尤其是关陇、巴蜀的独特风貌，无不逼真如画。他又善于运用细节描写、对话自白、气氛渲染等表现方法，并把叙述、描写、议论、抒情等有机地结合起来。在语言运用方面，几乎达到炉火纯青的地步，典雅的文学语言，质朴的民间口语，都加以恰当使用，语言的性格化程度很高。

从题材方面看，杜甫的诗歌除了上述所举的最重要的题材之外，他的咏物诗、论画诗、题画诗等在诗歌题材方面都有开创意义。从体裁方面看，杜甫对诗歌体裁的驾驭能力很强。他各体兼善，尤擅律诗。他的律诗代表了唐代律诗的高峰。精彩的七律组诗形式是他的创造。他写长篇古诗、长篇歌行，与李白同为当时高手。他的乐府诗，即事命题，别开生面，启迪了中唐白居易新乐府的创作。总之，杜甫的诗歌继承了前代诗歌的优良传统，又达到了前人所未达到的高峰。人们誉之为“诗圣”，他当之无愧。

第四章　变革与开拓：中唐诗歌

公元 8 世纪中期，大唐王朝国势强盛，经济繁荣，发展达到了顶峰，而引以为傲的唐诗在此时期也散发出令人夺目的光彩。但是安史之乱的爆发将大唐王朝带入一个空前苦难的时期，强盛富足的唐帝国从此走向衰弱。在这场浩劫中，士人普遍经受战乱流离之苦，对国家、人生、历史都有着深刻而惨痛的体验，当他们将这种体验表达于文学形式时，文学就经历了一次洗礼，进入一个具有历史意义的变革时期，文学史上习惯称之为中唐。中唐诗歌所发生的变化有着划时代的意义，古典诗歌的基本主体、体式和表现方式的成熟与定型基本都在这一时期完成。

第一节　移风之赏于情致：大历诗风

大历是个特殊的时期，处在开天与元和两个繁盛时期之间，既没有涌现一流的伟大诗人，也未产生许多惊心动魄的杰作，像是两大高峰之间的波谷，历来就不太为人注目，人们研究得也较少。但这绝不表明它不重要，更不意味着易于研究。从某个角度来说，它甚至比其他时代的诗歌更让人难以着手。因为这个时期的诗人大多生长在开元盛世，青少年时期在盛唐度过，又在导致唐国运下降的安史之乱中进入中年，到大历时期已经步入晚年。由于历经两个完全不同的生活环境，再加上战争的影响，好不容易安定下来自己已经步入暮年，这就让他们都产生了一种恍如隔世的感觉。痛苦的经历和心境，让他们的诗歌也表现出沉郁、忧伤的氛围和冷落、寂寞的情思，追求一种清雅境界。诗歌中的词语，往往带有凄清、寒冷、萧瑟乃至暗淡的色彩。他们所选择的意象，大都是秋风、落叶、夕阳、寒雁、芳草、青山、白云之类，以此来表现自己凄冷的心境、惆怅的情思、高洁的情操。

大历诗坛的诗人，主要是三大群体：一是以长安和洛阳为中心的一些台阁诗人，以“大历十才子”为代表，其作品多为题赠送别之作。所谓的“大历十才子”是指活跃于唐代宗大历年间的十位诗人。他们在大历年间活跃于长安，因特殊的唱和酬赠关系，在京师乃至全国极负盛名，而被时人冠以“大历十才子”之名。据《新唐书·卢纶传》载，十才子为卢纶、吉中孚、韩翃、钱起、司空曙、苗发、崔峒、耿湋、夏侯审、李端十人。他书所载，十人姓名略有出入。“大历十才子”大多是政途失意的中下层士大夫，他们的诗歌很少反映社会的动乱和人民的疾苦，大多是唱和、应制之作，主要以歌颂升平、吟咏山水、称道隐逸为主。十才子的共同特点是偏重诗歌形式技巧，所作诗歌多应景献酬，粉饰现实。诗歌多为近体，有较高的艺术造诣，尤其是五言律诗取得了较高的成就。二是长期在江南任职的一些地方官诗人，如刘长卿、韦应物、戴叔伦等，他们不仅对国运表示强烈的关注，也对个体的不幸、个人的生活遭际予以深刻反省。由于常年辗转于江南以南的各级地方，且仕途并不顺遂，这让他们原本就已经很薄弱的意志和消极的心态更增添了毁灭性的打击，为此，他们的诗歌在关注现实的同时，又清楚地显示出消极隐退的愿望。可是现实的生计让他们无法达成愿望，只能借诗歌将自己的愿望宣泄出来。三是一批隐士、僧人等方外诗人。此外，还有几位游离于这一时代主流之外的诗人。他们大都居住、往来于江南一带，这些地方不但山明水秀，而且秩序相对平静，因此，他们的诗歌中虽然也出现了“战乱”的字样，但对战乱的感受和地方官诗人的切肤之痛完全不同，常带有一种平静悠闲、超然物外的意象。在这三类群体中，前二者占据最重要的地位，本节选取卢纶和韦应物两位代表诗人的诗歌创作进行分析。

一、卢纶的诗歌创作

卢纶（748—800？），字允言，河中蒲（今属山西省）人。大历十才子之一。唐代宗时任阌乡尉、监察御史、检校户部郎中。卢纶的诗，大多是送别、酬答之作，也有一些优美的风景诗，而最受人称道的是一些边塞诗，写得气势雄浑。“全唐诗”录存其诗五卷。

卢纶的诗歌创作大致上可分为三个阶段：

第一阶段是在大历初，他希望通过科举走出困境，但这条道路并不顺畅，也因此他这一时期的诗歌主要是“伤身”和“乞怜”制作，比如《郊居对雨寄赵涓给事包佶郎中》（卷三）“应怜在泥滓，无路托高车”；《雪谤后书事上皇甫大夫》（卷三）“应怜守贫贱，又欲事躬耕”；《书情上大尹十兄》（卷三）“应怜费思者，衔泪亦衔枚”；《春日过李侍御》（卷四）“应怜末行吏，曾是鲁诸生”等，其诗风可概括为“质实”二字，“朴厚浑雅，辄多悲调”

(周堤语)之评最适合用于此时。美中不足者,为求仕进,一些干谒之词未免气格衰弱。

第二个阶段是他如愿以偿地考取功名,谋到阌乡尉的职务到因过失而受到暂停职务的处分期间,期间卢纶一直沉沦下僚,这又与他的期望形成不小的落差。尽管从政过程中,我们并没有看到卢纶有什么太大作为,"考实绩无取,责能才固轻"(《怀旧诗》)、"拙性偏无主驿功"(《驿中望山戏赠渭南陆赞主簿》),但他自身是一个十分自负的人,认为自己"才大不应成滞客,时危且喜是闲人"(《无题》),只不过生不逢时。这一时期,卢纶的诗歌多以酬唱送别为主,讲究声律辞藻,技巧自臻娴熟,却因脱离社会生活,显得空洞没有内容。

第三个阶段是从他受罚到回京任职,因为受元载、王缙案的牵连,卢纶在接受了一番调查之后被停职放闲。经历了这场有惊无险的变故,卢纶重又陷入深深的困境,"学道功难就,为儒事本迟。惟当与渔者,终老遂其私"(《留别耿湋侯钊冯著》)是这一时期矛盾心情的流露。尽管内心充满矛盾,但始终没有放弃对功名的追求,在经过了几年时间的"不调"和短暂的从军之后,他遇到了浑瑊又重新步入仕途,但不久又因得罪浑瑊而步出,后在舅舅的推荐下再度入朝,得到德宗皇帝的赏识,不久被破格提拔为户部郎中,正要走上仕途高峰时却去世了。由于历经宦海沉浮,看透了世态炎凉,卢纶这一时期的诗歌大多表现出一种随遇而安的心态,而其在浑瑊幕府之下的十年间,他虽然没有直接参与战争,却见到了战争给人民带来的困难,因而创作了不少边塞诗,这部分作品也是卢纶最为人称道的作品。卢纶的边塞诗现存二十余首,有《和张仆射塞下曲》《送郭判官赴振武》《腊日观咸宁王部曲娑勒擒豹歌》《赠李果毅》《送刘判官赴丰州》《送韩都护还边》《代员将军罢战后归旧里赠朔北故人员将军》等,这些诗歌多为五言诗,与墓志所言"缵韩城公诗业"亦颇相合。

《和张仆射塞下曲》是卢纶最具代表性的一首诗,此诗作于贞元二年(786)秋,时卢纶在河中浑瑊幕府任元帅判官。张仆射,即张延赏,他与其父嘉贞,其子统靖三代为相。一说指张建树。仆射,官名,唐时为尚书省长官,位同宰相,后为虚衔。塞下曲,唐代乐府题,出于汉乐府《出塞》《入塞》,多描写边塞战事。《和张仆射塞下曲》这一组诗共有六首,乃卢纶边塞诗的代表作。诗人以对生活的真切体验,富于个性特征的描写,真实地表现了边塞军旅生活。这里选取《和张仆射塞下曲》的第二首进行分析：

林暗草惊风,将军夜引弓。
平明寻白羽,没在石棱中。

这首诗取材于《史记·李将军列传》,表现的是李广在一次巡行过程中，当巡行到一处丛林之外时，猛然发现草丛中似乎伏着一只猛虎，便开弓搭箭射去，第二天天明后再去那个地方看的时候，却发现是射中了一块石头，箭头已经深深嵌入那块石头之中。李广非常惊奇，再站在前一天开弓射箭的地方，任凭用多大的力气，都无法再将箭矢射入石块了。诗人以此为背景，意在表现“飞将军”李广的警觉和神勇，字里行间充满了溢美之词，表现出了诗人个人强烈的情感倾向。诗歌的前两句描述了事件发生的时间和地点，后两句则是在叙述第二天天明后的事情，共同表现出“将军”机警神勇的形象特点。诗人以强烈的对比和环境渲染，让“将军”的形象表现得非常丰满。而这种几乎神话般的夸张手法的运用，更为“将军”的形象蒙上了一层浪漫主义色彩，言有尽而意无穷。

在卢纶的诗集中，最引人注目是七律，这些诗歌的数量虽然不如刘长卿、钱起等多，但质量很高，里面还有一些脍炙人口的名篇，其中最著名的是《晚次鄂州》：

云开远见汉阳城，犹是孤帆一日程。
估客昼眠知浪静，舟人夜语觉潮生。
三湘衰鬓逢秋色，万里归心对月明。
旧业已随征战尽，更堪江上鼓鼙声。

这是一首即景抒情诗，在卢纶的七律中，这一首最为著名，也确实写得最好，被誉为“有情景，有声调，气势亦足”（《大历诗略》）的佳作。

诗人截取漂泊生涯中的一个片断，用平易而炽热的话语倾诉孤凄苦闷的心曲，借秋色的万般凄凉隐蓄家国愁情，曲尽情致，将思乡之情与忧国愁绪巧妙地结合在一起，反映了广阔的社会背景。诗歌的首联对行程的计算，既点出了题目，又透出了度日如年、旅途愁思无聊的情状。颔联是历来传诵的名句，作者以其乘船的切实体验，精细入微地写出了潮起潮落的生动情景。“诵此二句，宛若身在江船容与之中”（俞陛云《诗境浅说》丙编）。颈联不仅写出了远行悲戚、思乡心切的意绪，且情景交融，属对工稳。“万里归心对月明”堪与杜甫的“月是故乡明”媲美，均为表达乡情的名句。

二、韦应物的诗歌创作

韦应物是地方官诗人中最卓异的个体，也是大历诗坛一个独特的存在。大历诗人能进入名家级的仅有刘长卿、韦应物两人，而能开宗立派、自成一家的则只有韦应物。所以，在分析大历诗歌时，必然会提到韦应物的诗歌。

韦应物（737—792），京兆长安（今陕西西安）人。出身于名门贵族，天宝十载（751年）曾为玄宗宫廷侍卫三卫郎。安史之乱后失官。后历任洛阳丞、京兆府功曹参军、尚书比部员外郎、滁州刺史、江州刺史、左司郎中等职，官终苏州刺史，世称“韦苏州”。他的诗歌以田园山水题材最为出名，也有不少反映民生，斥责贪吏、讽刺豪门的诗篇。韦应物艺术上深受陶渊明、王维的影响，形成一种闲淡简远的风格。后人以“陶韦”或“王孟韦柳”并称。著有《韦苏州集》。

韦应物生活的年代正好是唐朝从盛世转向衰落的时期，面对着大唐帝国的衰落，很多诗人都不知道该怎么办，他们的诗歌对动乱时期的社会现实有着或多或少的反映，但是大多限于个人生活这一狭小的范畴，往往表达的是自己的感受，内容相对单一、匮乏，选择的风格也多是纤弱的风格，缺乏盛唐时期的那种豪迈。但是在这一时期，韦应物却能够脱颖而出、独成一家。他的诗歌创作，追怀盛唐，慨叹战乱，深刻地反映了唐王朝由盛转衰的现实和诗人的悲伤沉痛之情，如《温泉行》《白沙亭逢吴叟歌》等，与杜甫的某些作品一起开了中晚唐诗人怀念开元盛世思潮的先河。他对统治者的奢侈荒淫进行了强烈的讽刺批判，《骊山行》《长安道》《汉武帝杂歌三首》等，有当朝题材，也有历史题材，其作用是一样的。韦应物反对战乱，讴歌像张巡这样的平叛英雄，对一些手握兵权而不能尽力为国的将帅给予坚决的谴责，实际上涉及藩镇割据这样一个重大社会问题。

虽然韦应物对朝廷心存希望，但仕途不顺在现实上又给了韦应物巨大的打击。在他因秉公执法而被迫辞去洛阳丞一职后，他慷慨为国的昂扬之气逐渐消失，取而代之的是看破世情的无奈与散淡。这也导致了他的诗歌创作中，很多都是山水田园诗，田园诗生活气息比较浓，诗人熟悉劳动人民的生活和思想感情，关怀和同情农民的辛劳，如《观田家》与王维《渭川田家》、孟浩然《过故人庄》相比，更接近劳动人民的感情，不仅仅是表现洁身自好、乐天知命的士大夫思想。韦应物的山水诗，“高雅闲淡”，简洁自然，艺术成就较高。例如，《寄全椒山中道士》，虽然过于孤寂消极，但足以代表其艺术成就，诗中有人，语无虚设：

今朝郡斋冷，忽念山中客。
涧底束荆薪，归来煮白石。
欲持一瓢酒，远慰风雨夕。
落叶满空山，何处寻行迹。

诗人因郡斋严寒而想念起住在山中的道士，那里当然比郡斋更寒冷。诗的第三、四句写道士生活极为幽寂，隐现出诗人对这种生活的向往。诗的后四句则透出诗人对道士生活的忧虑和想念，语含凄情。“落叶满空山，何处寻行迹”二句更像空谷足音，袅袅不绝，无限思念尽在不言之中。诗歌表面上很简单的一首怀人诗，历代对它评价却都很高，说是“化工笔”。宋代文豪苏轼对此曾有仿作，《许彦周诗话》记载说：“韦苏州诗：‘落叶满空山，何处寻行迹？’东坡用其韵曰：‘寄语庵中人，飞空本无迹。’此非才不逮，盖绝唱不当和也。”施补华在《岘佣说诗》中也指出：“东坡刻意学之而终不似。盖东坡用力，韦公不用力；东坡尚意，韦公不尚意，微妙之诣也。”

在诗歌创作上，韦应物善于描写山水景物，大有陶、谢的遗风。像“云淡水容夕，雨微荷气凉”（《南塘泛舟会元六昆季》），“寒树依微远天外，夕阳明灭乱流中”（《自巩洛舟行入黄河即事寄府县僚友》），“乔木生夏凉，流云吐华月”（《同德寺雨后寄元侍御李博士》），“南亭草心绿，春塘泉脉动”（《春游南亭》），都是写景名句。韦应物的写景诗，篇末多有议论，不如陶诗情景交融而接近大谢之作。例如，《滁州西涧》：

独怜幽草涧边生，上有黄鹂深树鸣。
春潮带雨晚来急，野渡无人舟自横。

全诗是一幅优美恬静的山水风景画。诗人用白描的手法，描绘了滁州西涧晚春的景色，由涧边幽草写到树上黄莺，又由春潮带雨写到野渡舟横。这是一幅春意盎然的图画，形象生动，色彩鲜明，充满了大自然的勃勃生机。诗中写景有静有动，幽草是静景，黄莺是动景，春潮带雨是动景，野渡舟横是静景，以动写静，以动衬静，从动中见静，使西涧春色既幽静，又富有生气。语言清丽，意境深远，韵味无穷。

从诗作风格上来看，韦应物的诗歌大都带有一种清静散淡的氛围，白居易推崇他的五言诗“高雅闲淡，自成一家之体”，（《与元九书》）。他的诗歌在语言风格上表现为简洁朴实，不加雕琢。他的诗极少用典，也很少用比喻、象征手法，以描述性为主的诗歌语言有较高的透明度。同时，他用字很平常，即使集中名句，也不以刻画取胜。当然，韦应物诗歌语言也有生新的特点，不过他的生新多为个人化的生造，而这生造又恰与古诗发生时的独创性质相通，于是就显示出一种古雅的色彩，与诗人的总体风格相一致。例如，《观田家》：

微雨众卉新，一雷惊蛰始。
田家几日闲，耕种从此起。
丁壮俱在野，场圃亦就理。
归来景常晏，饮犊西涧水。
饥劬不自苦，膏泽且为喜。
仓禀无宿储，徭役犹未已。

方惭不耕者，禄食出闾里。

这首诗虽以“观田家”为题，却写出了作者的亲身感受，从而看出作者观察深入细致，道出了田家生活的甘苦。诗歌中通过描述农民终年辛苦但是未实现温饱的情况，对当时社会沉重的徭役生活进行揭露。自惊蛰之日起，农民就没有几日闲暇的时光，整天忙于农活，但是家里并没有多少粮食。这就让作者想起他虽然并未从事耕种的生活，但是自己的俸禄却是从乡里来的，心中是非常愧疚的。显然，身为官吏能够这样自责是非常难得。这种思想同杜甫有着某些相似之处，也是唐代田园诗的特点。全诗语言质朴，亲切自然。以简淡的语言铺写了田家生活中的不同画面，富有纯朴而又真实的生活情调。

第二节　尚奇求险：韩愈与奇险派

唐诗经过大历年间一度中衰之后，在唐德宗至唐穆宗的四十余年里又逐渐恢复，并于唐先宗元和年间达到兴盛。在这期间，名家辈出，流派分立，诗人们开辟新途径、探索新技法，创作出大量极富创新意味的诗歌。在这其中，有一批诗人的作品有着大体相同的奇险风格，被后人称为“奇险诗派”，代表人物是韩愈、孟郊，因此又称“韩孟诗派”。

韩孟诗派产生于唐王朝盛极转衰之后又呈现中兴的阶段。其中的诗人都是在争取为国效力的过程中，经受了许多挫折之后，转而更加注意对自身利益的追求，努力用诗歌来体现自身的价值。当时社会中出现了“尚怪”的风尚，传奇小说追求怪诞、惊险，这些都对诗人的创作产生一些影响。皎然诗歌理论所强调的诗歌创作取境至难至险，也对韩孟派诗人的创作产生了直接的影响。从现有作品看，韩孟派诗歌所具有的共同特征是：变熟为生（避开人们所熟悉的，构想出新颖的、令人有别开生面之感）、化夷为险（将本来是平淡无奇的变成恢奇怪诞的，令人惊心动魄、悬挂惊叹）、以文为诗（在诗中使用散文句式和赋法、发议论）、少今多古（少近体诗，多古体诗）。[①]但也存在共同的缺点，即过于追求奇险怪僻，以致艰涩难解，诗味淡薄。可以说，韩孟诗派对后代诗歌的创作产生了重要影响，完成了唐诗史上的一次重大的转变。

① 陈新章．唐诗宋词概说[M]．广州：广东人民出版社，1997：120.

一、韩愈的诗歌创作

韩愈（768—824），字退之，河南南阳（今河南孟州市）人，自称郡望昌黎。25岁进士中举，29岁开始应聘当幕僚，以后调任京官，曾任监察御史、国子博士、吏部侍郎等职。一生效忠王朝，却两次罹祸而被远贬。韩愈是著名的散文作家，在骈文风靡文坛之时，大声疾呼古文创作；在求仕任官过程中，结识了不少文人学友，如孟郊、卢仝、李贺等，他们在诗歌创作中产生了共同的爱好，写了许多雄奇险怪的作品，对转变盛唐诗风起了极大的作用。

在文学理论上，韩愈接受儒家的政教理论，主张"文以载道"，强调了文学作品内容与形式的正确关系。他同时提出了"不平则鸣"的论断，重视文学作品反映社会弊病、发抒内心忧愤的功能。从文学史创作实际出发，他又总结出"欢愉之辞难工，而穷苦之言易好"的规律。同时，他自己则坚持"词必己出"，崇尚险怪雄奇。就内容而言，韩愈诗歌大体分为两部分。

一部分着重写自己经历过的动乱、灾难等事实，记录自己对这些事实的感想、评判；也写自己在应考、出仕、谋生过程中的际遇，表现了自己的种种复杂心态。如《汴州乱二首》（其一）：

> 汴州城门朝不开，天狗堕地声如雷。
> 健儿争夸杀留后，连屋累栋烧成灰。
> 诸侯咫尺不能救，孤士何者自兴衰？

诗中描述了发生在汴州的战乱，士兵四处作乱，在城中烧杀掳掠，局面十分混乱。而周围的军阀（"诸侯"）却持观望态度，不予拯救。韩愈对此深感悲哀。

韩愈在50岁时随宰相裴度平定淮西军阀吴元济，这也是其一生中最辉煌的行程。《奉和裴相公东征途经女几山下作》：

> 旗穿晓日云霞杂，山倚秋空剑戟明。
> 敢请相公平贼后，暂携诸吏上峥嵘。

壮丽景色，昂扬的斗志，透露出主帅与将吏对东征取胜的信心。

《次潼关先寄张十二阁老使君》：

> 荆山已去华山来，日出潼关四散开。
> 刺史莫辞迎候远，相公亲破蔡州回。

诗中豪情激荡，作为裴度的参谋，韩愈充满着骄傲和兴奋。

而他的两次被贬南方的经历，也在诗中留下了印记。如《左迁至蓝关示侄孙湘》：

一封朝奏九重天，夕贬潮州路八千。
欲为圣明除弊事，肯将衰朽惜残年。
云横秦岭家何在？雪拥蓝关马不前。
知汝远来应有意，好收吾骨瘴江边。

诗中不平的申辩，掩盖不住对前途的悲观失望。这在韩愈一生中是最失意最忧伤的时刻。

韩愈的另一部分诗作主要是抒写自己的生活感受、社会交往，表现自己的为人品格、生活情趣。如《山石》：

山石荦确行径微，黄昏到寺蝙蝠飞。
升堂坐阶新雨足，芭蕉叶大栀子肥。
僧言古壁佛画好，以火来照所见稀。
铺床拂席置羹饭，疏粝亦足饱我饥。
夜深静卧百虫绝，清月出岭光入扉。
天明独去无道路，出入高下穷烟霏。
山红涧碧纷烂漫，时见松枥皆十围。
当流赤足踏涧石，水声激激风吹衣。
人生如此自可乐，岂必局束为人鞿？
嗟哉吾党二三子，安得至老不更归。

景物描绘灵动宜人，人物描写生动有趣，可见诗人乐在其中，但游乐之余，也为仕途受制于人而生发苦恼。

韩愈创作了许多想象恢奇、自出新意的篇章，这些最能体现韩孟诗派的诗歌艺术特征。例如，韩愈通过长篇巨幅来描写终南山，连用51个“或”字当头的句子和14对叠字当头的句子来描写终南山的种种状态，为人们本已熟知的南山风物增加许多情趣，可谓穷词尽意，叹为奇观。《调张籍》通过戏谑的语气与张籍谈论李白和杜甫的诗歌，实际上是对李杜诗歌做出高度的评价，痛斥后生诋毁李杜的无知，鼓励张籍向李杜学习。诗的开头先用肯定的语气说“李杜文章在，光焰万丈长”，再用鄙夷不屑的语气嘲笑当时那些诽谤李杜的人是“蚍蜉撼大树，可笑不自量”，然后用出奇的比喻把李杜诗歌创作的雄伟气魄加以形象的赞颂。类似于这样出人意料的诗句还有很多，这形成了韩愈诗歌奔放奇险的风格。

他的诗歌除了具有较大影响的奇险风格之外，还有别种风格的作品，如《早春呈水部张十八员外二首》（其一）：

天街小雨润如酥，草色遥看近却无。
最是一年春好处，绝胜烟柳满皇都。

又如《葡萄》：

新茎未遍半犹枯，高架支离倒复扶。

若欲满盘堆马乳，莫辞添竹引龙须。

可以看出，韩愈的诗歌并非都是豪放和奇险的，也有清新自然和不奇险的。

二、孟郊的诗歌创作

孟郊（751—814），字东野，湖州武康（今属浙江）人。早年隐居嵩山，为处士。家境贫寒，屡试不第，46岁始中进士举，50岁授溧阳（今属江苏）县尉。由于抱负不能舒展，遂放迹林泉间，徘徊赋诗。酷爱苦吟成诗，有"诗囚"之称。

孟郊在京城应举中与韩愈结为朋友，常联句斗诗，成为忘形交。有《孟东野诗集》，存诗400多首，为韩愈所赏识，也为当世学者所推崇。孟郊的诗歌中有很多反映国难、同情民生疾苦的篇章，如《伤春》：

两河春草海水清，十年征战城郭腥。

乱兵杀儿将女去，二月三月花冥冥。

千里无人旋风起，莺啼燕语荒城里。

春色不拣墓傍株，红颜皓色逐春去。

春去春来那得知，今人看花古人墓，令人惆怅山头路。

诗中描写了藩镇作乱造成的祸国殃民的惨状。又如《长安早春》：

旭日朱楼光，东风不惊尘。

公子醉未起，美人争探春。

探春不为桑，探春不为麦。

日日出西园，只望花柳色。

乃知田家春，不入五侯宅。

该诗充分揭露了贫富分明的社会现实。

孟郊的大多数诗歌作品是他自己一生生活经历和感受的写照，如《落第》：

晓月难为光，愁人难为肠。

谁言春物荣，独见叶上霜。

雕鹗失势病，鹪鹩假翼翔。

弃置复弃置，情如刀剑伤。

这首诗描写自己应举落第时的处境和心情。

孟郊的诗作大多数都具有悲凉情调，但是意境奇特，语言简朴而多警句。其所作的《游终南山》写出了众多诗人笔下所无的奇景：

南山塞天地，日月石上生。
高峰夜留景，深谷昼未明。
……

《寒地百姓吟》更是令人匪夷所思：

无火炙地眠，半夜皆立号。
冷箭何处来，棘针风骚骚。
霜吹破四壁，苦痛不可逃。
高堂搥钟饮，到晓闻烹炮。
寒者愿为蛾，烧死彼华膏。
华膏隔仙罗，虚绕千万遭。
到头落地死，踏地为游遨。
游遨者是谁？君子为郁陶。

诗人通过“冷箭”“棘针”来描写寒风的刺骨，“寒者”在无可忍耐的情况下，愿意变为飞蛾扑火以取暖，即使烧死也不在乎了。孟郊这种苦吟而成的奇特诗篇受到当时人们的喜爱。

除了上述这些奇险诗篇颇受关注，孟郊的一些乐府诗也很有个性，如广为流传的《游子吟》：

慈母手中线，游子身上衣。
临行密密缝，意恐迟迟归。
谁言寸草心，报得三春晖。

这首诗与其他奇险诗不同，它清新流畅，淳朴动人。

第三节 “不平之鸣”：贾岛与苦吟

贾岛是唐代诗坛上颇有影响的苦吟诗人。他作诗是非常认真、严肃和刻苦的，所写佳篇和名句，都浸透了自己的心血。对于贾岛和韩愈的关系及其“苦吟”，《新唐书·本传》有记载：“（贾岛）来东都，时洛阳令禁僧午后不得出，岛为诗自伤。愈怜之，因教其为文，遂去浮屠，举进士。当其苦吟，虽逢值公卿贵人，皆不之觉也。一日见京兆尹，跨驴不避，呼诘之，久乃得释。”《摭言》也记载了其“苦吟”的故事：“贾岛，元和中尝跨驴张盖，横截天衢。时秋风正厉，黄叶可扫。岛吟曰：‘落叶满长安。’求一联不可得，不知身之所从，因冲京兆尹刘栖楚节，被系一夕，释之。”

一、贾岛的诗歌创作

贾岛(779—843),字浪仙,或作阆仙,范阳(今河北涿县)人。早年削发为僧,法名无本,长期过着“拄杖傍田寻野菜,封书乞米趁时炊”(张籍《赠贾岛》)的穷苦生活。后得到韩愈奖掖而还俗。在求官路上奔波了大半生,近60岁,才当上遂州长江县(今四川蓬溪县)主簿,后来升任普州司仓参军,未及赴任而卒。

贾岛有《长江集》,存诗近400首。最擅长的是描写自己寂寞清苦的生活情景和怀人、怀乡、惜别的真挚感情。例如表现自己穷困生活的《朝饥》:

市中有樵山,此舍朝无烟。
井底有甘泉,釜中乃空然。
我要见白日,雪来塞青天。
坐闻西床琴,冻折两三弦。
饥莫谐他门,古人有拙言。

诗描述得可谓一贫如洗,但诗作又有奇诞之处,无粮固然是穷,而井底有泉,釜中无水恐怕就不是穷能解释的;欲见白日而不得出,也不能归因于穷;无衣是穷,琴弦则不至于冻折。细细品味此诗,就道贾岛写的不仅是贫穷的境况,更是贫穷的感觉,用看似无关或不可能的意象将这种感觉强化到异乎寻常的程度。

再如《咏怀》:

纵把书看未省勤,一生生计只长贫。
可能在世无成事,不觉离家作老人。
中岳深林秋独往,南原多草夜无邻。
经年抱疾谁来问,野鸟相过啄木频。

诗中表现了诗人寒碜凄清的处境、委屈兼痛苦的心情和无能为力、无可奈何的思想状态。

贾岛一生穷苦奔波,描写宦旅况味、乡思友情的诗较多。如《暮过山村》:

数里闻寒水,山家少四邻。
怪禽啼旷野,落日恐行人。
初月未终夕,边烽不过秦。
萧条桑柘处,烟火渐相亲。

诗人通过各种意象,将对山村暮景的感觉传达得酣畅淋漓。

再如《忆江上吴处士》：

闽国扬帆去，蟾蜍亏复圆。
秋风生渭水，落叶满长安。
此地聚会夕，当时雷雨寒。
兰桡殊未返，消息海云端。

该诗自然雄浑，如风过波生，令人心中摇荡。

贾岛也写了一些表现怀才不遇的愤激心情和略带抗争意味的篇章，如《剑客》：

十年磨一剑，霜刃未曾试。
今日把示君，谁有不平事？

《哭孟郊》则是一首著名的悼亡诗：

身死声名在，多应万古传。
寡妻无子息，破宅带林泉。
冢近登山道，诗随过海船。
故人相吊后，斜日下寒天。

贾岛怀才不遇，一生凄凉，其借吊孟郊而自伤自怜，同时表现了自己不屈的精神追求。

可以看出，贾岛的诗具有这样的特点：意境清冷，构思奇淡，句法生新，意象奇诞。与韩愈和孟郊的诗一样，力避浅熟，希望独辟蹊径。例如，描写僧人枯寂生活的“独行潭底影，数息树边身”（《送无可上人》），比喻还乡急迫心情的“愿缩地脉还，岂待天恩临”（《明月山怀独孤崇鱼琢》），表现落第之悲的“挥泪洒暮天，滴著桂树枝”（《寄孟协律》）等都体现了贾岛诗作的新奇特征。

贾岛也有通晓畅达之作，如著名的《寻隐者不遇》：

松下问童子，言师采药去。
只在此山中，云深不知处。

他与孟郊被认为是中唐时期著名的苦吟诗人，二人的诗歌风格同中有异，苏轼有“郊寒岛瘦”之评。但事实上二人有很大的不同。孟郊擅长五古，古体诗是由汉魏五言诗发展而来的，所以积淀了浓厚的关注现实的风雅比兴的传统，他本人也崇儒复古，希望匡世济时；贾岛则专攻五律，近体五律主要继承了齐、梁诗的讲求声律对偶的传统，其中，具有浓厚的应制、应试的为文造情的传统，贾岛的创作本身也主要体现了对应试和应景的追求。因此，虽然郊、岛并称，其实贾岛的诗作已属于元和后期，接近晚唐的诗风。

但是在艺术上，二人也有相近之处，即二人的诗歌在内容上都好写悲愁寒苦之事，在诗风上都有清寒瘦硬之境。欧阳修在《六一诗话》中说："孟郊、贾岛皆以诗穷至死，而平生尤喜为穷苦之句。"《苕溪渔隐丛话》卷十九引《蔡宽夫诗话》评论说："郊、岛非附于寒涩，无所置才。"而清代的许印芳说得更为透彻："两人生李杜之后，避千门万户之广衢，走羊肠小道之仄径，志在独开生面，遂成僻涩一体。"

二、姚合的诗歌创作

与苦吟派诗风相近的还有姚合。姚合（约 779—约 859），吴兴（今浙江湖州）人，进士及第，曾任武功主簿、刑部和户部郎中、杭州刺史等职。其代表作是《武功县中作三十首》。如其一：

县去帝城远，为官与隐齐。
马随山鹿放，鸡杂野禽栖。
绕舍惟藤架，侵阶是药畦。
更师嵇叔夜，不拟作书题。
……

该诗描绘了荒县僻邑的境况，自然流畅，宛然如画。

姚合也以"苦吟"著名，诗风趋向冷峻清僻，如《题山寺》：

千重山崦里，楼阁影参差。
未暇寻僧院，先看置寺碑。
竹深行渐暗，石稳坐多时。
古塔虫蛇善，阴廊鸟雀痴。
云开上界近，泉落下方迟。
为爱青桐叶，因题满树诗。

此外，如"蚁行经古藓，鹤毳落深松"（《过无可上人院》）、"松影幽连砌，虫声冷到床"（《和李舍人秋日卧疾言怀》）、"细草乱如发，幽禽鸣似弦。苔文翻古篆，石色学秋天。花落能漂酒，萍开解避船"（《题宣义池亭》）等，都有寂静幽暗的特点。

姚合与贾岛都好，合称"姚贾"，"岛难吟，有清冽之风；合易作，皆平淡之气"（《唐才子传》卷六）。但相比较而言，姚合的诗风较贾岛更为平易，多表现闲散的生活情调，多用五律。

第四节　一吟悲一事：白居易与新乐府运动

[illegible]，与韩孟诗派双峰并峙的有以写新乐府诗著称的通俗诗派。[illegible]是白居易、元稹，因而亦称为元白诗派。新乐府是从乐府[illegible]开始时是音乐机关的名称。后来才演变成一种可[illegible]诗到魏晋时期已经出现了"旧瓶装新酒"的现象，[illegible]来写现实社会中的时事。这对于汉乐府来说，是[illegible]唐代诗人写乐府诗，就有抛开旧题的束缚而根据所[illegible]题的，这就是"因事立题"的新乐府诗。可以说，新乐府[illegible]事的乐府式的诗。盛唐时期，杜甫、元结和顾况都写过新[illegible]唐，李绅写了 20 首，元稹和了 12 首，后来白居易写了 50 [illegible]新乐府"，这个名称遂得到传播和沿用。

[illegible]期，经过了安史之乱，社会弊病日见增多，而在位的唐宪宗李纯[illegible]改善政治的抱负。于是，一批诗人认为写一些反映社会现实弊病的诗篇，对于皇帝和朝廷官员了解社会现实很有好处。本着这样的目的，诗人们所写的新乐府诗主要是揭露社会弊病的，即继承汉乐府"缘事而发"的传统，因此新乐府诗具有很强的现实批判意义。同时，白居易主张把诗写得通俗易懂，这一点得到同行的赞同。由此，新乐府诗具备两个基本的特点，即批判性和通俗性。在新乐府写作热潮中，除了白居易和元稹，著名诗人还有张籍、王建、李绅等。

一、白居易的诗歌创作

白居易（772—846），字乐天，晚号香山居士、醉吟先生。原籍太原，祖上迁居下邽（今陕西渭南），本人出生于新郑县（今属河南）。6 岁学诗，9 岁解韵，29 岁中进士第，31 岁登拔萃科。元和初官至翰林学士、左拾遗。目睹官场上下状况，写了许多抨击现实的讽喻诗，为当朝权豪所恨，于元和十年（时 44 岁），被贬为江州司马。从此，变得"明哲保身"，过着赏花参禅、歌酒吟诗的生活。后来曾任杭州、苏州刺史，晚年官至太子太傅。一生以诗著名，早年与元稹齐名，称"元白"，晚年与刘禹锡齐名，称"刘白"，是中唐时期最重要的诗人之一。

白居易的诗歌理论主要反映在他的《与元九书》《新乐府序》《读张籍古乐府》《寄唐生》《策林六十九》等诗文中。他的理论可以归结为两点：一是他以儒家诗论为指导，强调诗歌的政教作用，提出了“文章合为时而著，歌诗合为事而作”的主张，文学要反映社会现实，要为现实斗争服务；二是强调诗歌要以情动人，强调形式与内容的辩证统一。

白居易有《白氏长庆集》，存诗约3000首。他曾将自己的诗歌分为四类：一讽喻、二闲适、三感伤、四杂律。早年在京城任官期间所写的《秦中吟十首》和《新乐府》50首，是他所说的讽喻诗的主要作品，也是他实践自己诗歌理论的最得意之作。

《秦中吟十首》涉及了当时社会生活的许多方面，其中对农民不堪重赋，官吏贪赃枉法现实的揭露都有相当的分量。请看《轻肥》：

意气骄满路，鞍马光照尘。
借问何为者，人称是内臣。
朱绂皆大夫，紫绶悉将军。
夸赴军中宴，走马去如云。
樽罍溢九酝，水陆罗八珍。
果擘洞庭橘，脍切天池鳞。
食饱心自若，酒酣气益振。
是岁江南旱，衢州人食人。

诗人采用对比的手法，将统治者的奢侈生活与衢州人民的饥饿死亡进行对比，有力地讽刺了当权的宦官。

白居易的《新乐府》50首成就最高，影响也最大。《新乐府》“序”说，这些作品是“为君、为臣、为民、为物、为事而作，不为文而作”。《新乐府》50首有歌颂德政的篇章，但大多数还是揭露社会弊病的。请看其《卖炭翁》：

卖炭翁，伐薪烧炭南山中。
满面尘灰烟火色，两鬓苍苍十指黑。
卖炭得钱何所营？身上衣裳口中食。
可怜身上衣正单，心忧炭贱愿天寒。
夜来城外一尺雪，晓驾炭车辗冰辙。
牛困人饥日已高，市南门外泥中歇。
翩翩两骑来是谁？黄衣使者白衫儿。
手把文书口称敕，回车叱牛牵向北。
一车炭，千余斤，宫使驱将惜不得。
半匹红纱一丈绫，系向牛头充炭直。

这样的诗还有很多，如《红线毯》：

红线毯，择茧缫丝清水煮，拣丝练线红蓝染。

染为红线红于蓝，织作披香殿上毯。
披香殿广十丈馀，红线织成可殿铺。
彩丝茸茸香拂拂，线软花虚不胜物。
美人踏上歌舞来，罗袜绣鞋随步没。
太原毯涩毳缕硬，蜀都褥薄锦花冷。
不如此毯温且柔，年年十月来宣州。
宣州太守加样织，自谓为臣能竭力。
百夫同担进宫中，线厚丝多卷不得。
宣城太守知不知？一丈毯，千两丝。
地不知寒人要暖，少夺人衣作地衣。

诗中对统治者的奢侈享乐进行了抨击，对中唐危害日重的贡奉弊政进行了揭露。在诗末作者抑制不住内心激愤，直接抒情议论，结尾运用对比，极为精辟感人。

有些“惩劝”诗虽然在思想上没有上述诗作进步，但从社会心理学的角度和思想倾向来看，还是很有意义的，如《草茫茫》：

草茫茫，土苍苍。
苍苍茫茫在何处，骊山脚下秦皇墓。
墓中下涸二重泉，当时自以为深固。
下流水银象江海，上缀珠光作乌兔。
别为天地于其间，拟将富贵随身去。
一朝盗掘坟陵破，龙椁神堂三月火。
可怜宝玉归人间，暂借泉中买身祸。
奢者狼藉俭者安，一凶一吉在眼前。
凭君回首向南望，汉文葬在霸陵原。

诗中借秦始皇对帝王和官吏的穷奢极欲进行了猛烈的抨击和讽刺，对勤俭爱民的汉文帝进行了赞扬。

除了讽喻诗，白居易还有千古杰作《长恨歌》《琵琶行》两首长篇叙事诗。

《长恨歌》是作者35岁时的作品。诗以唐明皇李隆基和贵妃杨玉环的爱情经历为题材，以历史真实为发端，吸收了民间传说，加上大胆的想象和浪漫主义手法，写成富有艺术魅力的长篇歌行。全诗虚实结合，层层渲染，生动地刻画了李杨的爱情故事，既有批判，又有歌颂，成了千古绝唱。

《琵琶行》作于45岁，时诗人被贬江州司马。这首诗写一个长安歌女本来色艺出众，却被迫以卖笑为生，终于沦落天涯，满腹愁怨。诗人自己作为京官被贬在外，其沦落处境与歌女身世颇有相似之处，于是发出了“同是天涯沦落人，相逢何必曾相识”的充满哲理的浩叹。

白居易还写了不少借景抒情、托物言志的诗篇，其中也有不少佳作，如《钱塘湖春行》：

孤山寺北贾亭西，水面初平云脚低。
几处早莺争暖树，谁家新燕啄春泥。
乱花渐欲迷人眼，浅草才能没马蹄。
最爱湖东行不足，绿杨阴里白沙堤。

通过对景物的细致描写，将杭州西湖的盎然春意逐层托出。

唐诗在经历了盛唐高峰难以为继之后，出现了中唐前期的低潮。在此情况下，韩孟诗派另辟蹊径，独创奇险，白居易则专擅通俗，还影响了一批诗人同步创作，形成了通俗诗派，这是难得的历史功绩。

二、元稹的诗歌创作

元稹（779—831），字微之，河南洛阳人。15岁明经及第，28岁授左拾遗，因上疏论政，锋芒毕露，为宰臣所恶，贬出京城。后曾任宰相、武昌军节度使等职。

元稹与白居易交往密切，彼此在仕途上的失意，更增加了许多共同语言。两人的唱和诗甚多，元稹首创次韵相酬。二人于元和年间的酬唱，竟为时人多所效法，称为“元和体”。

元稹有《元氏长庆集》，存诗800多首。长篇叙事诗《连昌宫词》是其代表作，是依据传闻虚拟而成的作品，诗歌通过唐代皇帝行宫之一的连昌宫（在唐河南府寿安县附近）的盛衰对比，含蓄地谴责了唐明皇的荒淫腐朽，表达了对“圣君贤相”政治的向往。该诗融历史、小说、诗歌于一炉，具有特色，颇受欢迎。请看《田家词》：

牛咤咤，田确确，旱块敲牛蹄趵趵。
种得官仓珠颗谷，六十年来兵簇簇，日月食粮车辘辘。
一日官军收海服，驱牛驾车食牛肉，归来攸得牛两角。
重铸锄犁作斤劚，姑舂妇担去输官，输官不足归卖屋。
愿官早胜仇早覆，农死有儿牛有犊，不遣官军粮不足。

该诗细腻、辛酸，有力地讽刺了官军对人民的祸害，也深刻地反映了农民的艰辛生活，表达了对劳动人民的深切同情。

元稹其他题材的诗歌也颇为有名，其中悼亡之作别开生面。他的悼亡诗以《遣悲怀三首》和《六年春遣怀八首》为著名。

请看《遣悲怀三首》：

谢公最小偏怜女，自嫁黔娄百事乖。
顾我无衣搜荩箧，泥他沽酒拔金钗。
野蔬充膳甘长藿，落叶添薪仰古槐。
今日俸钱过十万，与君营奠复营斋。

昔日戏言身后意，今朝皆到眼前来。
衣裳已施行看尽，针线犹存未忍开。
尚想旧情怜婢仆，也曾因梦送钱财。
诚知此恨人人有，贫贱夫妻百事哀。

闲坐悲君亦自悲，百年都是几多时。
邓攸无子寻知命，潘岳悼亡犹费词。
同穴窅冥何所望？他生缘会更难期。
惟将终夜长开眼，报答平生未展眉。

这三首诗抓住生活中几件小事，娓娓道来却荡气回肠，真切动人，催人泪下。

三、张籍的诗歌创作

张籍（约 766—约 830），字文昌，吴郡（今江苏苏州）人，后迁居和州乌江（今安徽和县）。早年经韩愈举荐登进士第，后曾官太常寺太祝、国子助教、国子博士、水部员外郎、国子司业。虽与韩愈最为友善，但诗风与其不同，多写乐府诗，与元白通俗诗派所作乐府诗相近。

张籍有《张司业集》，存诗 400 多首，其中较多反映的是社会现实。例如，《废宅行》就反映中唐时期，边战和内乱时有发生，使得田园荒芜，农村凋敝，城市破损的社会状况：

胡马崩腾满阡陌，都人避乱唯空宅。
宅边青桑垂宛宛，野蚕食叶还成茧。
黄雀衔草入燕窠，啧啧啾啾白日晚。
去时禾黍埋地中，饥兵掘土翻重重。
鸱枭养子庭树上，曲墙空屋多旋风。
乱定几人还本土，唯有官家重作主。

战争给社会各阶层带来了难以言说的灾难。再如《征妇怨》：

九月匈奴杀边将，汉军全没辽水上。
万里无人收白骨，家家城下招魂葬。
妇人依倚子与夫，同居贫贱心亦舒。
夫死战场子在腹，妾身虽存如昼烛。

将帅的无能使得全军覆没，士兵惨遭屠戮，士兵的家属痛不欲生，诗人对此寄予无限的同情。

一方面是战乱引起破坏，另一方面是皇室依然奢侈挥霍。如《楚宫行》：

章华宫中九月时，桂花未落红橘垂。
江头骑火照辇道，君王夜从云梦归。
霓旌凤盖到双阙，台上重重歌吹发。
千门万户开相当，烛笼左右列成行。
下辇更衣入洞房，洞房侍女尽焚香。
玉阶罗幕微有霜，齐言此夕乐未央。
玉酒湛湛盈华觞，丝竹次第鸣中堂。
巴姬起舞向君王，回身垂手结明珰。
愿君千年万年寿，朝出射麋夜饮酒。

诗中用借古讽今的手法，以楚喻唐，对皇室的荒淫腐化加以揭露。

皇室荒淫腐化，农家百姓生活则苦不堪言，如《山头鹿》：

山头鹿，角芟芟，尾促促。
贫儿多租输不足，夫死未葬儿在狱。
旱日熬熬蒸野冈，禾黍不收无狱粮。
县家唯忧少军食，谁能令尔无死伤。

又如《山农词》：

老农家贫在山住，耕种山田三四亩。
苗疏税多不得食，输入官仓化为土。
岁暮锄犁傍空室，呼儿登山收橡实。
西江贾客珠百斛，船中养犬长食肉。

上述两诗真实地表现了农民所遭遇的租税重和天灾之苦，流露了诗人对苦不堪言的农民的同情。

张籍的诗作与白居易等人的新乐府诗相比，在内容表达的集中、专一和语言通俗等方面是相同的。而在艺术魅力方面则还要略胜一筹。这表现在有的作品形象更为鲜明，感情更为强烈，富于煽情。

四、王建的诗歌创作

王建(约766—？),字仲初,关辅(今陕西)人,郡望颍川。初为幕僚,后迁渭南尉、秘书郎、陕州司马等;与张籍友善,与韩愈、刘禹锡、李益等亦有交谊唱酬。曾与宦者王守澄联宗,得以了解宫中详情,作《宫词》百首,广为流传。

王建有《王司马集》,存诗约500首。他擅写乐府诗,与张籍并称“张王”“张王乐府”。王建的乐府诗多反映了当时社会多方面的生活状况,表达了诗人自己鲜明的爱憎态度。

与张籍一样,王建也有作品反映农家生活。如《雨过山村》:

雨里鸡鸣一两家,竹溪村路板桥斜。
妇姑相唤浴蚕去,闲看中庭栀子花。

诗生动地描写了山村农忙时节的片段景象,充满着浓郁的农家气息。而《田家行》写的却是另一种情景:

男声欣欣女颜悦,人家不怨言语别。
五月虽热麦风清,檐头索索缫车鸣。
野蚕作茧人不取,叶间扑扑秋蛾生。
麦收上场绢在轴,的知输得官家足。
不望入口复上身,且免向城卖黄犊。
田家衣食无厚薄,不见县门身即乐。

诗人通过一种语重心长的情态描写了人们生活的艰辛。

王建的诗也写及当时城市的面貌,如《夜看扬州市》:

夜市千灯照碧云,高楼红袖客纷纷。
如今不似时平日,犹自笙歌彻晓闻。

这首诗从一个侧面写出了扬州繁华的景象。但以歌妓接客、笙歌彻夜的意象入诗,也可见诗人对城市畸形现象的贬意。

王建的百首《宫词》是唐诗中以宫廷生活为题材的大型组诗,真实地反映了皇室的奢靡淫佚,描写了宫廷中不为外人所知、史传小说所不载的许多生活情事,是多卷组合的宫廷风俗画。请看其中第90首:

树头树底觅残红,一片西飞一片东。
自是桃花贪结子,错教人恨五更风。

王建的诗内容广泛,诗风通俗而意味深长。与白居易的乐府诗相比,显得较为简练,较少主观议论,较多诗的韵致。

五、李绅的诗歌创作

李绅（771—846），字公垂，祖籍亳州谯县（今安徽亳县），元和元年（806年）进士，历任教书郎、端州司马、淮南节度使等职。李绅与元稹、白居易等人交往甚密，有新乐府20首和《悯农》诗两首，前者亡佚。请看《悯农》诗两首：

春种一粒粟，秋收万颗子。
四海无闲田，农夫犹饿死。
锄禾日当午，汗滴禾下土。
谁知盘中餐，粒粒皆辛苦。

诗句朴实无华，真切自然，具有高度的概括力和警示力。

第五节 “诗豪”刘禹锡与骚人柳宗元

在中唐时期，诗歌呈现出多元发展的趋势，在韩孟、元白两大诗派叱咤风云之际，刘禹锡和柳宗元始终保持着自己的特色和艺术风格。刘禹锡的诗歌情感深沉、慷慨奔放，并且对题材领域的拓展、对传统主题的神话以及对诗歌体式的变革做出了巨大贡献。柳宗元的诗歌蕴含深挚、感情激切，以其独特的诗风卓立于诗坛。

一、刘禹锡的诗歌创作

刘禹锡（772—842），字梦得，洛阳人，又自言系出中山或彭城。幼儿好学，浏览百家，诸熟儒学，幼年曾向皎然学诗。22岁登进士第，25岁授太子校书，以后曾任渭南主簿、监察御史。贞元二十一年（805），参加王叔文、王伾为首的政治革新，任屯田员外郎，判度支盐铁案，协理财政。当年八月，革新失败，被贬朗州司马；十年后被召返京，因赋诗讽刺执政者，再贬播州刺史，经朋友说情，改贬连州刺史；六年后，调任夔州刺史，四年后，改任和州刺史。以后曾入朝任主客郎中、礼部郎中兼集贤殿学士，后又出为苏州等地刺史，晚年改任太子宾客分司东都，加秘书监，检校礼部尚书，直到病故。

刘禹锡与白居易齐名，合称“刘白”。白居易称刘禹锡为“诗豪”。刘禹锡的诗歌创作成就很大，在当时和后来都颇负盛名。有《刘梦得文集》（亦名《刘宾客文集》），存诗 700 多首。

刘禹锡参加过革新斗争，后来长期被贬，广泛地接触社会实际，深厚的生活积累为他的文学创作提供了坚实的基础。他的诗从题材内容看，主要有政治讽喻诗、咏史诗、抒情言志诗等。不论哪一类，都有较高的艺术成就。

刘禹锡一生都十分关心政治，拥护国家统一，反对割据分裂；主张改革进步，反对保守落后。他不仅在政治斗争中身体力行，而且用诗歌参与斗争，或在诗歌中流露出了参与的意识。这类诗歌涉及面宽，观点鲜明，格调刚健而辛辣。请看他的《元和十年自朗州至京戏赠看花诸君子》：

紫陌红尘拂面来，无人不道看花回。
玄都观里桃千树，尽是刘郎去后栽。

这是刘禹锡因参与政治革新而被贬为朗州司马十年后被召回京而写的诗。诗人采用传统的比兴手法，将新栽桃树比喻朝中新贵。由于这首诗“语涉讥刺”，使“执政不悦”（《旧唐书·刘禹锡传》），他再次被贬，长时间受政敌的打击排挤。十三年后，他被调回京师任主客郎中，写了《再游玄都观》：

百亩庭中半是苔，桃花净尽菜花开。
种桃道士归何处？前度刘郎今又来。

诗里流露了对革新派政敌的嘲笑，对自己坚持真理，决不屈服有一种自豪感。

刘禹锡不仅在参与政治革新时关心国家大事，即便在被贬期间也从国家大局出发来思考问题，表明自己的政治态度。元和十二年，裴度率军平定盘踞蔡州的淮西军阀吴元济，朝野大喜。当时刘禹锡在贬所连州得知这个消息，即写了歌颂平叛大捷的《平蔡州二首》（其二）：

汝南晨鸡喔喔鸣，城头鼓角音和平。
路傍老人忆旧事，相与感激皆涕零。
老人收泣前致辞，官军入城人不知。
忽惊元和十二载，重见天宝承平时。

刘禹锡识古知今，学识广博，经历丰富，见多识广，见过许多名胜古迹。他善于用咏史的形式，表达自己的历史观或寄托关于现实的感慨，有时也以古喻今，将咏史作为积极关心现实斗争的手段之一。《金陵五题》《金陵怀古》《西塞山怀古》《蜀先主庙》等都是脍炙人口之作。

来看《西塞山怀古》：

王濬楼船下益州，金陵王气黯然收。

千寻铁锁沉江底，一片降幡出石头。

人世几回伤往事，山形依旧枕寒流。

今逢四海为家日，故垒萧萧芦荻秋。

诗中前四句“怀古”，写西晋灭吴统一中国的重大战役。写得气概非凡，包含着对历史上占据一方却终于覆灭的统治势力的嘲讽。后面以古喻今，一方面祝祷四海为家，国家统一，一方面警告当朝对分裂割据的暗流不可掉以轻心。

《金陵五题》其一《石头城》：

山围故国周遭在，潮打空城寂寞回。

淮水东边旧时月，夜深还过女墙来。

金陵是六朝故都，自有其历史痕迹在。现在城空都废，繁华不见，而江山明月却依然如故，这本身就不由得不引起深沉的历史盛衰兴亡的感慨。

《金陵五题》中的其他篇章也有着很强的艺术魅力。其二《乌衣巷》：

朱雀桥边野草花，乌衣巷口夕阳斜。

旧时王谢堂前燕，飞入寻常百姓家。

其三《台城》：

台城六代竞豪华，结绮临春事最奢。

万户千门成野草，只缘一曲后庭花。

再来看《金陵怀古》：

潮满冶城渚，日斜征虏亭。

蔡洲新草绿，幕府旧烟青。

兴废由人事，山川空地形。

后庭花一曲，幽怨不堪听。

在刘禹锡的诗歌中，有很多是抒情言志诗。这类诗主题广泛，形式多样，以情动人，佳者妙处横生，隐含哲理。这类诗可分为两种：一种是学习民歌而写成的民歌体抒情言志诗，一种是即景、酬赠、纪行等抒情言志诗。

刘禹锡被贬巴山楚水之地，使他有机会接触民间艺术，直接听唱各处民歌，并进而学习民歌，写出了许多民歌体的乐府诗。这些诗大都在表现社会现实生活情景的同时，表达自己深刻的情志。如《杨柳枝词》第六首：

炀帝行宫汴水滨，数株残柳不胜春。

晚来风起花如雪，飞入宫墙不见人。

描写了炀帝行宫古迹残花败柳，物是人非，寄托历史兴亡的感慨。

《竹枝词二首》(其一)：

杨柳青青江水平，闻郎江上踏歌声。
东边日出西边雨，道是无晴却有晴。

《竹枝词九首》(其六)：

城西门前滟滪堆，年年波浪不能摧。
懊恼人心不如石，少时东去复西来。

《竹枝词九首》(其七)：

瞿塘嘈嘈十二滩，此中道路古来难。
长恨人心不如水，等闲平地起波澜。

这类学习民歌而写成的乐府诗洗脱了文人的书卷气，具有民歌刚健清新的特色，韵调悠扬婉转，意味无穷。

刘禹锡的许多即景抒情言志诗形象鲜明、韵调优美，给人留下深刻印象，如《酬乐天扬州初逢席上见赠》：

巴山楚水凄凉地，二十三年弃置身。
怀旧空吟闻笛赋，到乡翻似烂柯人。
沉舟侧畔千帆过，病树前头万木春。
今日听君歌一曲，暂凭杯酒长精神。

这首诗是刘禹锡在贬官20年后，在赴洛阳时在扬州与白居易相遇所写的酬答诗，是即席回思、思念亡友、面对现实、酬答好友之作。长期的迫害并没有压倒诗人，历史发展的事实倒使诗人认识到“沉舟侧畔千帆过，病树前头万木春”的真理。因而，字里行间充满着乐观向上精神。他的这种精神境界是与他的性格比较开朗乐观有关的。他的这种性格使得他在碰到挫折和不如意时，能以平静的心态去对待。再如《酬乐天咏老见示》：

人谁不顾老，老去有谁怜。
身瘦带频减，发稀冠自偏。
废书缘惜眼，多炙为随年。
经事还谙事，阅人如阅川。
细思皆幸矣，下此便翛然。
莫道桑榆晚，为霞尚满天。

而他的《始闻秋风》更有另一种境界：

昔看黄菊与君别，今听玄蝉我却回。
五夜飕飗枕前觉，一年颜状镜中来。
马思边草拳毛动，雕眄青云睡眼开。
天地肃清堪四望，为君扶病上高台。

这首诗是诗人晚年所作。诗中一反文人悲秋的习气，把秋气当作激扬精神、催人奋进的因素，表现出老骥伏枥，壮心不已的精神面貌。

刘禹锡一生四处游走，到过很多地方，见过许多山光水色，这在他的笔下也有印记。如《望洞庭》：

湖光秋月两相和，潭面无风镜未磨。
遥望洞庭山水色，白银盘里一青螺。

这首诗从“望”字着眼，写出了月色底下湖面的一片朦胧之美，又把洞庭湖山水巧妙地比喻为一件精美的工艺美术品。以壮阔非凡的气度来欣赏山光水色，获得了壮采奇思，这样的即景抒情诗就具有鲜明的个性特征。

刘禹锡还写了一些寓言诗，借物言事，寓理于物，表达某种难言之隐。如《聚蚊谣》：

沉沉夏夜兰堂开，飞蚊伺暗声如雷。
嘈然欻起初骇听，殷殷若自南山来。
喧腾鼓舞喜昏黑，昧者不分聪者惑。
露华滴沥月上天，利觜迎人看不得。
我躯七尺尔如芒，我孤尔众能我伤。
天生有时不可遏，为尔设幄潜匡床。
清商一来秋日晓，羞尔微形饲丹鸟。

以群蚊比喻因反对“永贞革新”而占据高位的朝廷官员，表现出强烈的讽刺意味。

刘禹锡的诗歌有两个明显的特点：一是内容深广，格调较高，充满着积极向上的乐观情调；二是受民歌的影响，各体诗篇大多意境明朗清新、豪放自然，语言朴素流利，韵味醇厚。

二、柳宗元的诗歌创作

柳宗元（773—819），字子厚，祖籍河东（今山西永济），本人长于京师，自幼颖悟，年少才高，21岁进士及第，五年后登博学宏词科，授集贤殿正字。后迁蓝田尉、监察御史里行。贞元二十一年（805），为礼部员外郎，参加政治革新斗争，失败后，被贬永州（今属湖南）司马。九年后移柳州（今属广西）刺史。为官能因俗变通，多所兴革，深为百姓称赏。长期被贬谪远州，身心受到极大伤害，病逝于柳州刺史任所，终年47岁，因此又称柳柳州。

作为唐代古文大家，柳宗元与韩愈齐名，世称“韩柳”；又是中唐著名诗人，与刘禹锡齐名，世称“刘柳”；因其山水诗与韦应物相近，人称“韦柳”。有《河东先生集》（亦称《柳河东集》），存诗160多首。

柳宗元的诗自成一家。他的诗多为被贬之后所作，主要是政治抒情诗和山水诗，还有一些反映民生疾苦的诗和自寓处境的寓言诗。

柳宗元的政治抒情诗主要是抒发自己被贬生涯的处境与感受，表达抑郁愤恨的情怀，情调比较低沉。如《溪居》：

久为簪组累，幸此南夷谪。
闲依农圃邻，偶似山林客。
晓耕翻露草，夜榜响溪石。
来往不逢人，长歌楚天碧。

诗的表面意思是久为宦情所累，被贬南来，得以闲居，自有一番逸趣。但字里行间隐藏着孤独的伤感。

《新植海石榴》和《始见白发题所植海石榴》是写贬居中种植花卉及其感受诗篇。前篇：

弱植不盈尺，远意驻蓬瀛。
月寒空阶曙，幽梦彩云生。
粪壤擢珠树，莓苔插琼英。
芳根阙颜色，徂岁为谁荣。

后篇：

几年封植爱芳丛，韵艳朱颜竟不同。
从此休论上春事，看成古木对衰翁。

海石榴经过几年培植，已经芳艳夺目，而自己经过几年贬谪生涯却朱颜凋谢，与海石榴的年年芳艳恰成对照，于是诗人不再谈论栽植之事，而以衰翁面对古木而已。这种衰飒之气来源于身世处境之坎坷。

柳宗元在贬谪之地也写了一些表现悲愤感情的诗篇，如《登柳州城楼寄漳汀封连四州刺史》：

城上高楼接大荒，海天愁思正茫茫。
惊风乱飐芙蓉水，密雨斜侵薜荔墙。
岭树重遮千里目，江流曲似九回肠。
共来百越文身地，犹自音书滞一乡。

元和十年（815）诗人被再贬为永州刺史，到达贬地以后给友人写了很多诗，如《别舍弟宗一》：

零落残魂倍黯然，双垂别泪越江边。
一身去国六千里，万死投荒十二年。
桂岭瘴来云似墨，洞庭春尽水如天。

欲知此后相思梦，长在荆门郢树烟。

这是诗人送别从弟宗一的诗。诗中惜别之情与被贬身世之悲融合为一，别有一种况味。

总之，柳宗元久羁贬谪之地，时时处处常有恋阙思亲的情绪出现，这在他的诗歌中多有流露，有时他还特意直接抒写这种感情，如《与浩初上人同看山寄京华亲故》：

海畔尖山似剑芒，秋来处处割愁肠。

若为化得身千亿，散向峰头望故乡。

诗人身处贬地，所见景观俱可引发伤情。于是，诗人以奇异的想象，抒发心中之情。

柳宗元的山水诗颇负盛名。这些山水诗多数是他贬谪永州时期写成的。在这时期写的山水诗除了对自然景物有独到的表现之外，也常常成为诗人被贬生涯苦闷情怀的载体。如《入黄溪闻猿》：

溪路千里曲，哀猿何处鸣？

孤臣泪已尽，虚作断肠声。

再如《柳州二月榕叶落尽偶题》：

宦情羁思共凄凄，春半如秋意转迷。

山城过雨百花尽，榕叶满庭莺乱啼。

又如《南涧中题》：

秋气集南涧，独游亭午时。

回风一萧瑟，林影久参差。

始至若有得，稍深遂忘疲。

羁禽响幽谷，寒藻舞沦漪。

去国魂已远，怀人泪空垂。

孤生易为感，失路少所宜。

索寞竟何事？徘徊只自知。

谁为后来者，当与此心期。

在柳宗元的山水诗中，更多的是写景中渗透着身处贬地的种种感受。如《渔翁》：

渔翁夜傍西岩宿，晓汲清湘燃楚竹。

烟销日出不见人，欸乃一声山水绿。

回看天际下中流，岩上无心云相逐。

诗中的渔翁夜宿晓行，悠闲唱渔歌，清高，但不免孤寂。这其中就有几分诗人自己的影子。与这首诗情调相类似的有《江雪》：

千山鸟飞绝，万径人踪灭。

孤舟蓑笠翁，独钓寒江雪。

这一名篇也写于永州时期。诗中以千山、万径、大雪等自然景物和孤舟、渔翁、垂钓的生活景象组成一幅雪天垂钓图。图中的主角渔翁不畏严寒，表现出相当的清高、孤傲，凛然不可侵犯，这正是诗人自己的化身。这种清高孤傲的态度是对着政敌而发的。

又如《秋晓行南谷经荒村》：

杪秋霜露重，晨起行幽谷。
黄叶覆溪桥，荒村唯古木。
寒花疏寂历，幽泉微断续。
机心久已忘，何事惊麋鹿。

诗的前六句描写了所经南谷的秋晓景色，后两句虽直说已将仕途得失置之度外，久无机巧之心，但这显然是故作旷达之语，说犹不说，诗中流露出来的被贬失意之感还是可令读者意会的。

柳宗元在被贬期间深入接触民间生活，这在他的诗中也有所记载。如《田家三首》（其二）：

篱落隔烟火，农谈四邻夕。
庭际秋虫鸣，疏麻方寂历。
蚕丝尽输税，机杼空倚壁。
里胥夜经过，鸡黍事筵席。
各言官长峻，文字多督责。
东乡后租期，车毂陷泥泽。
公门少推恕，鞭扑恣狼藉。
努力慎经营，肌肤真可惜。
迎新在此岁，唯恐踵前迹。

该诗写农家的劳动生活及其受到官差骚扰、盘剥的境遇。

总体而言，柳宗元的诗歌有以下三个特点。

首先，不论何种题材的作品，都带有贬谪的情味。贬谪情成了他诗歌的基本情调，有时直接道出，有时间接表达。

其次，山水诗的风调与盛唐的山水诗大异其趣，由于他对所写的山水风光具有独特的感受，他笔下的山水诗已经无复盛世风采，而带着时代衰落的影子，格调显得孤傲清峻。

最后，柳宗元的诗形式简古而内涵丰厚，正如苏轼所说：“外枯而中膏，似澹而实美。”（《苏轼文集》）

第五章　唯美诗风与迟暮情怀：晚唐诗歌

进入晚唐以后，随着大唐帝国覆亡命运的逐渐逼临，唐诗也步入晚期。这一时期的诗坛上，感伤迟暮的情调最为常见，诗人们既没有初唐诗人的那种奋发昂扬、充满希望的进取精神，也没有了盛唐时期大气磅礴、盛世辉煌的意境，更没有了中唐时期的改革开拓热情，而只剩下感伤颓废的迟暮情怀在蔓延，他们追求秾丽深婉、朦胧幽约的诗歌表达，从而让晚唐的诗歌陷入唯美的景致。

第一节　悼古伤今：杜牧与晚唐怀古咏史诗

在文学史上，杜牧曾被许多人当作“十年一绝扬州梦，赢得青楼薄幸名”（《遣怀》）的“风流才子”，他也确实曾有过放荡的一面，但同时，他也是一位关注民生、才识卓绝的有为之士，在文学上，杜牧诗、赋、古文都堪称名家，尤其作为诗人乃是晚唐诗人中之翘楚，与李商隐并称与李白、杜甫相应的“小李杜”。其诗作在内容上关注民生，常有怀古咏史之作，在风格上给人以高华俊爽之感，语言上则以文辞清丽、情韵跌宕见长，尤以奇绝著称。

杜牧（803—852），字牧之，京兆万年（今陕西西安）人，出身于世家大族，祖父杜佑是中唐著名政治家、史学家，历任三朝宰相。京兆杜氏世代簪缨，满门朱紫，杜甫就曾说过“城南韦杜，去天尺五”（《赠韦七赞善》）。杜牧出身于这样的家庭，幼年便接受了良好的教育，并怀有经邦济世之志，曾自负地说“叱起文武业，可以豁洪溟”。（《感怀诗》）

可惜好景不长，杜牧的祖父卒后不久，父亦病故，杜牧的生活发生了很大变化，一度陷于困境。大和二年（828）由吴武陵极力推荐，主考官礼部侍郎崔郾赏识，杜牧举进士及第。到长安后，正赶上由皇帝亲自主持的选拔非常之才的制举考试，又被录取。这一科为贤良方正直言极谏科。杜牧制第登科后，被任命为弘文馆校书郎、试左武卫兵曹参军。这两个官职，前者为撰文著史之用，后者是一个虚职，不久后杜牧随一位世交前辈沈传师到江西观察使府做幕僚，从此开始了自己的十年幕僚生涯。此后，因杜牧陷入牛李党争中，一生坎坷不遇，先后做过监察御史、左补阙、史馆修撰，还被排挤出黄州、池州、睦州刺史，官终中书舍人。

从经历上来看，杜牧与李商隐一样，也不幸卷入牛李党争之中，一生宦途失落，抱不得施，最终走向消极颓废的人生观。他年轻时就广泛阅读了《尚书》《诗经》《左传》《国语》和唐以前历代的史书，留心“治乱兴亡之迹，财赋兵甲之事，地形之险易远近，古人之长短得失”（《上李中丞书》），并因晚唐藩镇割据、外族侵略、朋党之争忧心忡忡。他很想在政治上有所作为，“岂为妻子计，未去山林藏？平生五色线，愿补舜衣裳”（《郡斋独酌》），渴望能干出一番轰轰烈烈的事业。但由于奸佞弄权，朝政腐败，他终未能如愿。其《题敬爱寺楼》就这样写道：“暮景千山雪，春寒百尺楼。独登还独下，谁会我悠悠。”由于难以实现抱负，杜牧于是常年出入于青楼酒肆之家，沉溺在“酒杯无日不迟留”“苏小门前柳拂头”（《自宣城赴官上京》）的诗酒馆妓生活中，放荡不羁。他写诗不崇古人，也不随波逐流，既兼采众家又自成一家。他认为诗应该缘事而发，融贯持中，不偏不倚，用他自己的话说就是：“某苦心为诗，惟求高绝，不务奇丽，不涉习俗，不今不古，处于中间，既无其才，徒有其意。”（《献诗启》）

从诗歌内容上来看，杜牧的不少诗歌都反映了其忧国忧民的情怀。例如，他以安史之乱后，驻守在河西、陇右的军队东调平叛，吐蕃乘机进占了河湟地区，对唐王朝构成了极大威胁为背景，创作了《河湟》一诗：

元载相公曾借箸，宪宗皇帝亦留神。
旋见衣冠就东市，忽遗弓剑不西巡。
牧羊驱马虽戎服，白发丹心尽汉臣。
唯有凉州歌舞曲，流传天下乐闲人。

这首诗以晚唐时期被吐蕃占领的湟水和黄河交汇处——河湟为题，表达的是主张讨平藩镇割据抵御外侮，极度关切收复失地的心情。诗歌中，前四句说宰相元载对西北边防事务多有运筹，但不被代宗采纳，反遭诬陷，诏令自杀。而宪宗也曾有所设想，但还未见行动，就驾崩了。后四句以对照笔法写河湟的老百姓虽然“收羊驱马”但仍身着戎装，驱赶着马羊，图谋报国；白发老人永远藏着一颗丹心，誓作汉臣。而统治者则醉生梦死，歌舞升平，哪里把国事放在心上，终日被河湟传来的轻歌曼舞所陶醉。诗人的忧国忧民之情溢于言表。

在表达忧国忧民之情时，杜牧常以史咏怀，借咏史抒发现实感慨。晚唐社会衰退，许多诗人对现实感到失望，就借温习昔日的繁华盛世来排遣郁闷，于是咏史诗大量出现。杜牧就是个中好手，他善于在广阔的历史背景中，以独到的眼光对历史事件做出视角独特的评价，常常能发前人之所未发。例如，著名的《过华清宫绝句》(一、二)：

长安回望绣成堆，山顶千门次第开。
一骑红尘妃子笑，无人知是荔枝来。

新丰绿树起黄埃，数骑渔阳探使回。
霓裳一曲千峰上，舞破中原始下来。

绝句的第一首以唐玄宗派人专门用快马一刻不停地从江南运送杨贵妃最喜欢吃的新鲜荔枝为画卷，冷静地勾勒现场，以此揭露了唐玄宗的荒唐举动，异常含蓄地批判了统治者的骄奢淫逸。第二首则写唐玄宗派中使辅璆琳探听安禄山的虚实，结果受安禄山贿赂，言其不反，而玄宗听信下臣的判断，继续沉迷于声色犬马之中，最终等来了安史之乱。诗歌将强烈的讽刺意义以含蓄出之，尤其是“霓裳一曲千峰上，舞破中原始下来”两句，不着一字议论，便将玄宗的耽于享乐、执迷不悟刻画得淋漓尽致。

除了这首《过华清宫绝句》，杜牧还有不少咏史怀古诗，通过评论历史事件、现象和人物，讽刺时君、针砭时事，表达他对国事的关注，如《泊秦淮》：

烟笼寒水月笼沙，夜泊秦淮近酒家。
商女不知亡国恨，隔江犹唱后庭花。

这首诗描写了诗人夜泊秦淮河时的所闻所见，反映了当时达官贵人声色歌舞、纸醉金迷的腐朽生活，表达了诗人对晚唐国势日趋衰败的隐忧。清代李锳称：“首句写秦淮夜景，次句点明夜泊，而以‘近酒家’三字引起后两句，感慨最深，寄托甚微。通首音节神韵，无不入妙。”

又如《过勤政楼》：

千秋佳节名空在，承露丝囊世已无。
唯有紫苔偏称意，年年因雨上金铺。

以紫苔之盛，写勤政楼之衰，感慨勤政务本楼之“名空在”，勤政务本之业“世已无”。诗人的锋芒明指玄宗，暗指当时皇帝。

杜牧的咏史诗，颇好翻新。与传统的咏史诗不同，杜牧在处理“史事”与“己意”之关系时，往往是先将史事加以概括叙述，然后做出判断，提出自己深含哲理的看法，破旧说而作新语，表达诗人新颖的见解和进步的历史观，从表现手法看，常常是叙中有议，叙议结合，有时甚至以议论为主。例如，《赤壁》：

折戟沉沙铁未销，自将磨洗认前朝。

东风不与周郎便，铜雀春深锁二乔。

一般说起赤壁之战，人们提得较多的就是孙刘政权以少胜多，大败曹军的事情，多赞颂孙刘一方的机智，但杜牧此诗，一反旧说。他认为，就军事才能而言，周瑜本不是曹操的对手，赤壁之战中周瑜之所以侥幸获胜，主要原因是东风给了他方便，否则，胜败局势将会发生相反的变化。杜牧自负有用兵智谋，有才而不能为世所用，因此，在这首诗中借一枚生锈的前朝戟头来倾吐心中郁郁不平，同时叹息自己有才不得用。这种史论笔法常为后人仿效，但很少有杜牧这样深沉的寄望。

咏史诗历代都有，但中唐后期至晚唐大量出现，成为一种值得注意的创作倾向。从刘禹锡、李贺，到杜牧、许浑、胡曾等，都创作了不少咏史诗。他们有的吊古伤今，有的借古喻今，有的咏史抒怀，但不管是何种表达，大都弥漫着一种悲凉的情调。这就是杜牧在《登乐游原》中所说的："长空澹澹孤鸟没，万古销沉向此中。看取汉家何事业，五陵无树起秋风。"

杜牧不仅怀古咏史诗数量多，而且有不少从总体看不属于怀古咏史的作品，也在即景抒情中注入了深沉的历史感慨。他的怀古咏史诗，多数是抒写对于历史上繁荣昌盛局面消逝的伤悼情绪；也有不少是借题发挥，表现自己的政治感慨与见识。例如《江南春》：

千里莺啼绿映红，水村山郭酒旗风。

南朝四百八十寺，多少楼台烟雨中。

这首诗四句均为景语，一句一景，各具特色。这里有声音有色彩，有空间上的拓展，有时间上的追溯。在短短的28个字中，诗人以极具概括性的语言描绘了一幅生动形象而又有气魄的江南春画卷。诗歌中，千里江南，到处莺歌燕舞，桃红柳绿，一派春意盎然的景象，在临水的村庄，依山的城郭，随处可见迎风招展的酒旗。昔日到处是香烟缭绕的深邃的寺庙，如今亭台楼阁都沧桑矗立在朦胧的烟雨之中，诗人借古寺嘲讽了梁朝统治者迷信佛教到头来一场空的行为，也是在咏史怀古的同时，规劝唐朝统治者吸取经验教训。

杜牧长期在江南辗转求职为宦，对江南景色多有题咏，不少诗于写景咏物之中寄情寓意。例如，《题宣州开元寺水阁》，诗人不仅描写了"深秋帘幕千家雨，落日楼台一笛风"的江南深秋日暮的景色，而且在风景依旧，人物皆非的感慨中表达了对功成身退、逍遥五湖的范蠡的追慕："惆怅无因见范蠡，参差烟树五湖东。"又如《齐安郡中偶题二首》其一云："两竿落日溪桥上，半缕轻烟柳影中。多少绿荷相倚恨，一时回首背西风。"在写景咏物中寄寓众芳芜秽、美人迟暮、壮志难酬之恨。

杜牧的咏史诗情致豪迈，风调高华，造语精密，不落疏粗。他主张"文以意为主，气为辅，以辞彩章句为之兵卫"，他的诗歌实践了这一主张，对后世产生了深远的影响。

第二节 以心象熔铸物象：李商隐

李商隐被视为晚唐最杰出的诗人之一。晚唐时，诗歌在前辈的光芒照耀下有大不如前的趋势，而李商隐以心象熔铸物象，创作了不少深情、缠绵、绮丽、精巧的凄迷朦胧的诗歌，将唐诗推向了又一个高峰，因此，人们常将他与杜牧齐名，两人并称"小李杜"。

李商隐（813—858），字义山，号玉溪生、樊南生，原籍怀州河内（今河南沁阳）。他出身于一个小官僚家庭，他的远祖乃是唐开国功臣，并被赐姓李，但至李商隐高祖时便已败落，他的高祖、曾祖、祖父和父亲都只做过县令、县尉和州郡僚佐一类的小官，在他父亲死后，他的家庭状况更为拮据，曾言"四海无可归之地，九族无可倚之亲"（《祭裴氏姊文》），为了改变状况，他发奋读书，16岁时便能作得一手好文，得到一些名流的赏识。但依然生活贫困，常常靠给人抄书、舂米过活。李商隐18岁时已具才名，被郑州节度使令狐楚所赏识，召为幕僚，与其子令狐绹一起学习骈文，后得令狐绹推荐，于开成二年（837）登进士第。令狐楚是牛李党争中牛党的重要成员，他们父子的援引本意是增强本团体的力量。可是令狐楚死后，李商隐为泾原节度使的王茂元所看重，召为幕僚兼女婿。王茂元靠近李党，李商隐弃牛党而就李党的行为一度遭受非议，被指责为"背恩""五行"，从此陷入党争的旋涡不得脱身。尽管他曾多次向令狐绹陈情辩白，却未得到他的谅解。当他应博学宏词科考试时，已为考官录取，但中书省牛党官员因他"背恩"，将其除名。他只能长期作人幕僚，从事文牍工作，其间虽也有在长安供职的机会，但时间都不很长。大中元年（847）后，牛党执掌朝政，李商隐遭受的政治迫害更为严重。他先后在桂州（今广西桂林）、徐州、梓州（今四川三台）等地幕府任职，抑郁不得志。大约在大中十二年（858），"虚负凌云万丈才，一生襟抱未曾开"（崔珏《哭李商隐》）的李商隐郁郁而终。

李商隐的政治诗虽有批判社会的意义，但总体上还带有其诗歌创作的主要特征，高棅在《唐诗品汇总序》中用"隐僻"二字来形容它。所谓隐僻，是指含隐蓄秀，奥僻幽邃。李商隐的诗，就是如此，我们以《思贤顿》为例：

内殿张弦管，中原绝鼓鼙。

舞成青海马，斗杀汝南鸡。

不见华胥梦，空闻下蔡迷。

宸襟他日泪，薄暮望贤西。

此诗用隐喻、寄托的方法，讽刺唐玄宗纵情声色、斗鸡走马、荒废朝政、丧权辱国的行径，并以“思贤”反衬出唐玄宗的腐败。语意双关，“旨趣遥深”，为咏史诗之上乘。

李商隐虽有一腔报国热情，却陷于党争旋涡中不得志，因此，他还有不少诗歌侧重于吟咏怀抱、感慨身世，有着“玉盘迸泪伤心数，锦瑟惊弦破梦频”（《回中牡丹为雨所败二首》）的凄艳之美。例如，《登乐游原》：

向晚意不适，驱车登古原。

夕阳无限好，只是近黄昏。

诗情由登古原遥望夕阳而触发，引起的却是整个心灵的投注，心事浩渺、百感交集。诗中的情感，只有“意不适”三字可以概括，而不适之因及其内涵，则几乎汇聚了其毕生的体验及感受。

与盛唐诗人的外放气质不同，李商隐注重向自我内心世界的探寻。他善于把哀婉的意绪融入朦胧瑰丽的诗境，敏感细腻的气质和落寞不振的身世遭遇在他的诗歌中交融成一种低回感伤的意绪，营造成一种纤细幽约、绮密瑰妍的美感。从文体上来看，李商隐的诗歌文辞清丽、意韵深微，构思新巧，辞藻华美，想象丰富，格律严整，风格婉转缠绵，大多刻意追求诗意美，表现出鲜明而独特的艺术风格。但有的作品伤感情调比较浓重，用典过多，隐晦难解。例如，《锦瑟》：

锦瑟无端五十弦，一弦一柱思华年。

庄生晓梦迷蝴蝶，望帝春心托杜鹃。

沧海月明珠有泪，蓝田日暖玉生烟。

此情可待成追忆，只是当时已惘然！

这首诗的说法很多，有人说它是李商隐的自伤身世之作，他一生仕途坎坷，沉沦下僚，妻子早逝，晚年凄凉，故这首诗应是晚年自我的感伤；也有人说它是写给令狐楚家一个叫“锦瑟”的侍女的爱情诗；还有人说它是写给故去的妻子王氏的悼亡诗；也有人认为中间四句诗可与瑟的适、怨、清、和四种声情相合，从而推断为描写音乐的咏物诗；此外，还有影射政治、自叙诗歌创作等许多种说法。但大体来说，认为这首诗是一首悼亡诗和自伤诗的说法居多。诗歌运用了典故、比兴、象征等手法，诗中蝴蝶、杜鹃属于特殊含义的意象，珠、玉也特别赋予了比兴之义，作者运用这些意象创造出深情凄艳、幽婉哀怆的艺术境界。

李商隐擅长诗歌写作，尤长于七言律绝。他是继杜甫之后，唐代七律发展史上的第二座里程碑，将唐诗推向了又一个高峰，是对后世最有影响力的诗人之一。李商隐的诗歌对杜甫七律的沉郁顿挫、齐梁诗的华丽浓艳及李贺诗的鬼异幻想均有所借鉴，并融会贯通，形成了深情、缠绵、绮丽、精巧的风格。在其留下的近600首诗作中，最有特色也最受后人推崇的是凄迷朦胧难以理解却又充满美感的无题诗，例如下面这首《无题》：

相见时难别亦难，东风无力百花残。
春蚕到死丝方尽，蜡炬成灰泪始干。
晓镜但愁云鬓改，夜吟应觉月光寒。
蓬山此去无多路，青鸟殷勤为探看。

这首诗的首联点出别离之苦，以东风无力百花凋零烘托愁绪；颔联写相思不断，又以春蚕丝尽蜡炬泪干写心情的灰暗失望和纠缠固结；颈联再写相思之苦，以镜中白发、夜月寒光来映衬两地别愁的萧瑟；尾联再借青鸟传书的典故，寄托自己的希望，却又以蓬山暗喻人神阻隔，终于只能通音信而不能见面，增添了一层愁苦。全诗回环起伏，紧紧围绕着别愁离恨来制造出浓郁的伤感气氛。

李商隐的爱情诗写得朦胧而美好，是我国历代诗人中爱情诗创作得最好的一位诗人，他的诗含隐蓄秀、藏而不露，蜿蜒曲折，动人心扉。他写给妻子的《夜雨寄北》就是其中的典型：

君问归期未有期，巴山夜雨涨秋池。
何当共剪西窗烛，却话巴山夜雨时。

此诗一问一答，诗人漂泊在外，乡情、恋情、羁旅之愁，如蚕抽丝，缕缕若织，感喟之情，油然而生：一问归期，一答无期，均盼有期，而结果是“未有期”，希望终归失望，其怅惘之情，虽未著一字，却尽在纸上。诗歌中的“共剪西窗烛”化用杜甫《月夜》诗尾联“何当倚虚幌，双照泪痕干”的意境而更洗练。此情此景只有夫妻关系才会出现，故此诗是寄给妻子之诗当无问题。而本诗最大的特点就是“巴山夜雨”的重复出现，最能表现缠绵的情致，由身处的现境设想未来见面时回忆此时的景致和感情，无限婉曲和缠绵。

可以说，表达的婉曲和意境的含蓄，是李商隐诗歌的朦胧美之二。元和诗坛，元白尚平易，韩孟务奇崛，诗风迥异，但在铺陈直露上，却异曲同工，其缺欠也都在不够凝练，缺乏情致上。其后，李商隐力矫其弊，刻意追求表达的婉曲、意境的含蓄。这种含蓄不仅仅体现在诗人遣词造句的回环往复上，还体现在他的诗歌构思上，如《嫦娥》一诗：

云母屏风烛影深，长河渐落晓星沉。

嫦娥应悔偷灵药，碧海青天夜夜心。

这首诗从长夜写到黎明，烘托自己孤独的环境，暗示诗人彻夜不眠。后两句借用嫦娥奔月的神话传说，揣想其悔偷灵药的心理，从对面写来，进一层抒写自己的寂寞苦闷，表达他被卷入牛李党争后的自忏自悔。而程梦星、冯浩则认为是讽刺女冠之词。李商隐确曾与女冠有过交往，诗中寓意，似此似彼，亦此亦彼，如此理解，也未尝不可。但“悔”字为一篇结穴，理解为把不幸卷入党争引为终生憾恨，似更为贴切。这种旨意的多义性、暗示性，诱人探究，发人思索，增加了诗歌的朦胧美。

第三节　隐士情怀与淡泊诗风：陆龟蒙与司空图

宣宗大中后期，杜牧、许浑、李商隐等诗人先后辞世。自懿宗咸通年间开始，晚唐诗步入后一创作阶段，相比前期，此时政局更加动荡，随着晚唐各种社会矛盾的尖锐化、表面化，人们担负的税赋越来越重，遭受的压迫越来越甚，在这种情况下农民起义也不断发生。以陆龟蒙和司徒空为代表的一些诗人目睹曾经的壮丽山河变成如今的战乱灾祸频发、朝廷腐败不堪、人民深受苦难的社会现实，大都生出了隐逸之情，表现在诗歌创作上，便是文风淡泊，充满隐士情怀。

一、陆龟蒙的诗歌创作

陆龟蒙（？—882），字鲁望，姑苏（今江苏苏州市）人。曾任苏州、湖州刺史的幕僚，后隐居松江甫里，自号天随子、江湖散人、甫里先生。陆龟蒙善文工诗，与皮日休齐名，世称“皮陆”。

陆龟蒙生平史料记载的较少，大约可知他除了短暂的应举、干谒之外，大部分时间生活在太湖流域一带，即人们公认的江南核心区域。

常年的隐逸生涯让陆龟蒙的诗歌也带有很强的隐逸风格，他与皮日休的不少唱和诗都是描写山林隐逸情怀的名作。这些诗歌在淡于世事的同时特别关注个人生活，多摄取日常和身边的器具、景物、人事为诗料。诗歌内容也多为渔、樵、酒、茶，这与中国文人的关系极为密切。例如，陆龟蒙原唱《渔具诗》15首，皮日休和诗《奉和渔具诗十五咏》；皮日休《添渔具诗》5首，陆龟蒙和诗《奉和添渔具五篇》；陆龟蒙《添酒中六咏》6首，皮日休和诗《奉和酒中六咏》；皮日休《茶中杂咏》10首，陆龟蒙和诗

《奉和茶具十咏》。这些诗歌一题之下，成诗数十首，都是类似情味，不免既繁杂而又单调，甚至给人空虚无聊之感。

陆龟蒙唱和诗的艺术成就并不高，他较成功的作品是那些描绘自然风光和抒写隐逸情调的绝句。例如《怀宛陵旧游》：

陵阳佳地昔年游，谢朓青山李白楼。
唯有日斜溪上思，酒旗风影落春流。

《晚渡》：

半波风雨半波晴，渔曲飘秋野调清。
各样莲船逗村去，笠檐蓑袂有残声。

《丁香》：

江上悠悠人不问，十年云外醉中身。
殷勤解却丁香结，纵放繁枝散诞春。

《太湖叟》：

细浆轻船卖石归，酒痕狼藉遍苔衣。
攻车战舰繁如织，不肯回头问是非。

这些作品反映了陆龟蒙以江湖散人自居的清高心态，饶有淡泊自处的隐逸风韵。他在《江湖散人歌并传》中说："散人者，散诞之人也。心散、意散、形散、神散，既无羁限，为时之怪民。束于礼乐者外之，曰此散人也。散人不知耻，乃从而称之。"他在歌中自谓："江湖散人天骨奇，短发搔来蓬半垂。手提孤篁曳寒茧，口诵太古沧浪词。"在他不经意的散淡之作里，具有一种淡泊情思和淡泊韵致，形成江湖隐逸诗风特有的格调。

陆龟蒙自谓"少攻歌诗，欲与造物者争柄，遇事辄变化，不一其体裁。则始则凌轹波涛，穿穴险固，囚锁怪异，破碎阵敌，卒造平淡而后已"（《甫里先生传》）。他在诗歌创作上学习杜甫和韩愈，后来诗风略有变化，多有清逸之美。例如，《自遣诗》三十首中的第十三首：

数尺游丝堕碧空，年年长是惹东风。
争知天上无人住，亦有春愁鹤发翁。

其第二十五首写道：

一派溪随箬下流，春来无处不汀洲。
漪澜未碧蒲犹短，不见鸳鸯正自由。

这首诗的第十三首写自己因伤春白头，并随着游丝想到天上也有因为春愁而白发的神仙，构思奇妙。第二十五首写眼中所见的春光，通过这些春光映现出诗人的雅致情怀，可以说是景到情到。

在这里需要注意的是，由于长期居住在江南，陆龟蒙的隐逸生活方式也深深地烙上了江南水乡的印迹，而具有不同于山林、田园隐逸的特点。

比如，他时常“乘小舟，设蓬席，赍一束书、茶炉笔床、钓具”（《甫里先生传》）出游，自言“有时赤脚弄明月，踏破五湖光底天”（《奉酬苦雨见寄》）；我们在他的诗歌中看到的也多是对水上乐趣的体味，如“半波风雨半波晴，渔曲飘秋野调清”（《晚渡》），“每逢孤屿一倚楫，便欲狂歌同采薇。任是烟萝中待月，不妨欹枕扣舷归”（《和虎丘寺西小溪闲泛三绝》其三），“细桨轻划下白苹，故城花谢绿阴新”（《和胥门闲泛》）等。“江湖”是陆龟蒙放飞心灵、获得精神自由的另一个世界，令他“乐不思蜀”，而船则是带着他远离世俗的载体。

二、司空图的诗歌创作

司空图（837—908），字表圣，自号知非子、耐辱居士，河中虞乡（今山西永济县）人。司空图少有文才，但不见称于乡里，后来以文章为绛州刺史王凝所赏识，王凝回朝任礼部侍郎、知贡举。咸通十年（869年），司空图三十三岁考进士，以“列第四人登科”，受到恩师王凝的赏识。从此他便渐入仕途。因感念王凝的赏识，司空图在王凝因事被贬为商州刺史后主动表请随行。并在乾符五年（878）朝廷授殿中侍御史后，因不忍离开王凝，拖延逾期，被贬为光禄寺主簿，分司东都洛阳。乾符末年（879），黄巢攻入长安，司空图的弟弟有个奴仆叫段章，参加了起义，曾劝他往迎义军，他不肯，便回到故乡河中。后来他听说僖宗在凤翔，便去拜见，被封为知制诰、中书舍人。广明二年（881），僖宗逃到成都，他追随未及，又回到河中。从这时起直到他去世的二十多年时间司空图基本上是过着一种隐居的生活，他的大部分诗歌和诗论也是在这时期写成的。此后，虽然屡有朝廷征召，但司徒空还是屡次归隐。梁开平二年（908），朱全忠鸩杀唐哀帝，司徒空听闻此事后绝食而死。

封建社会里知识分子的人生道路，用孟子的话说，便是“穷则独善其身，达则兼济天下”。司空图也深受这一思想的影响，在黄巢起义前，他生活安乐，锐意进取；黄巢起义后，战乱频仍，他惧祸隐退。他的隐逸诗也多作于黄巢起义后，这些诗歌多写山水景致，有清隽、闲澹之美，虽用语平淡，不尚雕琢，但审美清新，如《独望》：

绿树连村暗，黄花出陌稀。
远陂春草绿，犹有水禽飞。

这首诗的望中景是虞乡南门外的景色：通往解池的官路绿树成荫，横贯南门外的田野、村落的姚暹渠，缓缓流入东边的五姓湖。有湖有渠，自然有水禽。诗写的是三、四月之交的春景，清新而宁静，确是一幅虞乡春景图。

司空图的诗作较多，主要学习王维、孟浩然一派，始终常有一些写景的妙句，如《牛头寺》：

终南最佳处，禅诵出青霄。
群木澄幽寂，疏烟泛泬寥。

在终南山，自有禅诵声飘出青霄，突出超尘拔俗的玄秘性；几缕疏烟在晴空中袅袅升起，更给人以高远的感觉。此等诗，画出空寂之境，是远离尘世的旷达自适的人才能下笔的。不妨说诗带有禅味，味在他能以慧心体察物相从而显示空寂。

在司空图的隐逸诗中，总能看出诗人的一种“万事与我不相干”的思想，如《力疾山下吴村看杏花十九首》（其一）云：

浮世荣枯总不知，且忧花阵被风欺。
侬家自有麒麟阁，第一功名只赏诗。

在这首诗里，诗人宣称“世间万事”与“我”无关，他只关心自己种的花是否被风吹倒，关心诗写得好不好。可他果真达到忘我的思想境界吗？事实是：偶尔有之；就其总体看，应该说没有！他看到了“破巢”“乳燕”的惊恐，饥来难忍的啼猿（《退居漫题七首》中的“破巢看乳燕，留果待啼猿”），一句话，他心中暗有是非。他要写诗，那诗能显现空寂之美吗？他向往超尘拔俗，可他的精神境界并未完全达到清净空寂的地步。

第四节　一塌糊涂的泥塘里的光彩和锋芒：皮日休

唐末，颓靡奢华的诗风蔓延在诗坛上，诗人们或者隐逸酬唱，不关心民生，或者专心研究诗歌的表现艺术，使诗歌陷入形式主义的窠臼。在这种情况下，皮日休坚持诗歌的风骨，提倡以诗歌反映晚唐的社会现实，因此，被鲁迅称为“一塌糊涂的泥塘里的光彩和锋芒”。

皮日休（约834—约883），字逸少，后改袭美，襄阳竟陵（今湖北天门市）人。他年轻时隐居鹿门山，自号鹿门子，又号间气布衣、醉吟先生等。懿宗咸通四年（863），他辞乡远游。八年，皮日休登进士第。十年，皮日休离京东游，与陆龟蒙相识，相互酬唱。约僖宗乾符初（874），皮日休返朝任太常博士。黄巢起义后，皮日休曾参加农民起义军。广明元年（880），十二月，黄巢入京称帝，以皮日休为翰林学士。后黄巢兵败，皮日休或卒于乱军之中。

皮日休出身寒微，他青少年时期的生活比较清苦，自称："皮子少且贱，至于食，自甘粢粝而已"。(《食箴序》)又说："贫家烟爨稀，灶底阴虫语。门小愧车马，廪空惭雀鼠。尽室未寒衣，机声羡邻女"(《贫居秋日》)。从他在苏州时赠陆龟蒙的一千言长诗中"老牛瞪不行，力弱谁能鞭"等这类回忆少年生活的句子来看，他还参加过一些农业生产劳动。不过，他虽家有田产，但赋税较重，因此生活拮据。由于家庭出身的原因，皮日休深刻体会了晚唐人民艰难的生活，因此，他的诗歌主要是以揭露和讽刺现实为特点的。

皮日休自幼胸怀儒家"兼济天下"的大志，想干一番辉煌事业。自称"联髌自总角，不甘耕一廛"(《鲁望昨以五百言见贻……亦迭合之微旨也》)。为了能成就自己的抱负，他专心致志地学习治国平天下的本领，他不顾世代为农的家族诸人的非议"诸昆指仓库，谓我死道边。何为不力农，稽古真可嗤"。(《鲁望昨以五百言见贻……亦迭合之微旨也》)闭门攻读多年，但唐王朝到了皮日休时期已经到了晚期，宦官专权、藩镇割据、朝臣党争、宦官专权，这些让当时的社会民不聊生，有感于时事艰难，皮日休于是以诗歌来反映和揭露社会。这一点上，他是乐府诗传统和中唐写实讽喻诗的自觉继承者。他说："乐府，盖古圣王采天下之诗，欲以知国之利病，民之休戚者也……山是观之，乐府之道大矣！今之所谓乐府者，唯以魏晋之侈丽，陈梁之浮艳，谓之乐府诗，真不然矣。故尝有可悲可惧者，时宣于咏歌，总十首篇，故命曰'正乐府诗'。"可见，皮日休肯定的是两汉乐府"缘事而发"的传统。他的诗歌也多是反映严重的社会问题的，如《橡媪叹》：

秋深橡子熟，散落榛芜冈。
伛偻黄发媪，拾之践晨霜。
移时始盈掬，尽日方满筐。
几曝复几蒸，用作三冬粮。
山前有熟稻，紫穗袭人香。
细获又精舂，粒粒如玉珰。
持之纳于官，私室无仓箱。
如何一石余，只作五斗量！
狡吏不畏刑，贪官不避赃。
农时作私债，农毕归官仓。
自冬及于春，橡实诳饥肠。
吾闻田成子，诈仁犹自王。
吁嗟逢橡媪，不觉泪沾裳。

这首诗是皮日休根据自己在山区遇到一个头发枯黄、身体佝偻的老太太捡拾难以下咽的橡子充饥的经历创作完成的。橡实是一种吃时难以下咽、吃下又难以排出的野果，但因为粮食都被官家收走了，为了不被饿死，老太太只能捡拾这些橡子，这些橡子还要经过几蒸几晒才能留作粮食，而这画面恰恰是"古之置吏也将以逐盗，今之置吏也将以为盗"的形象表现，官吏都成了搜刮民脂民膏的强盗，这样的政权已经快到倒台的时候了。皮日休将其农村见闻写成诗篇，关怀着农民的生计。诗歌全篇人物形象刻画细腻生动，描写与议论相间，且多用口语，写出了贪官污吏的残暴贪婪，字里行间充满了对老媪的深切同情。风格晓畅中见沉郁，与白居易新乐府相近。

皮日休生活在晚唐阶级矛盾空前激烈的社会里，具有进步的政治思想。他对在苦难时事中艰难求生的人民报以深切同情，对剥削阶级进行控诉，这是皮日休诗篇思想性的最主要的特征。例如，《三羞诗》（其三）：

天子丙戌年，淮右民多饥。就中颍之汭，转徙何累累。
夫妇相顾亡，弃却抱中儿。兄弟各自散，出门如大痴。
一金易芦卜，一缣换凫茈。荒村墓鸟树，空屋野花篱。
儿童啮草根，倚桑空羸羸。斑白死路傍，枕土皆离离。
方知圣人教，于民良在斯。厉能去人爱，荒能夺人慈。
如何司牧者，有术皆在兹。粤吾何为人，数亩清溪湄。
一写落第文，一家欢复嬉。朝食有麦饘，晨起有布衣。
一身既饱暖，一家无怨咨。家虽有畎亩，手不秉镃基。
岁虽有札瘥，庖不废晨炊。何道以致是，我有明公知。
食之以侯食，衣之以侯衣。归时恤金帛，使我奉庭闱。
抚己愧颍民，奚不进德为。因兹感知己，尽日空涕洟。

这首诗以沉痛的笔触写出了淮右蝗旱、民多家破人亡的惨象。序中说："至有父舍其子，夫捐其妻，行哭立匄，朝去夕死"的情况。诗中描述道："天子丙戌年，淮右民多饥。就中颍之汭，转徙何累累。夫妇相顾亡，弃却抱中儿。兄弟各自散，出门如大痴。……荒村墓鸟树，空屋野花篱。儿童啮草根，倚桑空羸羸。斑白死路傍，枕土皆离离。"真是一幅惨不忍睹的灾民流离图！诗的后半部分，作者沉痛地指出："厉能去人爱，荒能夺人慈"，并对比自己"一身既饱暖，一家无怨咨"的小康日子，感到深深的惭愧和不安。

自咸通十年（869）入幕苏州后，皮日休的诗歌内容逐渐由之前的反映社会现实转为隐逸酬唱。这种创作取向的变化，在其前期所作的《七爱诗·白太傅（居易）》中，已表露出一些端倪。这首诗写白居易元和十年（815）之前以兼济为志，其诗作多以讽喻为主，后标榜独善之义，诗歌转以闲适为主。皮日休以上的题咏，可以说是昭示了自己创作心态转变的历程。这些隐逸酬唱诗中，最多的就是他与陆龟蒙的酬唱诗。这些诗或奇僻或入俗的艺术追求，从某种意义上可看作是对中唐新变诗风的沿袭。另外，皮陆唱和是以诗歌游戏人生，带有极强的语言实验性，如皮日休原唱《吴中苦雨因书一百韵寄鲁望》，有云："全吴临巨溟，百里到沪渎。海物竞骈罗，水怪争渗漉。狂蜃吐其气，千寻勃然蹙。一刷半天墨，架为欹危屋。怒鲸瞪相向，吹浪山毂毂。倏忽腥杳冥，须臾坼崖谷……"陆龟蒙和诗《奉酬袭美先辈吴中苦雨一百韵》有云："……孱孙诚瞢昧，有志常搰搰。……冻骭一襜褕，饥肠少糠籺。……盈筐盛芡芰，满釜煮鲈鳜。酒帜风外颭，茶枪露中撷。"佶屈聱牙，难免有争奇斗巧之嫌。因此，从总体上来看，皮日休的诗歌成就最高的应是其前期的反映现实的诗作。

第五节　花间诗派：温庭筠

温庭筠（约812—866），名一作庭云，字飞卿，太原祁人（今山西祁县），他自小才思敏速，相传他考试作赋从不起草，叉手构思，叉八次手就赋成八韵，时号"温八叉"（计有功《唐诗纪事》卷五四）。温庭筠是初唐宰相温彦博的裔孙，幼年时在太原曾以名公世孙之后拜识李德裕。青年时期，迁居鄠县（今陕西西安市郊户县，时属京兆府），寄寓长安，官场文苑的交游日趋广泛。这时他既"习政经""窥吏事"，煞费苦心，一心想凭借自己的才华学识，打开一条通达至显、施展经时之策的大道。然而，此时因日益激烈的牛李党争反复多变，仕途的垄断严紧异常，尽管他为觅求功名久游京师，竟不得门径。大约在甘露事变前后，温庭筠迫于功名利禄和政局的纷乱，带着"怀刺求知"的强烈愿望南游江淮。其间曾依投浙西观察使李德裕，在润州留寓的时日较长，但更多的是托身无所，生活穷愁潦倒。大约文宗开成三年（838），温庭筠又回鄠县，决计走科考入世之路。这时他以文才崭露头角，以京兆府乡贡进士的身份随即入京，献计献策，积极干预时事，并与庄恪太子永和号称"中兴宗臣"的裴度交游。太子被害和裴度病卒后，他连连作"挽歌"，表露对宦官擅权、节度作乱的不满，更献长诗"五十韵"于淮南仆射李德裕，对其极加颂扬，并感旧陈情，希求荐引。但因牛李党之争和本身对宦官擅权不满的明确政治态度，招致阉臣、牛党的合力摧残，试不中。从温庭筠《百韵》诗的序文看，约在李德裕任相后的武宗会昌元年(841),他又离开京城而远游江湘,再次出寻入仕报国之机。后来他虽又返回长安,与宰相李德裕交游,也没能得其提携。

至宣宗即位(847),温庭筠在京城以擅长长诗赋著名,曾得到皇帝的赏识。这时期,他的思想格外活跃,信道直行也更加突出,多次投诗献赋上启于杜牧、蒋系、裴休、封敖、萧邺等达官显宦,渴望他们提携,既出入宰相令狐绹书馆,与令狐父子游宴,又对远贬崖州的李德裕深表同情。温庭筠凭借自己的文才,每岁科试多代人作赋,因扰乱科场,贬为隋县尉。温遭远逐以后,被山南东道节度使、襄阳刺史徐商留为巡官。在襄阳,他与失意索居的官宦文人段成式以及袁郊、韦蟾、周繇、余知古、温庭皓等酬答互嘲。后因徐商、段成式先后调任他职,温庭筠也移寓江陵,入荆南节度使裴休幕为从事。唐懿宗时曾任方城尉,官终国子助教。咸通七年(866)十月温主秋试,曾在国子监榜示邵谒、李涛等讽刺时政、有助教化的诗赋数十篇,有意彰明他的执事无私和政治态度,他以此触怒宰相杨收,被罢职放废,当年便含冤抱恨而死,终年约55岁。

温庭筠早年所作的《过西堡塞北》《回中作》《侠客行》《赠蜀将》等即景兴怀的诗篇,格调较高,积蓄着书剑报国而请缨无路的愤懑。发泄个人孤愤最突出的是那些伤悼、颂扬忠臣义士的怀古之作,如《过陈琳墓》篇,临风凭吊,陈词慷慨。“词客有灵应识我,霸才无主始怜君”抒写了与陈琳异代同心之感,颇有英雄失路之慨。《景五丈原》《苏武庙》等也都以同声共响,感情深沉,笔调苍凉,气势也相当壮阔。不过这样的诗作并不多。

由于人生遭遇各种挫折,温庭筠抒写情怀的诗作开始增多,此类诗多方面、多角度地表现其复杂的内心世界,弦律低郁,吞吐哽咽,缠绵悱恻,更能体现温诗的基本风貌,其中以吐诉忧谗畏讥的危苦和伤叹功名成空两类最为典型。前者如投赠良臣挚友的《百韵》长诗,在表白身世、志向、遭际、处境的同时,回环宛转地吐诉“爱憎防杜挚”“寒心畏厚诬”的复杂心绪;后者如《春日将欲东归寄新及第苗绅先辈》。此外,他的《赠少年》诗则把自己的身世与穷而后达的淮阴侯韩信作比,慨叹他“旅游淮上”以来客恨无涯,诗以“月照江楼一曲歌”作结,似豪实郁,以乐见悲,终不离一个“怨”字。他有些诗作还抒写出世入世的矛盾心理,如《观兰作》《寓怀》。

在反映客观现实方面,他的诗中也有直写民生疾苦的,《烧歌》一诗就先写江南农民“烧畲作早田”的辛勤劳作和切盼丰年的情景,后以“谁知苍翠容,尽作官家税”作结,揭露出赋税剥夺的繁苛。温庭钧通常以嘲讽的笔调“刺时”,而不以正面抨击社会黑暗取胜,他以诗干预政治更倾心于采用冷嘲热讽的写法，如《嘲春风》《嘲三月十八日雪》《伤温德彝》《醉歌》诸诗，多方讽刺、揭露当朝的压抑贤才、所用非人，贤愚莫辨、赏罚不明等等腐败现象。

他的咏史诗中，有的是咏叹六朝昏君，揭示荒淫亡国的主题，如《雉场歌》《鸡鸣埭歌》《达摩支曲》《邯郸郭公词》等；有的是贬斥乱臣贼子，借以表达诗人对藩镇骄横的憎恨，如《湖阴词》《奉天西佛寺》等。其共同特点是长于影射，诗旨深厚，辛辣的嘲讽和无情的批判多于温情脉脉的规劝。现举《达摩支曲》一诗为例：

……

旧臣头鬓霜华早，可惜雄心醉中老。

万古春归梦不归，邺城风雨连天草。

此诗以古喻今，借对北齐后主高纬荒淫亡国的议论，讥讽晚唐朝廷的腐败，而慨叹报国无门。这和杜牧之感叹“六朝文物草连空”一样，不过更明显地提示现实的衰败之不可避免而已。

温庭筠的一些怀友赠别诗，感情细腻，善于从小处着墨，而表现出较为丰富的感情容量，如《宿城南亡友别墅》：

水流花落叹浮生，又伴游人宿杜城。

还似昔年残梦里，透帘斜月独闻莺。

这首诗写昔年与友人相聚的一个残宵的美好情状，虽然这只是一夕欢聚之后的难忘残宵：似梦似醒，斜月透帘，原是早莺惊破了晓梦。但是这小小的往事包含着浓烈情思，那是许多欢快生活的瞬间，是无数往事的一个提示。由此写出了对故友的深深怀念和对从前相聚的美好时光的无限眷恋。

温庭筠的诗还有些以山水、行旅为题材，写得清丽工细，如《商山早行》：

晨起动征铎，客行悲故乡。

鸡声茅店月，人迹板桥霜。

槲叶落山路，枳花明驿墙。

因思杜陵梦，凫雁满回塘。

此诗抒写羁旅情怀尤显格异意新。颔联全用代表典型景物的名词组合，“状难写之景，如在目前”，而且突出了“早行”的特点，“见道路辛苦，羁旅愁思”（欧阳修《六一诗话》），颇得欧阳修、陆游等著名诗人的赏识、效法。其中“鸡声茅店月，人迹板桥霜”一联，为千古传诵的名句。全诗羁旅情思写得很细腻。

又如《过分水岭》：

溪水无情似有情，入山三日得同行。

岭头便是分头处，惜别潺湲一夜声。

羁旅的孤寂情怀和对友情的向往眷念，全都付与了这深山溪水，写得十分动情而又十分亲切。

其实，温庭筠更擅长的是乐府诗，“其乐府最精，义山亦不及”，被人誉为晚唐李白（薛雪《一瓢诗话》）。其现存诗约330首，其中占六分之一的乐府诗，华美秾丽，多写闺阁、宴游题材。温庭筠的乐府诗有古体也有近体，在取材、写法上受当时江南民歌的影响很深，还常有意取法六朝，多用双声叠韵。其《照影曲》《春晓曲》《春愁曲》《湘东宴曲》等短歌，以华艳词语、和美声调委婉传达男、女情思，风貌神髓与其词颇为一致。现举《春愁曲》一诗为例：

红丝穿露珠帘冷，百尺哑哑下纤绠。

远翠愁山入卧屏，两重云母空烘影。

凉簪坠发春眠重，玉兔煴香柳如梦。

锦叠空床委堕红，飔飔扫尾双金凤。

蜂喧蝶驻俱悠扬，柳拂赤阑纤草长。

觉后梨花委平绿，春风和雨吹池塘。

头两句写破晓时的外景，三句至八句写美人空床独眠，九、十两句借旖旎的春光反衬美人孤独寂寞，末二句以风雨送春之景，写春光虚度、美人迟暮之感。从内容上看，属于一般闺怨诗，但侧重视觉彩绘，侧重腻香脂粉的温馨描写，华美绰约，既染有齐梁诗风，又在细密、隐约和遣辞造境上具有某些词的特征。

温庭筠的乐府诗也受江南民歌的影响，如《春野行》：

草浅浅，春如剪。

花压李娘愁，饥蚕欲成茧。

东城年少气堂堂，金丸惊起双鸳鸯。

含羞更问卫公子，月到枕边春梦长。

此诗一改明丽轻清而为轻艳，特别是结句“含羞更问卫公子，月到枕边春梦长”所要引发的联想。

温庭筠写爱情诗侧重于感官满足，于是形象描摹细腻，色彩鲜艳。例如，《偶游》《经旧游》就写得外露，意象色彩鲜艳。现举《偶游》一诗：

曲巷斜临一水间，小门终日不开关。

红珠斗帐樱桃熟，金尾屏风孔雀闲。

云髻几迷芳草蝶，额黄无限夕阳山。

与君便是鸳鸯侣，休向人间觅往还。

此诗以女子的口吻描述了温馨迷人的环境和舒畅愉快的心情，生动地刻画了一位处于热恋中的女人娇媚可爱的形象，她有点任性、无赖，又颇似柳永《定风波·自春来》词中女子的口吻。色彩艳丽的意象词如“红珠”“金尾”“云髻”“额黄”。

总之，温庭筠的诗，多为艳丽精工，而且写得感情细腻，以日常生活的细小物事，细腻感受，写细美幽约情思，反映出诗向着词发展的趋势。

第六节　乱离之感的讽喻：韦庄等唐末诗人

唐末诗人，置身昏暗动乱时代，对社会灾难、民生疾苦，均有所关注。聂夷中的《咏田家》、杜荀鹤的《山中寡妇》《乱后逢村叟》等篇，反映民疾与世乱，尤其深刻沉痛。但其时从诗歌创作的总体情况看，这方面的内容仍未能居于主要地位。著名诗人中，只有生活到五代初的郑谷、吴融、韦庄、罗隐等，历经易代之际的种种劫难，才对时代的丧乱有较多的反映。

一、韦庄

韦庄（约 836—910），字端己，京兆万年（今属陕西西安市）人。韦庄的远祖曾经是武则天在位时期的一位宰相韦待价；四世祖韦应物是中唐时期一位非常著名的诗人，之后韦门家族逐渐衰落。韦庄小时候居住在长安，童年生活与平民一样。在广明元年，黄巢军攻入长安，韦庄为了躲避战争，逃到了洛阳，后来去了江南。

乾宁元年，韦庄考中进士，最初被授予校书郎，后来任职左补阙。在唐朝灭亡的时候，成为王建幕中掌书记。韦庄的诗风格独特，在唐末五代诗坛中具有重要的地位。

韦庄所作长诗《秦妇吟》是白居易《长恨歌》以来唐代叙事诗的最大收获。《秦妇吟》以黄巢起义为背景，展现了动乱时世之面面观。诗中写农民起义使长安翻了个个儿：“内库烧为锦绣灰，天街踏尽公卿号。”作者的立场虽然是站在唐王朝一边，但可贵的是，他在描写亲身体验、思考和感受过的社会生活时，违背了个人的政治同情和阶级偏见，将批判的锋芒指向了李唐王朝的官军和割据的军阀：

……

明朝又过新安东，路上乞浆逢一翁。苍苍面带苔藓色，隐隐身藏蓬荻中。问翁本是何乡曲？底事寒天霜露宿？老翁暂起欲陈辞，却坐支颐仰天哭。乡园本贯东畿县，岁岁耕桑临近甸。岁种良田二百廛，年输户税三千万。小姑惯织褐絁袍，中妇能炊红黍饭。千间仓兮万丝箱，黄巢过后犹残半。自从洛下屯师旅，日夜巡兵入村坞。匣中秋水拔青蛇，旗上高风吹白虎。入门下马若旋风，罄室倾囊如卷土。家财既尽骨肉离，今日垂年一身苦。一身苦兮何足嗟，山中更有千万家。朝饥山上寻蓬子，夜宿霜中卧荻花！

……

诗人痛心地指出，官军的罪恶有甚于“贼寇”。可知此诗的认识价值和艺术价值都是不容忽视的。

韦庄七绝，风调清深，直逼杜牧，如《台城》：

江雨霏霏江草齐，六朝如梦鸟空啼。
无情最是台城柳，依旧烟笼十里堤。

唐末政治腐败，藩镇割据、朝宦之争和朝内党争愈演愈烈，而声势浩大的农民起义经过酝酿，终于爆发。在这样一个危机四伏的时代，才志之士更是前途渺茫。“夕阳无限好，只是近黄昏”二句，正可形容当时诗品。

二、郑谷

郑谷，生卒年不详，字守愚，袁州(今江西宜春)人。光启三年(887)，郑谷考中进士，做过右拾遗、都官郎中等官。乾宁三年，唐昭宗到华州避难，郑谷跟随他一起住在云台道舍，故将自己的诗集命名为《云台编》。后来，郑谷看到朱温篡夺了唐朝的权利，于是就归隐山林，之后不久就去世了。他存诗300多首。

在这300多首存诗中，有三分之一的诗都是写郑谷到处流亡的，如“荆州未解围，小县结茅茨”。这指的是光启年间，秦宗权带兵围困荆州，唐僖宗被迫出逃。

“访邻多指冢，问路半移原。”(《访姨兄渭口别墅》)表达了战乱后死去的人太多，新冢累累，生活环境变迁的惨痛景象。“舞衣转转求新样，不问流离桑柘残。”(《锦二首》)是对达官贵人的讽刺。“不会苍苍主何事，忍饥多是力耕人。”(《偶书》)是替劳动者发出的愤慨之情。

这些诗句讽刺官僚，同情灾民，对当时混乱的政局进行了抨击，与杜甫的诗有相似之处。不过，这类诗在郑谷的作品中并不多见。他的诗中，能体现他自身的创作特点以及艺术成就的，主要是一些描述情景以及感伤身世的作品。在他的这些诗中，格式上五律比较多，通体精练，不管是写景还是言情，都体现出真切的感情。例如：

村落清明近，秋千稚女夸。
春阴妨柳絮，月黑见梨花。
白鸟窥鱼网，青帘认酒家。
幽栖虽自适，交友在京华。

（《旅寓洛南村舍》）

这首诗清新地描写了幽居山中的情趣。第二联描写了春天的黑夜与白天所出现的不同景色，体现出郑谷写诗功力不凡。另外，还有他写的《书村叟壁》，描写了一幅鲜明的农村图画；《长安夜坐寄怀湖外嵇处士》则表达的是物景凄凉、思志高远。

除了上述描写作者逃亡的作品中反映时代战乱的情节外，作者所写的送别友人的诗中也反映了乱世的离别之情。例如：

天末去程孤，沿淮复向吴。
乱离何处甚，安稳到家无？
树尽云垂野，樯稀月满湖。
伤心绕村落，应少旧耕夫。

（《久不得张乔消息》）

这首诗将对乱世的悲愤心情与对友人的挂念交织在一起，情真意切，充分代表了作者的作诗风格。因为乱世而告别友人，诗中体现出一种悲凉的情感。郑谷抒写离情的绝句，常常真挚婉转，言尽而意未穷。例如：

扬子江头杨柳春，杨花愁杀渡江人。
数声风笛离亭晚，君向潇湘我向秦。

（《淮上与友人别》）

上述诗句将自身的心情与外部的情景交融在一起，充分表达出对友人依依不舍的情感。从中可以看出，郑谷的诗句中佳句很多，并且浅显易懂。从气势上来看，这些诗虽然没有盛唐诗人所表达的高贵之气，但格尚不卑，通过悲凉的情感反映了唐朝逐渐衰败的命运。在风格上，郑谷受到姚贾体和白体两种诗体的影响，形成了一种深入浅出、流利跳脱的风格。北宋初，郑谷的诗被家诵户习，人们多用以教习蒙童。

三、罗隐

罗隐（833—909），字昭谏，余杭新城（今浙江桐庐）人，曾入京师求官，历经7年不第。光启三年（887年）为钱塘令，迁著作郎，辟掌书记。

梁开平二年(908年)授给事中,迁发运使。将自己的文集定名为《谗书》。《谗书》是一部讽刺小品集,其中都是愤懑不平之言,比较有代表性的有《英雄之言》《汉武山呼》《三帝所长》等。他的散文往往一反正统观念,能够另立新说,对统治者的本质和现实中不合理的现象多有深刻的揭露和抨击。罗隐存诗480多首,以近体诗为主,一些优秀的诗作往往不直接描写现实,而是通过咏史、托物的方式来批判现实,抒写胸中的愤懑之情。例如:

尽道丰年瑞,丰年事若何。
长安有贫者,为瑞不宜多。

(《雪》)

不论平地与山尖,无限风光尽被占。
采得百花成蜜后,为谁辛苦为谁甜?

(《蜂》)

马嵬山色翠依依,又见銮舆幸蜀归。
泉下阿蛮应有语,这回休更怨杨妃。

(《帝幸蜀》)

楼殿层层佳气多,开元时节好笙歌。
也知道德胜尧舜,争奈杨妃解笑何。

(《华清宫》)

家国兴亡自有时,吴人何苦怨西施。
西施若解倾吴国,越国亡来又是谁。

(《西施》)

罗隐的诗善于讽刺,更善于翻历史旧案,妙思迭出,一如其散文。

四、吴融

吴融(850—903),字子华,越州山阴(今浙江绍兴)人。龙纪元年(889)考中进士。吴融做官之后,曾随韦昭度进入蜀地平乱,但无功而返。后来遭人陷害,被贬到荆南。天复三年(903),吴融被任职为翰林承旨,后卒于任上。今存诗300多首。

吴融主张通过诗作来干预时政,他十分关注唐朝末年比较残酷的社会现实,因而他比较推崇李白与白居易的做法。吴融的古体诗数量虽然不是很多,但仅存的几首在风格上都比较豪壮,内容丰富,寄托了自己的志向。例如,七古长诗《风雨吟》述志忧世,对一些乡绅富豪还有一些无所作为的官僚进行了谴责,揭露了官场勾结、朝纲混乱的状态。

另外，五古《平望蚊子二十六韵》实借蚊之害人鞭挞贪官酷吏。《太湖石歌》《李周弹筝歌》《赠李长史》等都以咏物而引出对时世变乱的感慨。他的七律中也有一些思想性较强、艺术性较高的感怀时事之篇，如《金桥感事》：

太行和雪叠晴空，二月郊原尚朔风。
饮马早闻临渭北，射雕今欲过山东。
百年徒有伊川叹，五利宁无魏绛功？
日暮长亭正愁绝，哀笳一曲戍烟中。

这首诗主要是针对大顺元年(890)，唐朝与其他国家之间的战争发出的感慨。这首诗是作者写于一次战败后的初春，充分表达了忧国忧民的感情。全诗情调悲壮、气格沉雄，用典恰切而音节洪亮，是唐末近体诗中的佳篇。

另外，吴融所写的《华清宫》对唐玄宗的荒淫腐朽进行了讽刺，充分表达了作者对于安史之乱导致唐朝一蹶不振的恨意。吴融诗风接近温庭筠、李商隐一派，但并非一味摹拟，而是将温、李的缛丽温馨引向凄清的一路。他在唐末还不失为一个别具风貌的诗人。

第六章　继往开来：五代诗词发展

从咸通年间到天佑四年(907),唐朝灭亡,自此维持了长达50多年的战乱,中原大地被战火与血覆盖,天下似乎很难维持和谐与平静,因此,也很难容忍那些被文人倚声挥毫创作“浅斟低唱”的词。而曲子词虽然超越了民间幼稚的粗糙阶段,也超越了早期诗人的试作状态,并通过温庭筠之手逐渐成熟,但是在这一时期也面临着断流的情况。幸运的是,在这大动乱的时期,西蜀和江南因为受交通的阻隔而并未受到破坏,这两个地区的割据政权因为受到大自然的阻隔而更显安宁,当然,也在客观上保证了这两块统治区域免受战乱的影响,保证了一定程度的繁荣。因此,那些在中原地区无处安身的文人雅士,除了少数一些人隐居之外,大多进入西南、东南地区。例如,韦庄进入蜀国辅助王建,罗隐回到杭州依附钱镠,韩偓去闽中投靠王审知等,这些人中,很多人都是词作的高手,他们携带新的歌词南下继续培育,终于以南唐、西蜀为中心造就了独具风格的词作——南唐词与西蜀词。本章就对这一时期诗词的变化及著名诗词代表作展开分析和研究。

第一节　诗词合流

众所周知,晚唐时期,诗词出现了明显的合流状态。通过对韩偓的《香奁集序》与欧阳炯的《花间集序》进行对比就可以看出,虽然韩偓是在论诗,欧阳炯是在论词,但是可以明显看出五代时期诗词的源头——宫体诗,同时通过比较二者的诗词可以看出,二者具有明显的审美趋同。韩偓的“咀五色之灵芝,香生九窍;咽三危之瑞露,春动七情”与欧阳炯“递叶叶之花笺,文抽丽锦;举纤纤之玉指,拍按香檀”显然具有一致的审美追求。韩偓在《香奁集序》的序中这样说道:“遐思宫体,未降称庾信攻文;却诮《玉台》,何必倩徐陵作序。”同样,欧阳炯也同样说道:“镂玉雕琼,拟化工而迥巧;裁花剪叶,夺春艳以争鲜。”显然,二者的抒情和描述也是一致的。只是相对来说，韩偓更加注重对自然的感情抒发，而欧阳炯更加偏重雕刻、裁剪等，往往通过拟人化的方式实现超化工的目的，这是二者的差异。这一差异也体现出晚唐时期的绮靡与西蜀时期轻艳的差异。另外不得不说，在创作内容上，诗词也有着一致性。韩偓的“柳巷青楼，未尝糠粃；金闺绣户，始预风流”在内容上与欧阳炯的“自南朝之宫体，扇北里之倡风”有着一定的相似性。

除了上述的描述，在诗学的功用层面，二者也是存在着相通之处的。例如，韩偓《香奁集序》云：“其间以绮丽得意亦数百篇，往往在大夫之口，或乐工配入声律，粉墙椒壁，斜行小字，窃咏者不可胜记。”显然，他的诗词中是以乐工来配乐的，这样可以让人们进行歌唱。

欧阳炯《花间集序》：“名高白雪，声声而自合鸾歌；响遏青云，字字而偏谐凤律。《杨柳》《大堤》之句，乐府相传；《芙蓉》《曲渚》之篇，豪家自制。”显然，诗词中有着明显的配乐。其虽然在曲谱词上与韩偓《香奁集序》中的配乐存在差异性，但是不得不说二者都与音乐有着紧密的关系。

应该说明的一点是，诗词合流需要具备一定的前提条件。在晚唐五代时期，诗歌从社会生活转入闺情洞房，更加显得凄美婉转；词从民间开始向歌舞筵前转变，倾向于多情、凄婉。二者在审美、创作群体、功能、价值、主旨上存在着某些相似的地方，这就为诗词合流提供了可能。当然，仅仅这样还是不够的，之所以晚唐五代时期出现诗词合流，一个重要的前提就是兴起于民间的小词在体式上还存在着某些不稳定性。晚唐五代时期，诗格兴盛，对诗的体、格等认识更为深刻，却很少关注民间的“小词”，这就为文人雅士将词从普通百姓那里拿来，在定体入式的过程中为灌注审美观念与诗学思想提供了很大的方便。否则，如同敦煌词一般，由不同社会地位的人进行创作，并且不同侧面对社会生活加以反映，词的审美情趣、品位格调等显得各不相同，这样就很难在晚唐五代时期出现诗词合流的情况。

诗词合流存在着很多前提条件，这些条件都是必备的条件，这也意味着诗词合流只能是在一定层面上存在的，如果这些条件不存在或者不能起到作用，那么诗词在审美、形态、题材、格律等层面上就会呈现不同的特征，诗学与词学也会出现思想上的分歧，诗词合流就很难存在了。当然，实际也是如此。

实际上，从南唐到李后主时期，已经有以诗人怀抱作词的风格，这为宋人“以诗为词”奠定了基础。西蜀文化在提升之后，诗词品性的差异也逐渐显露出来。与前蜀诗作相比，后蜀诗作进行了某种改观，略显直抒胸臆之感。即便是《花间》这样的词作，也不能都归在无品的行列，其真情流露的作品也具有一定的分量。这已经在暗示，五代时期，诗词合流之后，又呈现了明显的分流状态。宋朝初年，词作走了《花间》这样的小令的道路，而诗歌则有“九僧体”“白体”等多种格式并行，这正是诗词分流之后的状态。诗词分流的局面经过宋朝初年的演绎，以江西笔法为词，再谋求诗词暗通的道路，在诗坛上兴起了一股清劲的风格，虽然有较大的影响，最后却被归入“极变”的行列，而未入得声香本色的境地。追究其原因，不得不说是因为诗词合流的多个因素未能备齐的原因。

第二节　从缘情绮靡到缘情体物的南唐词

如前所述，南唐偏安一隅，君臣都喜欢文学，形成了繁荣的文学氛围。应该说，南唐在李昪的统治下，国力还是比较强盛的。相比之下，当时的中原地区战火频繁，很多人为了逃难到了南唐。南唐中主李璟在位时期，凭借着他父亲的余威，曾经试图扩展疆域，但是由于李璟本身是一个“儒儒”之人，北方的周、宋兴起之后，南唐的国势逐渐衰落。南唐的君臣，不仅没有振兴国家的才能与理想，也没有可供依傍的自然屏障，阻隔周、宋的扩张，一种苟且偷生的情绪在朝堂上蔓延，从而形成了南唐词悲婉的基调。

南唐词的作者主要有冯延巳和南唐二主李璟、李煜。

一、冯延巳的词

冯延巳（904—960），字正中，一名延嗣，广陵（今江苏扬州）人，南唐元老。南唐开国君主烈祖李昪授予秘书郎，使与李昪游处，为元帅府掌书记。李璟即位后，为翰林学士承旨，不久，进中书侍郎，拜平章事（宰相）。后来因为他用兵失败，加上南唐时期朋党竞争非常激烈，因此屡屡遭到攻击，最后宰相职位被罢免，任太子少傅，不久之后死去。他有《阳春集》这一著名诗集，宋朝人收集他的诗词总共有 119 首。

冯延巳在南唐词人中有着重要的地位，其与西蜀的韦庄在“花间”中的情况有着相似性。韦庄为前蜀的宰相，成为蜀国文人骚客的“班头”，其将晚唐中比较成熟的诗歌种子在蜀国播种，带出来一批“花间”词人。

冯延巳也官任宰相之职，也是晚唐文人的带头人，是南国词坛的魁首。由于其传承了温庭筠的“艳科”词统，因此，以他开头的南唐词与由韦庄发端的西蜀词存在着某些相同之处。例如，二者都写体制较为短小的令词，在作品的写作风格上都彰显婉转柔美，都营造一种闺阁庭院、清溪曲涧的境遇，都比较多地对女性形象与男女爱恋进行描写等。

但是，虽然大背景是相同，却因为地域不同、时代变迁、词体自身的改变等，引起各自在意境、风格等方面存在某些差异性。冯延巳的词虽然也是体制短小、风格香艳的小词，但是他并不甘于这种风格，而是将其发展成为一种具有个性、可以供作者抒发情感的文学创作。

例如，《鹊踏枝·几日行云何处去》：

几日行云何处去？忘却归来，不道春将暮。
百草千花寒食路，香车系在谁家树？
泪眼倚楼频独语。双燕来时，陌上相逢否？
撩乱春愁如柳絮。悠悠梦里无寻处。

这是一首写闺中之怨的诗歌，情思辗转，给人以遐想。可见，冯延巳的词在情感上要比花间派有更大的突破和拓展。

冯延巳的词虽然描写的仍旧是相思离别，但是并不侧重对服饰容貌的描写，也不受具体情节的限制，而是着力表现人物的情绪，造成多方面的联想。例如，《谒金门》是他的压卷之作。

风乍起，吹皱一池春水。
闲引鸳鸯香径里，手挼红杏蕊。
斗鸭阑干独倚，碧玉搔头斜坠。
终日望君君不至，举头闻鹊喜。

还有写女子伤春之苦，写得非常细腻，令人感动。又如，《南乡子》：

细雨湿流光，芳草年年与恨长。
烟锁凤楼无限事，茫茫。
鸾镜鸳衾两断肠。
魂梦任悠扬，睡起杨花满绣床。
薄悻不来门半掩，斜阳。
负你残春泪几行。

这写的是少女怀春之情，辞藻华丽，谐音婉转。再如，《清平乐》：

雨晴烟晚。绿水新池满。
双燕飞来垂柳院，小阁画帘高卷。
黄昏独倚朱阑。西南新月眉弯。
砌下落花风起，罗衣特地春寒。

春雨晚晴的时候，主人公站在小阁楼看双燕飞来是什么感情呢？这首词里面并没有明说，只是说了一阵风将落花吹落，忽然感到寒冷袭来，这实际上暗示了主人公的感触，只不过比较含蓄。上述多借助春色来表达情感，作者还会描写主人公借酒消愁的情感。例如，《蝶恋花》：

萧索清秋珠泪坠，枕簟微凉，展转浑无寐。
残酒欲醒中夜起，月明如练天如水。
阶下寒声啼络纬，庭树金风，悄悄重门闭。
可惜旧欢携手地，思量一夕成憔悴。

这首词用夸张的手法表达想念之情，将夜空比喻为清澈的水，强化了皎洁的月光，境界也非常空明。除了这一首《蝶恋花》，还有另外一首《鹊踏枝》：

谁道闲情抛弃久，每到春来，惆怅还依旧。
日日花前常病酒，不辞镜里朱颜瘦。
河畔青芜堤上柳，为问新愁，何事年年有。
独立小楼风满袖，平林新月人归后。

这首词抒发了每年春天看到新绿之后引发的惆怅之情。词的最后两句用景结情，描绘了主人公风中伫立的形象，将这种惆怅的情绪置于高雅的意境之中。

此外，冯延巳也有一些与民歌相接近的风格清新的作品。例如，《长命女》：

春日宴，绿酒一杯歌一遍。
再拜陈三愿：一愿郎君千岁，二愿妾身常健，三愿如同梁上燕，岁岁长相见。

显然，这首词的语言是比较朴实的，写出了少女对美满姻缘的向往与珍惜，因此有着较广的流传，在旧时舞台上简直成了未婚少女焚香祷祝的“如意经”。

总的来说，冯延巳的词虽然并没有摆脱女人与相思，但是他和花间派不同，花间派只停留在女子的容貌、服饰层面，有浓重的脂粉气息，他的词在于着重抒发哀愁，情感婉转，语言形象生动，多姿多彩。作者善于将词中的仇恨、惆怅等写得较为绵延，从而透露出他们对南唐王朝没落的忧伤之情。这样的词表达的情感容易引起其他词人和妇女的共鸣，美学价值要远超过花间词人的作品。可以说，无论从内容还是从艺术手法上说，冯延巳的词都有很大的进步。

二、李璟的词

李璟(916—961),初名景通,字伯玉,二十八岁即位,世称南唐中主,在位十九年。李璟是一位多才多艺的君主,爱好读书,但是天性比较懦弱。即位之初,他有一定的作为,后来荒废政事,致使国家逐渐衰落,不得不向后周称臣,向周朝提供岁供。李璟为自己的王国衰败感到惆怅不已,因此,他的词作虽然写的也是男女之事,但是却融入了复杂的情感,渗透了国家飘摇的愁苦之情。

李璟的词仅保存了四首,《山花子》二首是李璟的佳作。(其一)写春恨:

手卷真珠上玉钩,依前春恨锁重楼。
风里落花谁是主?思悠悠。
青鸟不传云外信,丁香空结雨中愁。
回首绿波三峡暮,接天流。

作者的春恨并未局限在男女相思之情上,而是极力探寻谁才是春风花落的主人,对青春造化的主宰者提出了疑问:回首三峡的暮色,虽然因为青鸟没有到来而想象巫山云雨之意,但是更多的还是表达的是对水流不断的无奈之情。这其实表达的是时不待我、青春苦短的情怀,只不过这种表达更为新颖,而且使得小楼中不见离人音信的春恨扩大到天际去。

《山花子》(其二)写秋思:

菡萏香销翠叶残,西风愁起绿波间。
还与韶光共憔悴,不堪看。
细雨梦回鸡塞远,小楼吹彻玉笙寒。
多少泪珠何限恨,倚阑干。

该词是从池子中残败的景象写起的。主人公看到荷花残败,联想到自己的青春不在、面容憔悴。词中的“不堪看”不仅指代的是菡萏香消叶残,还指代的是主人公自己的青春和容颜,而之所以这样惨败,主要是因为自己的心情苦不堪言。那么,是什么样的心情让主人公变成这样呢?下面写到了她梦中去了良人所在的边塞,梦醒了之后觉得自己离她的良人很远。因此,本身惆怅的心情又多了几分。她拿起自己的笙来吹奏,想借着曲子来排解自己的忧愁,但是当她吹完曲子,笙簧潮湿,自己的心情更为悲凉。那种遗恨化成眼泪流下来,她也尝试着去擦拭,但是越擦越多,只能任由泪水无情地留下。读完了下阙,我们能够清楚地明白主人公的青春不再、容颜憔悴是因为心爱的人离别的痛苦。这首词形象鲜明，虽然是在写愁绪，但是境界上是比较开阔的。

除了这两首词，还有《应天长》，也是通过景和物来表达惆怅。

一钩初月临妆镜，蝉鬓凤钗慵不整。
重帘静，层楼迥，惆怅落花风不定。
柳堤芳草径，梦断辘轳金井。
昨夜更阑酒醒，春愁过却病。

这首词是以阁楼里的思妇伤春来表达作者受到后周的胁迫之后的惆怅，这种惆怅甚至超过于生病，处境是十分艰难的，也深处于痛苦之中。在这首词中，女主人早晨起来懒于梳妆打扮，满腹惆怅之情，如同落花一般，追忆曾经的狂欢，却不可能实现，最后春愁郁结于心。

这首诗上片从“一钩初月”来引起，描写女主人起来之后对着镜子却无心打扮，鬓发也不整齐。之后，“重帘静，层楼迥”描写女主人公的伤春，叠幕重重，这是通过寂静、遥远的意境对人的思念与寂寞进行衬托。“惆怅落花风不定”这一句是上片的佳笔，写出伤春之人的愁绪，花落代表美好在逐渐凋零。花都是如此，何况是人呢？这一句烘托出女主人公无法把握自己的命运，也没有可以依靠的人生，写出女主人公感叹自己的青春，渴望将自己的心思表达出来，又未流露出刻画的痕迹，将作者语言的妙处展现出来。

下片承接风吹落花的意境展开，视角逐渐开阔，似乎有一种心情的舒展，写的是过去的美好时光。记得当时，女主人公与朋友携手芳草之间，这些是充满温馨的画面，如今却是“梦断”。这两个字显得更为寒冷，似乎将过去的一切美好都夺走了。写到这里，作者才揭示出女主人公郁闷的原因，是因为对离别的感伤，结尾将自己的心思点明：为了消愁，女主人公也曾借酒，但是等到酒醒，四周仍旧一片寂静，这样的惆怅更甚。“春愁”郁结于心成为女主人公永远的痛苦。因此，“春愁过却病”是这首词的核心。

这首词之所以被很多人称道，甚至后人认为是南唐后主李煜的词，甚至是欧阳修的词，主要是因为这首词运用的意象是非常巧妙的，渲染了思妇的春愁，浸透着看客的心扉。

三、李煜的词

李煜（937—978），字重光，初名从嘉，徐州（今属江苏）人，中主李璟第六子。年少时非常聪明，善于文字与绘画，对音律也非常精通，具有多方面的才能。初封安定郡公，淮上兵起，为神武军都虞侯、沿淮巡抚使。累迁诸卫大将军、诸道副元帅，封郑王。显德六年（959），太子弘冀死亡，因此从郑王更名为吴王，任职尚书令知政事，在东宫居住。建隆二年（961），他正值25岁，继位，当时宋朝已经取代周朝建立国都，南唐形势是非常严峻的。一方面，他对宋朝称臣，每年缴纳岁供，委曲求全以谋求国家的幸存；另一方面，他沉迷于声色，过着奢侈的生活，在这样纸醉金迷的生活中做了15年的皇帝。到了开宝八年（975）十一月，宋朝将领曹彬率领大军南下，将他的城池攻下。李煜投降，之后被押到汴京之后受尽了屈辱，过着只能以泪洗面的生活。终于在太平兴国三年（978）七夕，宋太宗下令将其毒死，年仅42岁。

李煜著有文集30卷，多达百篇的杂说，但是多比较松散，因此，流传下来的并不是很多，对后代的影响也不是非常大。相比而言，他的词成就更高、影响更大。其中流传下来的有30多首，他灭国之后从皇帝贬为囚徒，这使得他在生活上有较大的变化，因此，他的词也更多地反映他的处境、生活情感，词的前后期的风格是不一样的。

前期，李煜的词主要写的是宫中的生活，表现了富有才情但多愁善感的特点，有的词的语言非常具有创造性，洗尽宫廷词的富丽风采。例如，《清平乐》：

别来春半，触目愁肠断。
砌下落梅如雪乱，拂了一身还满。
雁来音信无凭，路遥归梦难成。
离恨恰如春草，更行更远还生。

这首词的妙处在于用具体的景物来表达无形的愁恨。落梅沾染了主人公的一身，表明他在花下站立了许久，也烘托出他的心情如落花般杂乱。用春草来比喻恨意，主要是因为绵绵的芳草远接天涯，如同人能走多远，恨就能有多远。“更行更远还生”这个短语一波三折，在句法上与春草离恨的韵味融合在一起，外在以物寓情，内在抒发心象，惟妙惟肖。再如，《长相思》：

云一緺，玉一梭，淡淡衫儿薄薄罗。轻颦双黛螺。
秋风多，雨相和，帘外芭蕉三两窠。夜长人奈何！

这写的是在秋天的夜里听雨声而不眠的情境，但是量词、叠词的运用使得整首词更具有特色。緺在这里比喻的是一把青丝，玉一梭指代的是一支玉簪，与淡色的罗衣、一双黛眉融合在一起，仅仅稍微勾抹一下，一个天然淡雅的思妇就展现在人们的面前。再添上两三棵芭蕉树，展现在人们面前的就是一幅人物写意画。

此外，李煜前期词中还有一首对离愁别绪进行描写的。例如，《捣练子令》：

深院静，小庭空，断续寒砧断续风。

无奈夜长人不寐，数声和月到帘栊。

捣衣声被很多文人雅士写过。这首小令将本题直接咏颂出来，虽然体裁短小，仅仅描写的是寒砧随着风与月光传入闺人的帘外，将所有的情语省略，耐人寻味。

李煜最好的词还是在他的后期，国家灭亡，他被俘虏，失去了皇帝的地位，过着囚徒的生活，亲身感受到了被侮辱、被囚禁的痛苦。这是他在皇帝时期未曾体会到的。因此，这一时期李煜的词改变了之前的绮罗香泽，将哀愁痛苦注入他的词作之中。从思想内容上看，这一时期李煜的词要比前期更为饱满，情感也更为强烈，将作者这一时期的心境体现出来，感染力十足。在艺术技巧上，这一时期李煜的词达到了小词的最高境界。例如，《浪淘沙令》：

帘外雨潺潺，春意阑珊。罗衾不耐五更寒。

梦里不知身是客，一晌贪欢。

独自莫凭栏，无限江山，别时容易见时难。

流水落花春去也，天上人间。

词的上片写的是春夜入梦，梦中纵情享乐，忘乎所以，虽然着墨不是很多，但是将情状勾勒得很清晰。这种贪图享乐与凄凉、漫长的黑夜形成对比，这样更能展现出作者的悲苦。

词的下片也是感情的抒发，往日的欢乐已经不再，从这里联想到故国灭亡，将悲苦的心情再一次放大。最后，词人写出了“流水落花春去也，天上人间”这样的悲鸣，暗示着水流走、花落下，而人也将不在。

在历史上，李煜的词有着很高的地位，具体来说可以总结为如下几点。

首先，李煜的词扩大了词的题材，采用了多种表现手法，也将词的功用大幅度提升。在李煜之前，词的写作功用在于娱宾遣兴，写的大多都是儿女情长与相思之情，这些词只能让女孩儿在家吟唱。但是相比之下，李煜后期的词写的是家国之痛，表现他亡国之后丰富的情感，使词具有了抒情言志的作用。例如，王国维在《人间词话》中这样说道：“词至李后主，而眼界始大，感慨遂深，遂变伶工之词而为士大夫之词。”当然需要说明的是，从温庭筠到花间词人再到南唐后主李煜，词风虽然都是以婉约等为主，但是李煜提升了词作的阳刚之美，显得刚柔并济。

其次，李煜的词具有较强的艺术概括力。李煜善于创造情境，在李煜的词作中，往往会产生某种情感的境界，是融合具体与形象为一体的，其与冯延巳的词的那种迷离的境界是不同的。李煜的擅长之处在于将某些具体的情感进行深入的概括，使这种情感上升为一种普遍性的体验，这能够使不同时代的人在读他的词作时，往往会忽略其产生的某种情感的具体原因，而是从普遍性的概括中获得感应和触发。像“剪不断，理还乱，是离愁，别是一般滋味在心头”“流水落花春去也，天上人间”“问君能有几多愁，恰似一江春水向东流”等，虽然这些都表达的是亡国之后的悲哀之情，但是这些悲哀之情是通过一些景物或者比喻展现与书写出来，但是也并未丧失沉痛的特点，因此很容易引起读者的共鸣，被现在的人们拿来用在各种场合表达相似的情绪。这说明李煜的词在拨动人们的心弦，即便是听了很多遍，也并未消失其生命力。

最后，李煜的词形象是非常鲜明的，情景也能够实现交融。李煜不仅善于用人物的动作与神态来表达立体感的画面，给人以鲜明的形象，如《菩萨蛮》写的是少女偷情的故事，《浣溪沙》写的是舞女的舞姿等，而且更善于将客观事物中的特色层面抓住，并注入自身主观的情感，造就具有特色的艺术氛围。

李煜在词的艺术上所取得的成就，使他不仅成为唐五代词坛上最杰出的词人，也成为我国词史上杰出的词人之一。

第三节 樽前花间、轻艳浮薄的西蜀词

西蜀词，源于晚唐词，温庭筠是其鼻祖，而直接的播种者是以韦庄为代表的唐末人士，而将其延续并发扬的是蜀中的一些文人。温庭筠的词主要写于9世纪中期，一百来年之后，到后蜀后主时期，这一支一脉相承的正宗文人词已经具备了相当的规模，成为一股新的文学主流。后蜀广政三年（940），孟昶小朝廷中书令赵庭隐之子、卫尉少卿赵崇祚精选这支词派十八家的“诗客曲子词”五百首，编纂为《花间集》十卷，并请十八家之一的欧阳炯作序贯于卷首，付梓印行。

《花间集》总共有18位词人，除温庭筠、孙光宪、皇甫松、和凝之外，其余或是在蜀国供职，或者本身是蜀国人。因此，《花间集》可以说是蜀地词的集锦。

就作品的年代跨度而言，约为一个世纪，大概可以从开成元年（836）算起，到欧阳炯作序的广政三年（940）结束。就作品的形式、内容、风格

等层面而言，很大一部分都受到温庭筠的影响，采用艳丽的词句来描写色情淫欲，表现出士大夫阶层的精神与道德上的空虚与堕落，所呈现出来的樽前花间、轻艳浮薄的艺术特色也为西蜀词奠定了基调。下面就对其中比较有代表性的作者进行介绍。

一、皇甫松的词

皇甫松，字子奇，生卒年不详，自号檀栾子，睦州新安（今浙江淳安）人，是著名古文家皇甫湜的儿子。大约与温庭筠同时。考取功名未成功，最后充当了布衣。他擅长诗词歌赋，现存的诗词有22首，其中《花间集》存12首，《尊前集》存10首。

皇甫松的词多是绮丽的作品，曾经王国维赞誉他的作品意味深长，可以居于白居易、刘禹锡之上。《花间集》中皇甫松的词紧随温庭筠之后，但是在西蜀其他作者之前，显然也彰显了温庭筠的地位，也明示了皇甫松的词的优秀。

皇甫松的词多描写的是景物，尤其是江南的景色。这在他的《梦江南》与《采莲子》中都可以看出。例如，《梦江南》其一：

兰烬落，屏上暗红蕉。闲梦江南梅熟日，夜船吹笛雨潇潇。人语驿边桥。

这一首词写的是梦境，在迷离之际，传出笛声与人说话的声音，给人一种江南水景的美感。

再如，《梦江南》其二：

楼上寝，残月下帘旌。梦见秣陵惆怅事，桃花柳絮满江城。双髻坐吹笙。

这一首写的是楼上笙管悠然，给人以声色俱佳之感。

又如，《采莲子》：

船动湖光滟滟秋，贪看年少信船流。

无端隔水抛莲子，遥被人知半日羞。

虽然词的题目是《采莲子》，但是作者并没有描写采莲子的过程，或者采莲女的服饰、容貌，而是通过采莲女的眼神、动作等表现她追求爱情的羞涩与勇气。

“滟滟秋”指代的是湖光倒映出的一片秋色，表现了湖水的清澈可见。“秋”不仅写出了湖水的清澈，还点明了采莲的季节。但是人们不禁会问，湖光映秋，怎么会出现“滟滟”的波纹呢？这是因为秋风的缘故还是水鸟的飞过？显然都不是，而是因为船动了。在这里，作者并未交代是什么

"船"，因此，对于读者来说还存在着联想色彩。到了"贪看年少"这句点明了这首词写的是一个采莲女子，通过"信船流"表达了船在动。原来是一位少年将采莲女子吸引住了，她凝视着那位少年，导致船儿随着水流漂动，这种目光表达了采莲女子对那位少年的痴情，将采莲女子的个性与对爱情的向往和追求表现得淋漓尽致。

突然，女子抓住莲子，向男子抛去，这个充满挑逗、戏谑意味的场面，进一步灵活地展现出江南女子的胆大与热情的性格。自南朝以来，江南地区流传着各式各样的情歌，往往不直接说出来与情爱相关的字眼，而是用同音词构成双关来表达。这时姑娘正是使用了传统的谐音与双关手法，巧妙地将自己的感情传达给对方。

但是，那个男子是否有所表示？显然作者并未提及，留给了读者以想象。而是将笔触深入到采莲女子的内心深处，没想到抛莲子的举动被他人看到，显得非常难为情，因此羞答答地低下了头，心里埋怨自己太冒失，后悔自己为什么不等到没人的时候再抛呢？这流露出作者笔下的采莲女细腻的心理状态。

上佳词作不仅包含了文人诗歌的委婉含蓄，也容纳了细腻的美感，体现了作者大胆朴实的风格，也彰显了作者浑厚的艺术造诣。

二、孙光宪的词

孙光宪（？—968），字孟文，号葆光子，陵州贵平（今四川仁寿）人。为农家子。少时非常好学，广游蜀中各地，居住成都最久，与蜀中各地的名士进行交往。在蜀曾任陵州判官。天成元年（926）离蜀至江陵，为高季兴掌书记。在荆南累官至检校秘书监兼御史大夫。乾德元年（963），光宪劝高继冲尽以荆南地归宋，继冲许之。宋以光宪为黄州刺史。光宪博通经史，尤勤学，家中聚书数千卷，校勘抄写，老而不辍。尤好著述，有著作多种传世。光宪虽外仕荆南，然本系蜀产，是西蜀自己培养出来的词人。以故《花间集》编者对他极为重视，选录其词多达六十一首，仅次于温庭筠而居第二位。

孙光宪是继温庭筠、韦庄之后的花间派的大家，他的题材非常多，内容也是十分丰富，在风格上如韦庄有相似之处，即显得婉约精丽。孙光宪的词作很多，其中描写艳情的居多，甚至超过他词作的一半以上。下面来看《清平乐》其一：

愁肠欲断，正是青春半。连理分枝鸾失伴，又是一场离散。

掩镜无语眉低，思随芳草萋萋。凭仗东风吹梦，与郎终日东西。

这首词写的是离愁，"连理分枝鸾失伴，又是一场离散"说明离散多次，"断肠"也不止一次。后面写到"思随芳草萋萋"写出了相思之切，也看出了感情的真挚。

《清平乐》其二：

等闲无语，春恨如何去？终是疏狂留不住，花暗柳浓何处？

尽日目断魂飞，晚窗斜界残晖。长恨朱门薄暮，绣鞍骢马空归。

这首词写的是闺恨，"终是疏狂留不住，花暗柳浓何处"写女子怨恨男子情意不真，终日流连花丛。"长恨朱门薄暮，绣鞍骢马空归"写出了男子虽然回家了，但是心不在这里，虽然名为夫妻，但是实则是路人。彼此了无乐趣，感情淡薄。全词委婉含蓄，但是意境却更为深沉，既恨男子又悔恨，道尽了怨妇的苦情。

此外，孙光宪写了19首《浣溪沙》，下面介绍其中的《浣溪沙·蓼岸风多橘柚香》：

蓼岸风多橘柚香。江边一望楚天长。片帆烟际闪孤光。

目送征鸿飞杳杳，思随流水去茫茫。兰红波碧忆潇湘。

这首是《浣溪沙》中较好的一首抒情词，这首词并未直抒胸臆，而是借助抒写景色来表达惜别留恋之情。

从词中描写的景色来说，这是作者在荆南做官的时候写的，描写的是我国长江两岸深秋时节的景色，具有一定的典型特色。第一句写的是主人公送别亲人，在江岸上看到的喜人景象。第二句的"一望"二字颇能传神，表达了主人公从喜悦变为忧愁的状态。第三句与第二句承接，在写景上与第二句构成了一幅完整的图画。从"片帆烟际"能够看出这是一幅美妙的风景画。配合上"闪孤光"，就将词句的感情色彩加以改变，给人一种孤零的感觉，写景与抒情完美地结合起来，浑然一体。

这首词在抒情上采用的是递增的手法，层层深入。过片两句将惜别留恋之情升到高潮。上句写的是目送，下句写的是心随，可见构思是非常巧妙的，且做到了工整对仗，给人以深远的意境。结句似深情目送远帆时的默默祝愿。整首词句句写景，又句句包含情感，充满了诗情画意的色彩。

另外，孙光宪还写了一些其他花间词人未写到的农村词与边塞词。例如，《酒泉子》：

空碛无边，万里阳关道路。马萧萧，人去去，陇云愁。

香貂旧制戎衣窄，胡霜千里白。绮罗心，魂梦隔，上高楼。

这是一首边塞词，写的是征人怀乡之情。上片写的是征人出征中的愁苦之情，下片写的是征人对妻子的思念之情。以征戍生活作为题材，从一个侧面反映出战争给人们带来的痛苦。这在《花间集》中是罕见的。

就艺术色彩上而言,全词境界非常开阔,在苍凉之中又见绵绵的情思,可见笔触之绝妙。

又如,《风流子》:

茅舍槿篱溪曲,鸡犬自南自北。

菰叶长,水葓开,门外春波涨绿。

听织,声促,轧轧鸣梭穿屋。

《风流子》这首词在他的80多首词中独具一格,写的是田园村舍的风光,具有很浓的生活气息。词中描绘的是一幅山水农家图,就连鸡犬都在安静地觅食,从容地散步,但是作者看出这安详状态下的生机,在叶子上、在花上都可以听到。于是作者知道,在这安详的背后也有"急促"的劳作。

三、牛希济的词

牛希济,约生于唐咸通末年。早年入学院,有志于试词科。遭逢世乱,流寓西蜀,依叔父峤。因直气使酒,为峤所责,旅寄巴南,十年不调。又曾任翰林学士。仕前蜀官至御史中丞。前蜀亡,随后主入洛。后唐天成初,作诗为明宗所赏,拜雍州节度副使。词存13首(《花间集》收11首)。

牛希济词善于描写爱情,与其他花间词人相比,格调较高,其特点是蕴藉、含蓄、清峻,而有情致。例如,《生查子》其一:

春山烟欲收,天澹稀星小。残月脸边明,别泪临清晓。

语已多,情未了,回首犹重道。记得绿罗裙,处处怜芳草。

上阕写别时之景,重在气氛渲染。下阕写别时之情,含不尽依恋挚爱之心。结语"记得绿罗裙,处处怜芳草",从妻子爱穿绿罗裙,联想到碧绿的芳草也很可爱,爱人及物及其色,深一层,曲一层,表达了他对妻子的无限深情,堪称千古名句。

又如,《生查子》其二:

新月曲如眉,未有团圞意。红豆不堪看,满眼相思泪。

终日劈桃穰,仁在心儿里。两朵隔墙花,早晚成连理。

上阙写的是传情入景之笔,写出了男女之间的相思之苦。作者借助移情的手法,赋予客观景物强烈的情感,使天边的新月、枝上的红豆都赋予了相思之情。尤其是红豆,本身为相思之物,但是在离人的眼中却是附带了各种忧伤,让人不得不落泪。

从内容上说,下阙是上阙的延续,从情感走向上来说,二者富有微妙的差异。例如,如果说上阙写的是相思,还是借助物品来表达的相思,那么这种情感是非常虚幻的，词中的基调是一种残缺式的低沉。但是相比之下，下阙的情感就落到了实处，词中充满了希冀的基调，看似是百无聊赖的行为，实则寄托了主人公的期盼与情爱。“两朵隔墙花，早晚成连理。”一句写出了主人公对爱情的信心，虽然是两朵花，但是相爱的人最终会走到一起的。整首词写得情意绵绵、淋漓尽致。

同时，在艺术层面上，这首词也有一个显著的特色，就是运用了南北朝民歌中的吴歌“子夜体”，用下句诠释上句，托物言情，笔法非常精妙。

此外，牛希济有七首《临江仙》，分咏“巫山神女”“谢真人”“萧史和弄玉”“湘妃”“洛神”“汉皋神女”和“罗浮仙子”等往昔神仙故事，其共同的特点是语言芊绵温丽，写景抒情融为一体。其凭吊凄凉之意，蕴含其中，深得咏史之体裁。

下篇　宋词研究

第七章　宋词：百代青宋，独擅风流

在漫长的中国封建时代，宋代是文化高度繁荣的时期，无论在科学技术、哲学思想、教育、文学、艺术、史学等方面，都取得了长足的进步。其中产生于唐代末期，经过长期的不断发展，在宋代进入全盛时期的宋词取得了前所未有的成就，国学大师王国维称其为宋代的代表性文体，与所谓的“楚之骚”“汉之赋”“六代之骈文”“唐之诗”“元之曲”“明清之小说”共享“代胜”之美，皆成为彪炳于世并令后世难以企及的里程碑式文体。

第一节　宋代文化的隆盛

历史悠久又极具凝聚力的中华民族，常常被人们以“汉”“唐”代称。这大约因为汉唐在古代的历史长河中，可以说是国力强盛、文化发达的重要里程碑。宋承唐后，也是中华文化发展史上的又一高峰期，所以在文化发展史上人们往往将唐宋并称。的确，宋代在承传前代文化的基础上开拓演进，形成了独具风神的“宋型文化”，足与唐代文化并肩屹立，两者各具千秋，同样以光灿的文化彪炳史册，驰誉寰宇。

对宋代文化的价值，历代学人每有称述。南宋朱熹曾说：“国朝文明之盛，前世莫及。”叶适亦云：“近世文学，视古为最盛。”近代学者陈寅恪则于《邓广铭〈宋史职官志考证〉序》中说：“华夏民族之文化，历数千载之演进，造极于赵宋之世。”足见宋代文化作为华夏文化发展历程中的一座峰峦是大家公认的。

宋代文化的隆盛有多种表现。概略言之，哲学突破了五代以来的沉默局面，提倡通经致用，勇于疑古、议论、整合、出新，出现了王安石的新学，形成了以张载、周敦颐、程颐、程颢、朱熹、陆九渊为代表的理学。理学家中又分化出高谈生命的醇儒派和讲究事功的务实派。各家互相辩难争论，思维活跃，构建了新的儒学体系，编著了大量经学著作，开启了哲学发展的新格局。

科学技术方面，宋代也有出色的成就。北宋王朝在开封设置国防工场，专门制作武器，其后编写《武经总要》，记述火药配方，说明火药开始广泛运用。宋仁宗时代，已有关于指南针的记述，沈括在《梦溪笔谈》中更有详细的说明。南宋朱继芳《静佳乙稿》有“浮针定四维”的诗句，所咏就是海上航行需靠指南针测定方向之事。宋代印刷术发展很快，印制图书在唐代技术的基础上，由毕昇发明了胶泥活字印刷术。

宋代的天象观测、星图绘制和天文仪器都有所创新；宋代医学家重视对医疗方剂的搜集整理。如王怀隐主编的《太平圣惠方》；贾黄中等编纂的《神医普救方》，采录十分丰富。中草药书籍的编辑出版，在宋代也成绩斐然，如《开宝本草》《嘉禧本草》《大观本草》《政和本草》，以年号取名，说明本草图书各时期层出不穷。另有《图经本草》，配有绘图，图文并茂；《本草衍义》，解析药性，考订精细。凡此种种，足以证明科学技术在宋代有了长足发展。

在宋代宏阔璀璨的文化廊苑中，各体文学的发展和成就占有突出的地位，特别鲜明地体现出时代精神。两宋文学著述超越前代。《宋史·艺文志序》说，当年“大而朝廷，微而草野，其所制作、讲说、纪述、赋咏，动成卷帙，累而数之，有非前代之所及也”。这是符合实际的。以下分别就宋文、宋诗、宋词三个领域略予缕述。

宋文从总体上说创作实绩是前所未有的。陆游提到宋文时曾说：“抗汉唐而出其上。”明人宋濂《太史苏平仲文集序》谓：“自秦汉以来，文莫盛于宋。”宋文有别集流传者约六百余家，包括流传散篇的作者合而计之将逾万人，其中名家如林，流派竞辉，蜚声文坛的唐宋八大家，宋居其六。宋初由柳开、王禹偁等承传唐代韩愈、柳宗元宗经明道、重散反骈的旨趣，首倡文风复古，启开一代文风。继而欧阳修主盟文坛，曾巩、王安石、三苏相继崛起，古文运动形成高潮。他们不仅创作了许多广布士林的名篇，确立了平易自然、婉转爽畅、叙议结合、骈散兼容的文章风格，而且倡扬了明道致用、体情见性、表里相济、华实相符的创作宗旨，使当时“文风一变，时人竞为模范”，扫除了“太学体”的险怪奇涩之风，促进了宋文的健康发展。

继北宋古文改革大潮之后，以讲学传道授徒为能事的理学家也有不少散文能手。他们有的虽在理论上宣扬“文能害道”，实践中却也表现出相当的散文写作功力，周敦颐、朱熹等可为代表。他们写有讲学语录，行文质朴自然，言简意精，于记叙文、议论文之外亦可另备一体。南渡前后及宋室末叶，时代风云造就出一批以抗敌卫国为己任的志士，诸如李纲、陈亮、叶适等，写出一些忠义激愤的爱国文章。这些事功派人士，强调"文以气为主"，正如李纲《道乡邹公文集序》所云："士之养气，刚大塞乎天壤，忘利害而外生死，胸中超然，则发为文章，自胸襟流出，虽与日月争光可也。"这类作品自然是文章宝库中光芒四射的珍品，是对后代进行爱国主义教育的宝贵教材。

宋诗在中华诗歌史上可以说与唐诗双峰并峙，各有千秋。往昔有的学者把唐诗视为古典诗歌不可企及的终结点，从而贬抑宋诗的成就，由此引起了延续颇久的唐宋诗之争。在我们今天看来，唐诗、宋诗各有独诣。宋代是诗歌创作数量空前丰盛的时代。今存宋诗约为唐诗的四倍，反映社会的广度和切入生活的力度都有所展延。宋与唐时代气象和氛围不同，诗家又勇于创新，因而，宋诗表现出迥异于"唐音"的"宋调"。严羽《沧浪诗话》即已提出"本朝体"，朱熹《朱子语类》也有"今人诗"的说法。宋诗在三百多年的演进中，出现了不少创作群体。他们各有主张，争强竞胜。

宋初诗坛主要是宗法唐人，方回《送罗寿可诗序》说："宋划五代旧习，诗有白体、昆体、晚唐体。"白体学白居易，诗风平易晓畅，作者有李防、徐铉、王禹偁等；晚唐体学贾岛、姚合，以清逸幽隐为归，魏野等人可为代表；西昆体标榜学习李商隐，以杨亿、刘筠为领袖。杨、刘以藻丽的诗风咏唱华贵生活引发诗界不满，加之仁宗时代政治改革声浪高扬，促起了诗歌的矫弊创新。梅尧臣、苏舜钦、欧阳修等自觉倡导诗风改革，冲洗浮艳积习，"开宋诗一代之面目"。

及至王安石、苏轼、黄庭坚登上诗坛，形成了个性鲜明的荆公体、东坡体、山谷体，随后出现了江西诗派，宋调臻于成熟，创作出现高潮。北宋末叶，江西派风行，反映视角内转，其末流削弱了改革诗派所强调的社会政治意识，流弊日显。南渡以后，时代巨变，国运沦胥，推动了诗风演化。吕本中、陈与义等咏出不少离乱之歌，随后出现了范成大、杨万里、陆游等大家。陆游更是爱国诗人的杰出代表。

南宋后期抗敌复国的氛围趋于低沉，活跃于此时的四灵诗派和江湖诗派，或敛情约性，因狭出奇，或自嗟身世，趋于隐沦，总体上境界狭小，气体纤弱，表现出一种衰世气象。及至元蒙大军压境，赵宋覆灭前后，出现了一批身历家国巨变而矢志不屈的爱国作者，如文天祥、汪元量、谢翱、林景熙、谢枋得、郑思肖等人。这些诗人发自肺腑的血泪文字，贯注着报国激情、思国忧愤，堪称是宋代精英高风亮节的展现，同时“亦宋亡之诗史”也。

宋词是两宋文学的出色代表，根据前人代有所盛之说，谓“诗盛于唐，词盛于宋，曲盛于元”。词体兴于唐五代，鼎盛于两宋。据《全宋词》《全宋词补辑》所录，宋代词人有1400余家，词章有24000多首。词在宋代流播广远，异彩纷呈。

宋初词坛在承传晚唐五代的基础上酝酿新变，晏殊、欧阳修为开山初祖，两人艺术上师承冯延巳而各有独诣，晏词和婉雍容中时蕴哲思，欧词闲雅舒隽中偶露狂放。成名稍晚的柳永、张先专长曲子词，柳永长于铺叙，发展慢声，多反映市民情趣，把词由台阁引向市井；张先出语精巧，清妙绝俗，韵味隽永，提高了词章的风雅品位。

北宋中叶，词的创作呈现两种走向：晏几道、秦少游展衍婉丽风韵而加以提高，小晏在描写艳遇离合中渗入华屋山丘之感，少游将俯仰身世之感并入丽思艳情。另一批作者则在突破婉媚格局、开拓词体堂庑上阔步前进，如王安石、李冠赋词怀古，慷慨激越；贺铸以豪侠气宇步入词林，笔势飞舞，格调悲壮。特别是苏轼，以逸怀浩气举首高歌，倾荡磊落，超拔尘垢，在词坛上别立一宗，苏门弟子追踪唱酬，词风为之一变。

北宋末叶朝廷设立大晟乐府，大晟词人的应制之作，内容失于空疏；而此时雅善度曲的周邦彦，以赋为词，集婉约词艺之大成；身经家国患难的李清照，咏唱闺情，感伤事变，卓然成为闺秀高手、词林名家。

南渡之初，抗金将领和朝臣李纲、赵鼎、胡铨、岳飞等，写出一批慷慨悲壮的时事词；漂流江南的文士叶梦得、朱敦儒、吕本中、陈与义、张元幹等，于传统题材之外也发出抗战复国的豪吟，这都为其后爱国词派的崛起开了先路。

南宋中叶朝廷忍辱求和，志士无地用武，词坛出现了两大创作群体：以辛弃疾为首的豪壮派，延展东坡蹊径，挥写壮词呼吁抗敌复国，写出大批激昂的爱国词章；以姜夔为代表的骚雅词派，承传周邦彦的遗泽而创变，以健笔写柔情，用清刚风调咏江湖隐沦。史达祖、吴文英等承其余绪，运意深远，用笔幽邃，变疏为密，词艺颇为专精。

宋亡前后，一些抗敌志士唱出不少浩气凌云的悲壮词章；另一些词人则以凄冷的风致，曲折隐晦的手法，记述陵谷之变，倾泻麦秀之思，体现高蹈远引、不甘屈膝的逸怀清操。可见宋词以空前绝后的成就为两宋文化展现了一幅绚烂多彩的景观。

宋代文化在特定的社会土壤和时代条件下发展演进，形成了自己独立的风貌和形态。学界在唐宋两代文化宝塔的对比审察中，曾提出唐型文化与宋型文化对举的说法。对于两代文化的异同点，大家的说法虽不尽相同，但对一代定型而成熟的文化继续研讨以体认其特色，把握其基点和神髓，对倡扬传统文化的光亮点还是很有意义的。对于两宋文化的重要特点，拟从三个方面加以认识。

一、内向与开放

哲学思维上，宋代新儒学主张内省，要在自我心性上下功夫，倡导"格物致知""正心诚意"。文学理论上，《沧浪诗话》提出以禅喻诗，"大抵禅道惟妙悟，诗道亦在妙悟"。由此宋诗与盛唐诗的宏放博大气象不同，表现视角相对内倾，表现自我、咏唱高情雅趣的篇什有所增多。宋词倾泻自我情景诣精造微，而描述社会现象的叙事成分相对减弱。凡此种种都是文化思潮内向性的投影。

但是所谓"内向"只是相对于盛唐气象而言，决不可由此忽视宋代文化的某些开放性。开放性有多种表现，从参议朝政来说，国初一些有识度的士大夫，敏锐体察到国弱民贫、宴安守成的局面潜伏着时代危机，陆续不断地倡议变革图强。王禹偁即曾向真宗"上疏言五事"，多陈改革政见。宋建立将近四十年，便已提出"新法"之说。此后"庆历新政"、荆公变法，以至南渡后的中兴之论、光复之谋，历朝改易更革的政见和意图接连不断，有宋一代始终荡漾着不墨守成规、不安于凝滞的议政思潮，这是观念开放的体现。

从学术风气来讲，随着仁宗朝改革声浪的高扬，经学界掀起"疑古"之风，刘敞著《七经小传》，欧阳修作《毛诗正义》，王安石撰《三经新义》，司马光发表《疑孟》篇，以致后来理学家力破旧注，以己意和义理解经，均是学风上超越旧权威、开辟新蹊径的体现。从文学创作观念来讲，宋代文人反对模拟，强调创新，鼓励立异。以宋词为例，除传统题材外，词作在表现性爱、艳情、婚嫁等方面，有不少坦露的描写和无顾忌的衷情倾泻。如果说前期词多为风流文士咏歌馆伎情、酒楼艳遇，那么随后则出现不少深闺女性抒写幽会欢情、闺闱恋情、刻骨离情之作，还有的以血泪笔墨控诉自身的婚姻悲剧，这无疑是对封建女诫的大胆违离。所以在认同宋代文化的内敛倾向的同时，也应体察它的开放性。

二、多元与融合

宋代是文化多元的时代，也是走向融通的时代。从哲学上说，宋代儒、道、禅三教并行，互有驳议，又互相渗透。宋初儒学家承传唐代韩柳道统文统之说，以宗经明道为己任，柳开、王禹偁、孙何、欧阳修等都有排佛的言论。而后儒生学道谈禅，僧道写诗习文，文人禅学化、禅家文士化的趋向日益显著。

三教汇一是朝野认同的思潮。理学的开山之师周敦颐沿出入释老、反求诸六经的路数建构“太极图说”。朱熹援释、道入儒，熔铸三家修炼观、宇宙观、认识论的思想因子，完成集大成的理学体系。宋代文学名家大都融通佛老，如苏轼浑化三教，喜爱谈禅，善于将儒、道、禅对待人生磨难的哲理贯通起来，形成一种圆通明达的忧乐观。辛弃疾是志在复国的事业型词人，也同样兼通佛老，咏过充满禅机理趣的诗章。从文学观念上说，当时文学形态有雅俗的对立，文人大都尚雅忌俗。《沧浪诗话》“诗法”条提出“学诗先除五俗”，即俗体、俗意、俗句、俗字、俗韵。但宋人诗词演化的趋向却是贯通俗雅，以俗为雅，俗雅兼工，因而雅词、俗词并行不悖，诗文题材日常化，语言通俗化，体格多样化，使文学发展呈现出新的面貌。从文体来说，诗、词、文、赋，各有疆界，技法亦异，它们在两宋分途并驰，却又出现了写作上互相参鉴、交叉吸取、突破窠臼、拓展新境的现象，如“以文为诗”“以诗为词”“以赋为词”、骈散结合等，有的学者称之为“破体”“新变”。凡此均可视为宋型文化多元融通的具体展现。

三、思辨与重情

宋朝政治环境有利于启开言路，发挥议论；朝廷为控驭文臣武将，特别鼓励台谏议论时政，纠弹官吏，当局甄拔人才专设“能言极谏科”。宋代儒者学派分立，思想活跃，传统儒学趋向哲学化，发展了文士的理性思辨。当时士大夫不仅惯于议政、议兵、谈学、论文，而且常就宇宙、历史、人生等课题进行高层次的思考和探究，提高了思理品位。

文人惯于“开口揽时事，议论争煌煌”；宋人爱发议论，长于思辨，使各体文学染上了较为普遍的理性色彩。政论文和奏章固然言论滔滔，连记叙散文也多含议论成分。《后山诗话》谓：“退之作记，记其事耳，今之记，乃论也。”吴讷《文章辨体序》举出范仲淹记严祠，欧阳修记昼锦堂，苏东坡记山房藏书，张文潜记进学斋，朱熹记婺源书阁，都专尚议论，这说明擅长议论是宋文的一般特征。

对于以“缘情而绮靡”的诗体来说，宋人也多以之宣发议论。屠隆《文论》说：“宋人多好以诗议论。”自来诗体并不排斥议论，但“以议论为诗”，以议论入词，却普遍化于宋代，表明宋代文人雅好思辨。钱钟书先生比较唐宋两代诗风，在《谈艺录》中谓“唐诗多以丰神情韵擅长，宋诗多以筋骨思理见胜”，确乎指明了唐宋诗的分野。但宋代文学重理性，并不排斥其深于情愫，不过其情感抒发偏于沉潜宛曲而已。其实宋词的抒情性特强，宋诗也不乏情深意浓之作。如晏殊的《寄远》，梅尧臣的《悼亡》《书哀》，王安石的《寄吴氏女子》，张耒的《赠营妓刘淑女》之类的断肠诗。陆游的多篇游沈园之作，或写恋情亲情，或写生离死别，都是十分动情感人、一睹难忘的。宋文中有不少碑传文、亭台记、书札文、随笔、小品，多写自我，见胸臆，显性灵，其抒情功效也是不可低估的。如苏轼的《记游松风亭》《在儋耳书》，抒写情深意浓，撼动人心。由此可见宋代文化虽重思理，并不轻淡情愫。

第二节　城市的繁荣与词的兴盛

宋初年间，国内比较安定，生产持续发展，经济高度繁荣，冶金、造船、纺织、印刷、制瓷、制盐、医药等行业取得了前所未有的技术进步；农业生产发展迅速，手工业和商业也非常繁盛，纸币的流通，商行组织的形成，城市、城镇乃至草市的兴盛，以及海外贸易的增加，都是明显的标志。

一、城市的繁荣

宋代的城市经济繁荣。北宋的都城汴京（今河南开封）、南宋的都城临安（今浙江杭州）以及建康、成都等都是人口达十万以上的大城市。宋代还逐渐取消了都市中坊（居住区）和市（商业区）的界限，不禁夜市，为商业和娱乐业的迅速发展提供了更有利的环境。孟元老《东京梦华录》、周密《武林旧事》等书对汴京、临安城中商贾辐辏、百业兴盛以及朝歌暮舞、弦管填溢的繁华情景有生动的记录。

此外，宋王朝优待士大夫，官员的俸禄及贴补收入比较优厚，宫廷和官僚阶层的生活奢华，一般市民也崇尚奢靡的风气。繁华的都市生活，滋生了各类以娱乐为目的的文艺形式，说话、杂剧、影剧、傀儡戏、诸宫调等艺术迅速兴起和发展，而词则成为宋代最引人注目的文学样式。从晚唐五代以来，词的主要功用是在宴乐场合供给伶工歌女歌唱。五代词的两个创作中心，分别在西蜀和南唐的宫廷，就是由于这种文体最适合于追求享乐的小朝廷君臣。入宋以后，新的社会环境更加有利于词的发展。

首先，宋王朝的财政措施是“恩逮于百官者唯恐其不足，财取于万民者不留其有馀”（赵翼《廿二史札记》卷二五）。大量的财富被集中起来供皇室和官僚阶层享用。宋太祖曾鼓励石守信“多积金，市田宅以遗子孙，歌儿舞女以终天年”（《宋史·石守信传》）。这种用物质享受笼络官员的做法在整个宋代都没有改变。官员们有丰厚的俸禄，以满足奢华生活的需求，这种生活方式可以避免朝廷的疑忌，于是，纵情享乐之风盛行一时。

宋代的官员大多是有高度文化修养的士大夫，他们的享乐方式通常是轻歌曼舞，浅斟低唱。比如寇准生活豪侈，女伶唱歌，一曲赐绫一束。又如，晏殊喜招宾客宴饮，以歌乐相佐，然后亲自赋诗。地位高的士大夫大多蓄家伎，像南宋张铉，宴客时出以侑酒的歌者乐者竟多达百人。又如，姜夔在范成大家做客，范因激赏其词而赠予歌女一名。地位低的官员也有官伎提供歌舞娱乐。欧阳修、张先、苏轼等词人为官伎作词的事，词话中屡有记载，不尽是出于虚构。歌台舞榭和歌儿舞女既然成为士大夫生活中的重要内容，滋生于这种土壤的词自然会异常兴盛。

其次，宋代文人的人生态度也有利于词的兴盛。宋代文人大多实现了社会责任感和个性自由的整合。他们用诗文来表现有关政治、社会的严肃内容，词则用来抒写纯属个人私生活的幽约情愫。这样，诗文和词就有了明确的分工：诗文主要用来述志，词则用来娱情。这种分工在北宋尤为明显。一代儒宗欧阳修的艳词写得缠绵绮丽，与他的诗文如出二手，以致有人认为是伪作。宋代的士大夫本有丰富的声色享受，又有趋于轻柔、细密的审美心态，自然能够领略男女之间的旖旎风情。词便是他们最合适的宣泄内心衷肠的渠道。诗词分工的观念对宋词的发展大有好处。由于词被看作用于抒写个人情愫的文体，很少受到“文以载道”思想的约束，因而，文人可以比较自由地抒写旖旎风情，词体也因此能够保持自身的特性，取得独立的地位。

此外，词是宋代尤其是北宋社会文化消费的热点。由于都市的繁荣，民间的娱乐场所也需要大量的歌词，士大夫的词作便通过各种途径流传于民间。更有一些词人直接为歌女写词，如柳永常常出入于秦楼楚馆，“教坊乐工，每得新腔，必求永为辞，始行于世。于是声传一时。”（叶梦得《避暑录话》卷下）北宋中后期的秦观、周邦彦，也都为歌伎写了不少词作。社会对词作的广泛需求，刺激了词人的创作热情，也促进了词的繁荣和发展。

当然，随着词体的发展和创作环境的变化，宋词并不是一味满足樽前筵下、舞榭歌台的需要。如苏轼的词作，自抒逸怀浩气；辛弃疾的篇章，倾吐英雄豪情，便不再与歌儿舞女有关。但就其整体而言，宋词的兴盛是与宋代都市的繁荣和文化娱乐业的发展密切相关的。

二、词的兴起

词是一种音乐文学，是与乐曲相配合的歌辞。在词的初期，歌辞依附于乐曲，所以词被称为“曲词”或“曲子词”。清人宋翔凤说：“以文写之则为词，以声度之则为曲。”（《乐府余论》）正因为词与音乐的密切关系，所以又被称为“倚声”“乐府”“乐章”“歌曲”等。词与诗相比，句式长短不齐，也叫长短句。词的另一个名称是“诗余”，对此称谓前人的理解不尽相同，有解释为词继诗之后兴起的，有解释为词乃五七言近诗体演化而来的，有解释为诗人以余兴填词的，也有认为是因为词人将自己的词作编辑于诗作之后而得名的等。

（一）燕乐的兴起及特征

关于词的起源，词学史上众说纷纭。综合各家所论，主要约有以下三个说法。

第一，起源于《诗经》说，如清朝人汪森说：“自有《诗》而长短句即寓焉。《南风》之操、《五子之歌》是已。周之《颂》三十一篇，长短句居十八……谓非词之源乎？”（《词综序》）

第二，起源于六朝乐府诗说。宋人朱弁说：“词起于唐人，而六代已滥觞矣。”（《曲洧旧闻》）

第三，起源于唐代律诗说。宋人胡仔说：“唐初歌辞多是五言诗或七言诗，初无长短句。自中叶以后至五代，渐变成长短句。”（《苕溪渔隐丛话》后集卷三九）

以上三说各有不同的立论角度。《诗经》说意欲推尊词体，论者将词体与儒家经典相联系，试图改变词为“小道”“卑体”认识；六朝乐府诗说注意到六朝乐府诗题与唐宋词调有相同的现象；唐代律诗说注意到了唐代近体诗有的能够配乐入歌。探讨词的起源，须先认识词的本质特征：词是配合隋唐燕乐曲调的歌唱、以“依调填词”的方式创作出来的、以长短句的句式为主要形体特征的歌词（参刘尊明、王兆鹏《全唐五代词·前言》）。

燕乐起源于隋朝，完成于盛唐。唐宋以前的音乐史上，先后存在雅乐、清（商）乐和燕（宴）乐三个音乐时代。“先王之乐为雅乐，前世新声为清乐，合胡部者为宴乐”（沈括《梦溪笔谈》卷五）。先秦的古乐为雅乐。战国时期，雅乐逐渐衰落，又经秦始皇“焚书坑儒”的劫难，到汉代雅乐已非常残缺，仅在宫廷中流传。汉魏六朝时期，产生了以南方民间音乐为主，融合北方民间音乐的清商乐，简称清乐。六朝乐府诗所配之乐即为清乐。燕乐是隋唐时期的新乐。随着隋唐王朝国家统一，民族融合，中原地区的旧乐与民间音乐、西域胡乐渐次融合，“自开元以来，歌者杂用胡夷里巷之曲”（《旧唐书·音乐志》），由此形成了区别于清乐的新的音乐系统——燕乐（参吴熊和《唐宋词通论》）。

燕乐，也作宴乐或醼乐。有狭义和广义两种。狭义的燕乐指与清商乐及各类胡乐分列的“九部乐”之一。广义的燕乐是指以上“九部乐”加上“高昌乐”而成的所谓“十部乐”的总称。燕乐较之传统清乐的最大不同，是与胡乐的结合。胡乐即西域音乐，作为异域音乐给中原人带来的是新鲜刺激的感受。

燕乐所使用的乐器较雅乐和清商乐更为丰富，主要的燕乐乐器有管乐器如笛、篪、箫、觱篥等，弦乐器如琴、瑟、三弦琴、筝、箜篌、琵琶等，击乐器如方响、钟、钹盂、羯鼓等。其中不少乐器是新从域外传来或采用于少数民族（参杨荫浏《中国古代音乐史稿》）。乐器的丰富，极大地提高了音乐的表现力，这是燕乐能赢得普遍欢迎的重要原因。在燕乐曲调形成的过程中，唐代教坊曲所起的作用不可忽视。教坊曲即教坊中保留的曲子。教坊为教习音乐歌舞的技艺之所。唐玄宗爱好俗乐，在宫廷中设立内外教坊加以管理。据崔令钦的《教坊记》记载，教坊曲共有 324 曲，其中与仅存唐宋词调相同的有 80 曲，如《清平乐》《浣溪沙》《望江南》《菩萨蛮》等。部分教坊曲演化为曲（词）调，使曲（词）调更为丰富，促进了词体的形成发展。

燕乐属于俗乐，与宫廷雅乐相对。隋唐雅乐指宫廷所保留下来的传统音乐，主要用于宗庙祭祀、朝廷礼仪、御殿宴飨场合。雅乐雍容舒缓的风格出于政治需要，基本上不具有娱乐功能。燕乐产生于民间，俗乐的性质决定了娱乐为其主要的功能。乐曲的特点必然会影响到歌词，与燕乐相合的歌词也就具有了通俗、娱乐、新奇的特色。

（二）声诗和“倚声填词”

随着燕乐曲调增多，就需要更多与之相配的曲辞。唐代元稹在谈及乐府诗时使用了两个范畴：“由乐以定词”和“选词以配乐”（《乐府古题序》）。在燕乐流行之际，也有这样两种情况：既有“由乐以定词”，直接以长短句合乐的“词”；也有“选词以配乐”，即用诗配乐的声诗。前者以民间词为主，熟习音律的乐工歌伎为主要作者，此由敦煌词可证；后者则是借用现成的五言、七言近体诗由乐工歌伎配合曲调演唱,所用之近体诗即为声诗。

盛唐、中唐时期,精于乐曲、染指填词的文人数量极为有限,民间词作又不为文人接受,声诗是解决曲辞不能满足曲调之需的权宜之计。因此,一时“乐府、声诗并著”(李清照《词论》,《苕溪渔隐丛话》后集卷三三引),二者并行不悖。随着文人对曲调的掌握,“由乐以定词”的长短句曲辞创作增多,声诗逐渐退出词坛。

近体诗句式整齐,有特定的平仄、叶韵的格律规范,乐曲也有自己的旋律、节奏的要求。以近体诗入乐,二者难以丝丝入扣。为解决这个矛盾,入乐歌唱时,演唱者或可在节奏和歌法上采用一些变通办法,使之适合歌唱,如沈括说:“诗之外,又有和声,则所谓曲也。古乐府皆有声有词,连属书之。如‘贺贺贺’‘和和和’之类,皆和声也。今管弦之缠声,亦其遗法也。唐人乃填词入曲中,不复用和声。”(《梦溪笔谈》卷五)朱熹也说:“古乐府只是诗中添却许多泛声,后来怕失了那泛声,逐一填个实字,遂成长短句。今曲子便是。”(《朱子语类》)“和声”“泛声”都是解决声诗入乐不协调的办法。

“和声”“泛声”的运用虽是以诗入乐时的变通手法,却也对词调格律、句式的形成也产生了重要影响。声诗入乐只是词体发展特定阶段的做法,要实现曲调与曲辞的完美结合,“选词以配乐”毕竟不是办法,曲辞的创作必然要走上“由乐以定词”的路,也就是所谓“倚(乐)声填(文)词”。其实,由乐定词的所谓“倚声填词”,一直在民间实践着,敦煌词中的多数作品就是按乐曲填入的长短句词。在文人中首先明确指出运用这种方法的是刘禹锡。他的《忆江南》二首自注说:“和乐天春词,依《忆江南》曲拍为句。”“依曲拍为句”的做法,可以体现曲调的声情特色,进而使词体成为有别于诗体的文学样式。不过“依曲拍为句”需要词人具有较高的音乐修养,所以依声填词的普遍化是在文人对曲调有逐渐深入了解的中唐以后。

(三)词的牌调

词是音乐和文学结合的产物。它最初是先有曲牌,然后依据曲调填上词句,这种曲调就称词牌。由于一个词牌代表一种曲调,所以词牌又名“词调”。词还在歌场传唱时,一个词牌在音乐上有基本固定的旋律结构,当按乐谱填词,“以词从乐”的时候,这个基本固定的旋律结构也就决定了文辞的基本句数,以及每句的基本字数和每个字的基本声调,这就是所谓“调有定句,句有定字,字有定声”。不过,在按乐谱填词,“以词从乐”

的时代，这些所谓“定”还不是很严格，而有一定自由度；当辞乐分离以后，填词不能再按乐谱，而是按前人文辞依样画葫芦（即按“文字谱”填），这种“调有定句，句有定字，字有定声”的现象就很突出了。

词牌最初往往是根据词的内容而定。例如，《双双燕》就是歌咏燕子的，《渔歌子》就是描写渔家生活的，《更漏子》是咏春夜闺情的。但随着时间的推移，人们主要是依调填词，曲调的名称和词的内容就不一定相联系了。到后来词与音乐相分离，大多数词已不再配乐歌唱，各种曲调的名称更只代表一种文字、音韵和结构的定式了。尽管如此，人们在填词之前仍得先选择词牌。因为某一种词牌只适宜于表现某种内容。例如，《满江红》就较多地表达壮怀激烈之情。词牌得名，大体有以下几种情况。

（1）来自乐府旧题，如《采桑子》《乌夜啼》等；

（2）沿用唐代教坊曲名，如《菩萨蛮》《天仙子》之类；

（3）根据词的内容定名，如《女冠子》最初就是写道情，《临江仙》最早是咏水仙的；

（4）取自诗、词中的名句，如《看花回》取自刘禹锡《游玄都观》“无人不道看花回”；《西江月》取自李白《苏台怀古》“只今惟有西江月，曾照吴王宫里人”。

（5）词人的创造，如柳永的《望海潮》、苏轼的《醉翁操》等。

除了上述几种外，还有用人名作词牌的，如《虞美人》；有用地名作词牌的，如《八声甘州令》；有根据字数或句式定名的，如《十六字令》；有根据乐调定名的，如《角招》等。

应该指出，有的词牌又有许多别名，如《忆秦娥》又名《秦楼月》，《念奴娇》又名《大江东去》《酹江月》，《一剪梅》又名《玉簟秋》《腊梅香》，《西江月》又名《江月令》《白苹香》，《蝶恋花》又名《鹊踏枝》《凤栖梧》等。词调的别名大都取自这一词调的某一名作，如《念奴娇》又名《大江东去》《酹江月》，就是因为苏轼《念奴娇·赤壁怀古》词为千古佳篇，其词开篇有“大江东去”，结尾有“一尊还酹江月”等句，所以有这样两个别名。

与这种“同体异名”现象相联系，还有“同调多体”的情况，即一种词调可能有多种体式。每种体式的字数、句数都不尽相同，甚至用韵也不同。例如，《满庭芳》《钦定词谱》卷二四就列举了晏几道、周邦彦、黄公度、赵长卿、元好问、无名氏等多种体式。一般认为，这种情况与音乐变奏有关。

（四）词的章法

任何一种文学样式，都要讲究结构，讲究命意构思，布局成章的问题。刘勰《文心雕龙·章句》就曾指出：“设情有宅，置言有位。”尽管词的创作没有固定的格套，但其基本体式是人们公认的，词的起端、过片、结拍也是有迹可循、有法可依的。

1. 词的分片

除了少数令词之外，词大都是分片的。片即“遍”，唐宋时把乐曲从头到尾演奏一次叫一遍；音乐演奏完毕称为“乐阕”。所以，一首词又可称“一片(遍)”或“一阕”。唐宋曲调大多分段，所以宋词也分为单调、双调、三叠、四叠四种，而以双调为主。所谓双调词，就是分为上下两段的词，如《浣溪沙》《钗头凤》。也有部分词是分为三段的，如《瑞龙吟》《戚氏》等；还有个别慢词分为四段，如《莺啼序》，长达 240 字。

习惯上人们将双调词的上下段分别称为上片、下片，或上阕、下阕，三段、四段的词则称为三叠、四叠，而不称片。上下片句式完全相同的，称为“重头”。例如，《浣溪沙》《蝶恋花》《生查子》《少年游》等，它给人以一种对称的均衡美，同时又不失活泼流动之感，不像近体诗那么方正规整。上下片开头形式不同的，称“换头”。例如，《菩萨蛮》《清平乐》《念奴娇》《雨霖铃》等，它给人以一种变化的错落美，充满慢声促节、繁会相宜之感。下片开头处，一般称为“过片”或“过遍”“过拍”，表示由上段乐曲转入下段乐曲，这是词的关键处，特别为人所重视。一般说来，它既要有衔接，又要有过渡。至于三叠词，结构形式又有所不同。有的是“双拽头”，即前两段句式、平仄相同，而第三段不同，如《瑞龙吟》《绕佛阁》。其特点是融均衡美和错落美于一体。有的则三段句式各不相同，如《兰陵王》《戚氏》，其长处是极尽变化之致。

2. 词的发端

早在宋代，张炎在《词源 · 制曲》中就明确指出，填词需“思量头如何起”。沈义父《乐府指迷 · 论起句》谓：“起句便见所咏之意，不可泛人闲事，方入主意。”发端不凡，往往石破天惊，扣人心弦。名家名作的发端，千姿百态，为我们提供了范例。从内容分析入手，常见的模式有以下几种。

其一，景起式。唐宋词作，以景起居多。大都是上片写景，下片抒情。由景入情，既是为了创造意境，又是为了渲染气氛，同时还有某种象征作用。发端之景最妙在能为全篇定调，切合本篇意旨，他处挪用不得，如柳永《雨霖铃》“寒蝉凄切”就笼罩了全篇，欲蝉的哀鸣不仅反衬了离人的无语凝噎，而且整篇都是悲切之情、凄凉之感。

其二，情起式。这种情况亦很普遍。发端倾怀，往往能造成一种酣畅淋漓、不可遏止的气势。例如，苏轼《江城子》“老夫聊发少年狂”，既隐含了壮志难酬的感叹，又显示出豪迈雄放的性格。

其三，论起式。多见于感时伤世之篇，亦见于借物抒怀之作。前者如辛弃疾《采桑子》“少年不识愁滋味”，从一种人生体验入手，反映饱经磨难后的深沉痛苦；后者如苏轼《水龙吟》“似花还似非花，也无人惜从教坠”，将描写与议论融为一体，使咏物拟人浑成一片，透射出幽怨缠绵的情调。

其四，问起式。开篇发问，既有利于振起全词，又能抓住读者，所以，历代词人都常采用。例如，李煜《虞美人》：“春花秋月何时了？”苏轼《水调歌头》：“明月几时有？”辛弃疾《南乡子》：“何处望神州？”都如破空而来，突兀警拔，具有震撼人心的力量。

其五，叹起式。与问起式相依傍的还有叹起式，开篇就慨然抒感，喟然长叹。例如，苏轼《念奴娇》“大江东去，浪淘尽，千古风流人物”，辛弃疾《菩萨蛮》“郁孤台下清江水，中间多少行人泪”。如果说问起式主要以峭拔见长，富有警策性；那么叹起式则以深沉取胜，富有感染力。

其六，忆起式。从回忆入手，抚今追昔，引人入胜。例如，欧阳修《生查子》“去年元夜时，花市灯如昼”，陈与义《临江仙》“忆昔午桥桥上饮，座中多是豪英”，陆游《诉衷情》“当年万里觅封侯，匹马戍梁州”等，莫不如是。

其七，交代式。除上述几种特定的起法外，其余大都可视为此。或开篇点明时节，如史达祖《双双燕》“过春社了”；或交代环境，如辛弃疾《清平乐》“茅檐低小”“饶床饥鼠”；或描写人事，如温庭筠《忆江南》“梳洗罢，独倚望江楼”，刘克庄《玉楼春》“年年跃马长安市”；或展示状态，如李煜《长相思》“云一緺，玉一梭”，皇甫松《忆江南》“兰烬落，屏上暗红蕉”；或反映心理，如苏轼《江城子》“十年生死两茫茫”，辛弃疾《破阵子》“醉里挑灯看剑”等。

当然，以上几种类别并不是绝对的，不少起法都是互相渗透、互相融合的。例如，文天祥《念奴娇》“水天空阔，恨东风，不借世间英物”，就是情景交融的，既可视为景起，又可看作情起，同时还有深深的感叹。此外，语言艺术千姿百态，词的起式变化万端，这里只是举其大要而言之。

3. 词的过片

大多数词都由上下两片组成。下片的开头与上片衔接，是全词的关键。张炎《词源》指出：“过片不要断了曲意，须要承上启下。”词之过片方式，大致有以下几种。

(1)藕断丝连法。所谓藕断丝连，就是指上下片之间，需有轻丝暗萦，互相照应，互为补充。具体说来，又主要有以下几种情况。

其一，前呼后应。例如，李煜《虞美人》上片结句为“故国不堪回首月明中”，过片则是“雕栏玉砌应犹在，只是朱颜改”，紧承“故国”二字叙写。

其二，前总后分。例如，冯延巳《长命女》上片结句为“再拜陈三愿”，下片则云“一愿郎君千岁，二愿妾身长健”。

其三，前问后答。例如，辛弃疾《木兰花慢》上片结句问：“嫦娥不嫁谁留？”过片即答：“谓经海底问无由，恍惚使人愁。”

其四，前后互补。例如，李清照《声声慢》上片结句为仰望长空：“雁过也，正伤心，却是旧时相识。”过片则写俯视大地：“满地黄花堆积，憔悴损，如今有谁堪摘。”从而将天地上下的悲苦景象联为一个整体。

（2）异军突起法。所谓异军突起，便是过片陡然转折，另出新意。乍看起来，似与上片无干，细细思量又有某种联系。例如，周邦彦《苏幕遮》上片结句写荷花：“水面清圆，一一风荷举。”过片却是：“故乡遥，何日去？”似与上片无干，词意全变。结合下文，“梦入芙蓉浦”，读者才恍然大悟，原来是由他乡的荷想起了故乡的荷，于是思乡之情涌上心头，不知不觉进入了心驰神往的境界。

4. 词的结拍

结拍，又名“歇拍”“煞拍”。结拍往往是一首词成败的关键。所以前人认为，发端难，结拍更难。好的结拍，犹如“临去秋波那一转”，勾魂摄魄，令人执卷流连；草草结拍，则可能令全词失色，甚至前功尽弃。一般认为，结拍有情结和景结两种。其实，结拍还可做更细致的划分。

（1）情结式。以情语收束全词，可以使题旨更为醒豁，更加神完气足。例如，陆游《钗头凤》诉说与唐琬的爱情悲剧，上片结以“错、错、错”，下片结以“莫、莫、莫”，使人们恍惚看到作者那捶胸顿足、呼天抢地的悔恨和那种欲罢不能又不得不罢的苦痛。至于是莫再提、莫相思、还是莫忘情，尽由读者去想象。

（2）景结式。以景语收束全词，融情于景往往能产生曲终人渺，江上峰青，留不尽意于缥缈天地间的效果。例如，李白《忆秦娥》以“西风残照，汉家陵阙”结拍，既气象雄浑，又寄慨遥深，无数兴废之感，尽在夕照之中。

（3）喻结式。以比喻作结，可以使难状之景、难言之理、难申之情，具体而生动地表现出来。例如，李煜《虞美人》以“问君能有几多愁，恰似一江春水向东流”作结，不仅将原本抽象的愁情形象化了，而且拓宽了词的意境，加强了表现力。

（4）论结式。以议论作结，往往能扩大词旨，深化词意，加强某种哲理。例如，秦观《鹊桥仙》结以“两情若是久长时，又岂在朝朝暮暮”，惊人之语，独创之见，让人领悟爱情的真谛：只要曾经拥有，便是天长地久。

（5）问结式。以反问作结，问话本身便是答案，因而加强了语意，增强了概括力。例如,李清照的《声声慢》在陈述了晚年种种凄切后,结句问:“这次第,怎一个愁字了得?”

(6)祈想式。在情感抒发欲了未了之时,以思维想象作结。能收到余味无穷的效果。有的结以祝愿,如苏轼《水调歌头》:“但愿人长久,千里共婵娟。”有的结以希望,如王观《卜算子》:“若到江南赶上春,千万和春住。”有的结以无奈,如晏殊《蝶恋花》:“欲寄彩笺兼尺素,山长水阔知何处?”有的结以推想,如李清照《武陵春》:“只恐双溪舴艋舟,载不动,许多愁。”凡此,都有余音袅袅、情思绵绵之妙。

(7)对比式。它本身又有两种情况:一是结拍与前文相对比,例如,辛弃疾《破阵子》本为赋壮词,前面写点兵出征,建功立业,显得酣畅淋漓,志得意满,就在“了却君王天下事”的高潮处,反跌为“可怜白发生!”由此表明上文所写不过是一种愿望,从而使理想的情景与现实的痛苦形成鲜明的对比。二是结拍两句本身互相对比映衬,如陆游《诉衷情》“心在天山,身老沧洲”,李清照《一剪梅》“才下眉头,却上心头”,辛弃疾《鹧鸪天》“却将万字平戎策,换得东家种树书”等,都是典型之例。

(8)无定式。除了上述几种特定的结拍外,其余大都可归于此类,即结句不拘定式,如行云流水,姿态横生。或以人物活动结尾,如苏轼《浣溪沙》“敲门试问野人家”;或以主观体验收束,如陈与义《临江仙》“古今多少事,渔唱起三更”,晏殊《玉楼春》“天涯地角有穷时,只有相思无尽处”;或以客观描写歇拍,如欧阳修《玉楼春》“梦又不成灯又烬”。同样,以上结拍的类别不是绝对的,正如不同的起法一样,互相兼容,彼此融合。

第三节　宋词的发展

以前研究词学的人们,对于宋词时间划分问题,都是分为北宋、南宋两个部分的。即一般人谈起宋词来,也不假思索地称之为“北宋词”与“南宋词”。其实,这北宋、南宋的术语,只能用在政治史上,若用在词学史上,不独太感笼统与模糊,而且也是一种很不自然的分解。因此,对于此问题,本节划为六个时期,加以叙述,打破向来笼统模糊之弊。

一、宋词发展的第一阶段

第一阶段由宋初一直到仁宗天圣、庆历间,是北宋词的蓓蕾含苞时期。大作家如晏欧等人,只系《花间派》与冯延巳的一种续承,一种终结。

他们的歌声，主要是表现士大夫阶级雍容享乐的生活反映。他们是保守的，贵族的，典雅的，富有温婉情绪的，具有端丽风调的。这时期的词如一朵将要开放的蓓蕾，如少女之羞涩静默。在这个时期，其中心人物，如晏殊，欧阳修，均系当年缙绅阶级的典范，又值北宋仁宗四十年中最承平的时期，更为此阶级的文学增加了环境上的适合条件；他们遂造成一个灿烂的北宋初期词学史迹。在他们的歌声里，只听到“金风细细，叶叶梧桐坠，绿酒初尝人易醉，一枕小窗浓睡”（晏殊《清平乐》）；只听到“梧桐昨夜西风急，淡月笼明，好梦频惊，何处高楼雁一声”（晏殊《采桑子》）。他们的歌声，有这样温和而舒宽的情调，有这样含蕴而清隽的辞彩。因为他们的精神是保守的，所以在他们的词集中，看不出什么特创和自度的腔调来。他们的作品，只是五代词风的最大的光辉集结与终了。

二、宋词发展的第二阶段

第二阶段由仁宗天圣以后起，直至英宗、神宗、哲宗三朝，是花之怒放时期，是创造时期，同时也是北宋词最灿烂、最绚丽的时期。这时候大作家，如柳永、苏轼、秦观、贺铸等，笼罩着整个的中国词坛。最先创造此特殊史迹的人物，则为一个不齿及于缙绅阶级的“多游狭邪”的举子柳永。因为他能接近民众，他能于三教九流最杂乱的歌院之中，取材于市井流行的歌调，创造一种“旖旎近情”的新曲。

柳永当年作词的渊源，既不是《花间集》，又不是《阳春录》（冯延巳词集名），而是民间无名之作，如《眉峰碧》等类的作品。他敢大胆用通俗的字句，来写他漂泊的诗人情绪与肉体的追求。他脱尽了《花间》以来所习用的填词术语、腔调及其内容。他的精神比“能逐弦吹之音，为侧艳之曲”的温庭筠更为解放。他的天才，则与温氏向相反的两条路上走去。他从五代以来“诗客曲子词”的登峰造极时代，又转向这条民众化与音乐化的“里巷之曲”路上了。他由贵族与文士的平稳牢固的“词的路线”，转变成一个新兴的生动的局面，他用忠实的、通俗的、自然的描写，代替了诗人与贵族的词（温庭筠所领导的一派词）。与温庭筠从有腔无词的幼稚时代，一手造成一个文采灿烂的有腔有词的时代。而在词学的演变与升降上，二人则同为一个时代的最大导师、最关键的人物；虽然他们的作品，或尚不及其同时与后起者的造诣之精髓优异。

柳永这种作风，震惊了一般社会。他的作品传播之广，真是一个空前绝后的事例。他虽不为士大夫阶级及囿于传统观念的人们所齿及，而受到极大的讥抨，然当时大词人如秦观、贺铸等人，无不取法他的风调，而成为并时的开山大家。即使天才横溢的苏轼，也无形中受了他的影响，开始写他那奔放豪纵的慢词，而另成词学中一个旁枝了。在运用白话方面，苏轼与黄庭坚更深受他的影响，而尤以黄词为更甚。其他二三等作家，及后期的词人，受他的影响而成名者，尤不可胜举。所以在此时期中，我们也可以称为“柳永的时期”。

他们的特质，在于能“铺叙展衍，备足无余”，能用新体词来写他们自己要说的话，与上一期的作家只用含蕴不尽的诗人之笔来写词者，显然不同了。这时候已由含苞的蓓蕾展开浓艳花瓣了，已由少女期进入成熟的少妇期了。他们唱着：“多情自古伤离别，更那堪冷落清秋节！今宵酒醒何处？杨柳岸，晓风残月。”（柳永《雨霖铃》）他们唱着：“不成欢笑不成哭，戏人目，远山蹙。有份看伊，无份共伊宿。”（黄庭坚《江城子》）他们唱着：“淡妆多态，更滴滴频回盼睐；便认得琴心先许，欲绾合欢双带。记画堂风月逢迎，轻颦浅笑娇无奈。”（贺铸《薄幸》）这些歌不独在《花间集》《阳春集》中找不出来，即使在《珠玉词》《六一词》《小山词》中亦无这样尽兴淋漓的诗篇。

在这个时期中，不独词的内容与色彩向创造路上走去，词的腔调，尤其是慢词，更经柳永等的制作，增加了许多的新谱，这也是与五代及北宋第一期不同的地方。

三、宋词发展的第三阶段

第三阶段由哲宗末年，历徽宗一朝，直至汴京被陷以前止，是“柳永时期”的总集结时期。那时正值宣政文物鼎盛的时代，大晟乐府的设立，更利用国家的力量，来搜求审定已往的曲拍及腔调，重新加了一番制作；并于旧谱之外，又增衍许多“《慢曲》《引》《近》”及所谓“《三犯》《四犯》”之曲。于是词的牌调，乃益繁缛。音乐与诗歌融成一气。当时词家的作品，无一不能入奏。这自从有词学以来，关于音乐方面的发展，已经到了一个顶点了。然自此以后，因金人攻陷汴京，南渡旧谱渐渐失传，于是，中国词学乃由乐府的地位，渐向纯文学方面发展，离开了音乐的部分了。

在此时期中，一般作家均在模仿前期柳、苏、秦、贺、毛五大家的风调，尤以周邦彦成绩为最伟异。他兼具前一期各作家的长处，他替“柳永时期”做一个总结束，他替南宋风雅派与古典派的大词人，如姜夔、史达祖、吴文英、王沂孙、张炎、周密、张辑、蒋捷、卢祖皋、陈允平等人开了一条先路。所以他在中国词坛上，是由北宋到南宋两极端的词风一个变转的枢纽与过渡的梯航。我们可以说他是柳永派的结局，是南宋姜、张等人的肇始。

那时于周邦彦之外，有两个卓异的天才作家并起：一为宋徽宗赵佶，一为女词人李清照。他们两个虽都未能完全脱尽柳永时期的痕迹，但他们多少总要有点例外。例如，徽宗北虏后《燕山亭》词，其才华之高俊，还要在柳永、周邦彦等人以上；李清照以一个最伟大的女诗人来写真正女性的词，她的作品源泉，为南唐后主、为欧阳修、为秦观，似乎还要跨过柳永的时期，未曾受时代色彩的束缚。

四、宋词发展的第四阶段

第四阶段约自宣和以后起，直至南渡后庆元间，约七十余年当中。是传统下来的词学史中一个丫枝旁干的怒出，是由苏轼至辛弃疾的一个最光辉的时期。中国词学，在南渡以后本可直接由周邦彦一条路线走下去的，因为政治上受了一个最惨烈的打击，在承平一百七十余年的北宋社会忽然被一种暴力所劫持，而变换了政治与生活的常态。于是，国都被异族攻陷了，皇帝也被掳去了，长淮以北完全为胡马所纵横践踏的场所了。这种刺激与震惊，遂使百年以来所代表的一种承平享乐的词风，为之巨变。这时候有两大词派的出现，代表两部分相反的意见与思想。

一派因鉴于国势险恶，朝政日非，忠耿热烈之士反招杀身之祸，他们遂遁迹江湖，或与世浮沉，成为一种放达颓废的诗人。一切国政世情，他们毫不关心。他们抱着“万事有命”主义，得过一天是一天。这一派的词人如苏庠、陈与义、朱敦儒、范成大、杨万里等，都系由谢逸等一派潇洒的作家传下来的。因南渡一件政治的事变，而染上了一重灰色与颓废的时代色彩。在这些作家中，以朱敦儒为最杰出。

还有一派是愤时的诗人，是热烈的志士。他们目睹国势的陵替，权奸当道，忠臣之惨遭祸辱，他们愤痛之情无处发泄，都写入他们的歌声里。他们的歌声，都是极悲壮的，极热烈的，是最具有时代性的。此派作家如岳飞、张元干、张孝祥、陆游、辛弃疾、陈亮等，而以辛弃疾为最伟大。他们不独集此派词人的大成，还集自苏轼、晁补之、叶梦得一直到朱敦儒所有豪放及潇洒派词人的特长，造就了一个空前的作家群。

在这南渡前后七十年中，我们可以叫作“苏轼派的开展与抬头”。这时已经不是柳永与周邦彦的时期，而是朱敦儒与辛弃疾的时期了。因为辛弃疾的造诣最精邃博大，所以我们就简称为“辛弃疾的时期”。

在此时期也有两位大作家，如周紫芝、程垓，其造诣确能远接柳永、秦观、贺铸之精髓。其次等的作家，则有康与之、张抡、谢懋、葛立方等人，在当年的词坛上，亦颇灿烂可观。但均为辛弃疾的作风所掩，而且他们全系模仿第二、三期柳、璇、秦、周等大词人的风调，于时代的背景上无深透的表现力。

五、宋词发展的第五阶段

第五阶段由嘉泰、开禧间起，是苏辛一派词的终了，姜夔时期的开始。苏辛一派词至稼轩已臻绝境，不能再继，故后此虽有刘过、岳珂、李昂英、方岳、刘克庄、陈经国、文及翁、王野、程璐等人仍在仿效着他的风调，但只是一个末流，一种尾声，不足代表他们的时期了。代表这个时期的，则为姜夔、史达祖、吴文英三个人，而尤以姜夔的地位更为重要，他以清超的诗人笔锋，写出一种“体制高雅”的歌曲。

姜夔有极高的音乐天才，他能自制许多新谱，能改正许多旧调。他继承了周邦彦的一条路线，他从南渡前后词风过于凌杂叫嚣的时期中，走上了一个风雅派、正统派词人的平稳道路。他遂成为南宋词的唯一开山大师，也可以说是元、明、清以来的唯一词林巨擘。因为中国词学自南宋中末期一直到清代，可以说完全是“姜夔的时期”。在此六百余年中，代表最大多数的作家与词风的，无不奉姜夔为唯一典范，以周邦彦为最终的指归。所以他在词坛上的影响。亦无异温庭筠与柳永。温庭筠由萌芽原始的时期，造成了真正词学，其精神为创造的；柳永由诗人与贵族的成熟歌曲，又转向民间文学上去，其精神为革命的；至于姜夔，则仅系周邦彦的一转，其精神只是继承的，他将以前雅俗共赏的词变成一个纯粹文人吟唱的词，由“诗人”自然抒写的词渐变成一种“诗匠”的词了。所以自此以后，词的领域反而缩小，词的意义也日益偏狭了。

与姜夔同时的，有一个很大的词作家史达祖。他虽无白石的气魄，但他能以婉妙的诗情，及工丽的术语入词，不啻给白石一个最大的帮助，遂使此派词学更加生色，而予后人一个模仿的榜样。在此期内，成名的作家如高观国、卢祖皋、孙惟信、张辑、刘光祖、汪莘、赵以夫、魏了翁、赵汝芜等，都系姜、史的附庸；一时词人之众，如峰起林立，遂造成。

继姜史之后，略为晚出的吴文英，又为此派人添了一个异样的色彩。他是姜夔时期一贯下来的一个小小的旁枝，一个奇特的结晶，他的作风亦如姜史之雅正，而更要来得古典，更要来得温丽，他将姜史的风调，披上一层北宋缙绅阶级（晏、欧等）诗歌的神貌，于是，由周邦彦派以来的词风，至此乃成一个凝固的躯壳，一个唯一的典型作品了。崇拜他的人，至称之为“前有清真，后有梦窗”，而列为两宋词坛中最大的两个巨头。所以自从有了姜、史、吴三个大作家互相辉映以后，遂替后来此派词人造了一个坚稳牢固的基础。至于他们的歌声与风调，均详论于他们的传评中，毋庸再为引证了。

六、宋词发展的第六阶段

第六阶段为南宋末期，是“姜夔时期”的稳定与抬高时期。这时候大作家如王沂孙、张炎、周密三个人，都系姜夔的继承人。他们对于白石也异常崇拜，他们认为“其高处有美成所不能及”，认为他“如野云孤飞，去留无迹”。他们奉之为唯一典范。所以在此时期中，只是姜夔作风的扩大与其地位的抬高。他们除谨守上期的余绪外，更于遣词造语和音律上益求其工协雅正；并于吴文英的过于凝固而失之“晦涩”的词风，更易以“空灵”“清空”之说，以相标榜，于是填词一道，更要受许多音律文辞及体制上的桎梏。

这时候蒙古势力已笼罩了东亚大陆，词人们久处积威之下，已失却了民族的反抗性。他们往往于歌词中露出一点遗民的叹息，因而，造成一个“残蝉尾声”的异样作品，这是他们的唯一特色。在他们旗帜之下的作家如陈允平、蒋捷、赵崇嶓、赵孟坚、李彭老、李莱老、何梦桂、唐珏、施岳等多至不能备举，其盛况亦无异于姜、史、吴三人所领导的时期。

在此期中亦有几个关心时事发出一种亡国人怒吼的作家，如文天祥、邓剡、刘辰翁、陈德武、汪梦斗、徐一初、汪元量等，都还能说出心中的真实话来。他们仍系辛派的承续者。他们的作品，也可以说是南宋人最后的哀鸣了。

第四节　宋词的艺术特色及其美学特征

一、宋词的艺术特色

（一）语词：跳出观念束缚的感性呈现

语言艺术本是一种期待感性语词使用的审美活动，但某种艺术样式的语词活动必然会受到来自政治的、道德的、历史的、文化的乃至该类艺术样式创作理念的影响，而逐渐固定化、观念化，走入了陈旧的、理性的表述境地。在这种情形下，一种新的感性语词的艺术样式往往就会诞生。

词体的出现及沿革历程,也有此类轨迹。词体是中国诗人寻找感性的一个新的载体,词人笔下的感性语词有一定的特殊性,我们甚至可以此特殊性判断词作的审美价值;与词之前的古典语言艺术比较,本色词作的语言是感性的辉煌呈现,我们甚至可以说,词人在记录、建立中国诗人的一种新感性。

首先,词人既重视感官刺激,突出外部感官描写,将感觉通过生动形象的语言表达出来,与此同时,也善于以此感觉语词传递人类幽微的心绪化活动,是跳出观念语词的一种典型的直觉语词。以下以《花间集》为例加以说明。

视觉语言的名物词极为丰富,描写女性容貌的如鬟、鬓、眉、眼、腮、面、靥、唇、额、领、胸、腕、臂、手、指、肌、腰等;女性衣装的如冠、钗、带、裙、袴、襦、衫、鞋等;女性居室的如扉、井、楼、殿、堂、梁、户、阁、闺阁、阶、栏、墙、房、窗等;闺阁器物的如炉、盏、盘、帷、衾、枕、屏、帐、被、帘、杯、扇、筝、篁、镜等;植物的如草、荷、竹、柳及各类花等;动物的如莺、燕、鸳鸯、凤、锦鸡、黄鹂、子规、鹤、蝉、鹧鸪、杜鹃、马、猩猩、蛩、猿等;天候的如夜、月、露、风、云、雾等,这些都不是抽象名词,也非香草美人的寄托象征语词,而是有丰富形象的直觉语词。

听觉语言或用象声词直接摹写,如韦庄《菩萨蛮》(其四)“遇酒且呵呵”及《天仙子》(其二)“惊睡觉,笑呵呵”的近于自然的笑声,韦庄《喜迁莺》(其一)“人汹汹,鼓冬冬”中的鼓声,毛文锡《喜迁莺》“传枝偎叶语关关”及牛希济《临江仙》(其四)“娇莺独语关关”中的鸟鸣,孙光宪《更漏子》(其二)“墙外晓鸡咿喔”及孙光宪《风流子》(其一)“轧轧鸣梭穿屋”中的鸡鸣,孙光宪《渔歌子》(其一)“桨声伊轧知何向”中的桨声等;或是通过闻、听等人类感知声音的听觉行为,强化听觉捕捉自然声响的实际效果及随后的想象活动,如温庭筠《菩萨蛮》(其五)“觉来闻晓莺”、韦庄《菩萨蛮》(其二)“画船听雨眠”、毛文锡《赞成功》“坐听晨、钟”、孙光宪《更漏子》(其一)“听寒更,闻远雁”、李珣《南乡子》(其八)“愁听猩猩啼瘴雨”、张泌《浣溪沙》(其九)“依稀闻道太狂生”(“太狂生”是男子听到女子说的话)……这些听觉语词尤其强调自然声响及其艺术表现心绪的能力。

在嗅觉行为的臭与香两个结果上,尤为重视香。原本香的自然是香,原本臭的此时却是香,而那些原本无所谓香臭的也有了香味,足见花间词的唯美倾向。于是,读花间词,或嗅杏花香、早梅香、雪梅香、雪(指落花)飘香、木兰香、百花香、香蕊、香莲、兰麝飘香、橘柚香、藕花香、菊香、香檀等各类自然花木之香,或嗅酒香、香粉、香满衣、口脂香、香汗等人工之香,或嗅香闺、香车、香灯、香茵、香袖、香阁、香画、香鞯、香殿、香睡、香奁、帘幕香、香画祷、香钿、香泪、香阁、香帷、香砌、香阶等诸多通感之香……不管是实写、通感移觉，还是似香非香，嗅觉感知的语词特点都表现出词体语言的直觉性质。

与嗅觉一样，词人亦重视触觉语词的运用，如《花间集》中“软”出现12次、“暖”出现35次、“寒”出现46次、“冷”出现42次等。如此重视嗅觉和触觉语言，是词人注重感性，艺术感觉走向细腻的一个表征。至此，像诗歌等其他语言艺术也会重视直觉语词的使用，但唐宋词人更强调通过感官语词直接传递心绪的能力，在感觉的自然程度、直觉语词运用的频率及感觉审美趣味的选择上，表现出了词人的独特性，一个与诗人不同的新感性体验。

其次，人类的感性是感觉者和感觉物的共同行为。感觉者要有灵敏的感知能力，感觉物要求形象显现的特点，如此才能在心物交感的过程中，创造出豁人耳目、沁人心脾的意象来。那些颜色、形状、声音、香臭、冷暖因直接作用于人类感官，而在人的心灵中呈现。敏感的艺术家不是去认识这些颜色等，而是感受颜色等带给他的情思波动。只有这样，感觉物才能成为艺术家的直观对象，成为读者的审美对象，否则就是某种化学成分、光波振动，或者就是回到感觉物的观念本身。与诗人相比，词人尤重直觉语词，突出表现为多由女性感觉及心理出发的特点。女性的感觉原本强于男性，尤其强调感觉的艳、细、巧等。这一特点既是词人重视感性的深入表现，也是词体由语词感性色彩表现出的体性特点。

王世贞《艺苑卮言》曾云“《花间》以小语致巧”，“《草堂》以‘丽’字取妍”，应该说看出了本色词用语取字上的特点，说的便是女性心理选择感性语词的审美特点。仍以花间词为例。如在视觉、听觉形象感受中，即灌注了柔美、香软、艳丽的女性特点。这些视觉、听觉词语大多指向力量弱、体积小、形状巧、质地软的事物，女性容貌、女性衣装名词自不必说；居室建筑名词纵使有墙、房等名词代表体积较大之物，那也是绣墙、兰房；动物则多为禽类、纵使有马、猩猩、猿等体积较大的兽类，那也只和嘶、啼、语相连，而多不取吼、叫。在嗅觉形象感受中，香味的重视正是女性脂粉气的一种反映，而在触觉形象感受中，亦重软、小等，而轻视硬、大等。再如“雨”字的使用也体现出敏感、细腻、柔美等女性特点：多用细微弱小的限定词或后缀状态的修饰，强化“雨”的轻灵细微的特征。如微雨、疏雨、细雨、乖雨、晚雨微微、烟雨微微、雨潇潇等。

确实不大选择厚重拙质的语汇，但并非没有，只是词人在使用这些厚大意象时，多强调厚大景象的消失状态或危害性，习惯性地转入细小凄惨的情调。这说明词人不是对这类厚大意象作审美的认同，仍是以细腻柔弱为审美目的。例如，柳永《雨霖铃》云“寒蝉凄切，对长亭晚，骤雨初歇”，晏殊《采桑子·红英一树春来早》云“无端一夜狂风雨，暗落繁枝”等。

即便词人要表现一些阔大丰满的场景，往往也从小处着眼来衬染。例如，欧阳修《渔家傲·粉蕊丹青描不得》云“夜雨染成天水碧”、《蝶恋花·画阁归来春又晚》云“细雨满天风满院”等，同样证明词人重视细腻、柔美的感性特点。

晏殊《浣溪沙·杨柳阴中驻彩旌》中的“雨条烟叶系人情”句，把这层意思说得甚是清楚。或是以“雨”拟人，或是“雨”中带情，雨条、雨声流淌着淡淡的、香香的、柔柔的、苦苦的情思。至此，正如清代王鸣盛《评王初桐罐山人词集》说的：“词之为道最深，以为小技者乃不知妄谈，大约只一细字尽之，细者非必扫尽艳与豪两派也。”

最后，本色词的语词当遵循歌词语言的特点，重视感性语词，以悦人、移情、感人为目的。

总之，语词是情思的工具也是情思鲜活的本身，词人们乐于使用直觉语词，从传统思想上说，不仅表明词人感性的自由，也反映出他们自由的感性。读唐宋词，当不能忽视词人感性的个性内涵以及他们在语词使用中表现出的创作新感性的艺术精神。

（二）节奏：吻合音乐体性的自由结构

词强于诗的兴发感动是词的体性的一次展现，根源于音乐艺术的感发性。置身歌场环境，以听众身份感受歌词，词的感发乃是由“小词流入管弦声”的媒介传递出来的；远离歌场环境，以读者身份面对词作，则只能由那长短不一的句式咀嚼音乐的意味形式。节奏是音乐动态结构特长的体现，也是词体善感的又一个重要的艺术结构要素。

何谓“节奏”？今人多主流动说，古人却多主节制说。今人主流动，或许是看重音乐的时间性、音乐创作的自由性、音乐形象的想象性等；古人主节制，或许是看重音乐的宣教功能、音乐艺术自身的技艺难度等。主节制或许有出自音乐艺术规律之外的因素，但作为音乐艺术的结构——节奏本当具有节制的意思，无节制即无音乐的流动。

对任何一首优美的乐曲来说，行与止、流与留、纵与收、强与弱、浓与淡、快与慢等都是不可缺少的。唯有处理好这一系列关系，才能把自然声响纳入到有意味的形式之中，以合乎人类心情的复杂状态。

作为音乐文学，音乐节奏的限制与流动自然熏染了词人的艺术技法。

只是后代学者无法亲临其境，切实感受唐宋歌词表演时的节奏韵味，但他们通过节奏的语言遗产——各类笔法技艺的赏析，涉及字法、句法、章法、修辞等一系列问题，总结宋词人的审美经验。

综观后代诸多词作笔法的经典意见，一个核心的理念便是不离节奏的古今意，在主流动与主约束之间寻觅美感韵味。或说留说涩，重在节制。“何谓留？意欲畅达，词不能住，有一泻无余之病。贵能留住，如悬崖勒马，用于收处最宜。”或说托说放，重在流动。“何谓托？泥煞本题，词家最忌。托开说去，便不窘迫，即纵送之法也。”像周清真《风流子・枫林凋晚叶》：“多少暗愁密意，惟有天知”等句，“此等语愈朴愈厚，愈厚愈雅，至真之情，由性灵肺腑中流出，不妨说尽而愈无尽。”其实，由前诸例已可知，主节制或主流动，都是程度上的不同，何况更多的词家主张节制与流动镶嵌并重，以求合节奏的艺术结构特色。

其中，最直接的笔法经验就是放与收。“词要放得开，忌步步相连；又要收得回，忌行行愈远。”然节奏之美乃浑然体验，流动的放与节制的收，固然可以大致演绎节奏的进程，但不能做机械的剖析，“必如天上人间，去来无迹，斯为入妙”。若表现在词的对偶句中，则忌堆砌板重，当以流动为尚，以流动救严整。例如，周清真《瑞龙吟・章台路》“褪粉梅梢，试花桃树”及“名园露饮，东城闲步”二句属于流水对，因皆极流动，所以为妙，吻合了词体节制而流动的节奏韵致。若表现在词的结句中，则是住而未住、尽而未尽的紧要处。如苏轼《水龙吟・楚山修竹如云》“作霜天晓”，如奔马收缰，须勒得住，又似住而未住。

不过，上述皆是直接陈述节奏的节制与流动关系，而此种关系在审美体验中表现为一种无迹之象。进而无迹之象总须语言表达，故词论家们更多地在论曲、折、衬、跌宕之笔等，从笔法上对节奏的浑然过程予以审美揭示。其中，词之用笔以曲为主，曲笔带有节奏外显为笔法的总称性质。若多用直笔，寥寥百字内外，将无回转的余地，因此“必反面侧面，前路后路，浅深远近，起伏回环，无垂不缩，无往不复，始有尺幅千里之观，玩索无尽之味”。

词作的布局是节奏的审美再现，故而词论家又常用点染、浓淡、虚实等术语来表达对词体节奏美的感知。点染是中国画讲求阴阳明暗的一种手法，或点或染，或在点、染相间中实现中国画气韵生动、企慕空灵的艺术境界。刘熙载即云“词有点有染”，如柳永《雨霖铃・寒蝉凄切》“多情自古伤离别，更那堪、冷落清秋节。今宵酒醒何处，杨柳岸、晓风残月”。先是点出离别，接着由冷落、今宵二句渲染之，而且“点染之间，不得有他语相隔，隔则警句亦成死灰矣”。此论既吻合中国画的特点，也是词作节奏既限制且流动的时间体验的视觉感知。

浓淡亦与绘画艺术有关，也是语言艺术的常用技巧，更是词史上直接与词体本色相关的命题。中国词坛历来有主浓主淡两个传统，创作上有温、韦的艳妆、淡妆之别，理论上或如彭孙通说的“词以艳丽为本色”，或如吴衡照说的“词愈淡愈妙”，而无论是浓是淡，要在自然本色，即便“词以艳丽为工，但艳丽中须近自然本色”。不过，这些主要从语言风格上说的，其实浓淡也可化为人们的一种节奏感知，表现为笔法上的一种疏密方式。

除此之外，在情景关系的组合上，亦会出现以浓景写淡愁或以淡景写浓愁的艺术手法，传递着人们对节奏的体认。虚实问题是中国艺术的核心命题之一，上述诸多具体笔法都可以归结到虚实上面。从节奏上说，“实”指艺术形象直接、具体的表现，倾向于直接、无流动的限制性；“虚”指艺术形象间接的表现，在空灵效果中暗藏纵笔流动之韵。从艺术形象的特点上说，音乐节奏虽是直接性与间接性的和谐统一，但更强调形象的间接性，以大音希声为妙。从这个意义上说，张炎主张“词要清空，不要质实”，是吻合词体音乐性的抽象性的。清空的姜夔词“如野云孤飞，去留无迹”，但不是真的无迹，而是说他擅长构造一种让读者在阅读中感受到离迹畅想效果的形式。这正是音乐艺术追求的本色境界。

词作长短句式以节奏为根基，与律诗整齐句式比较，这是一种较为自由的结构。虽说这是词学史上的共识，但今人多惯以流动认识长短句的自由形式。仅有限制固然难有自由感，若没有限制的流动也非真正的自由，而是毫无含蓄的放纵。正如已经习惯在地球引力中生活的人群，在失重状态中也会生出诸多不适一样。况且古代艺术家在讨论节奏的自由感时，亦多主“自然从雕琢中出”的思想，既要掌握媒介的限制而又超越之。而这种超越中的满足与愉悦感，不仅包含在限制中磨砺过程的体验，而且流动中亦始终内敛种种限制因素。正如水的流动是自然的也是自由的，却是一种随物赋形，不断与物体摩擦的运动状态一样。

（三）意象：内涵经典结构的象征感发

词作多香草美人意象，也有象征性的，但更多的或者说本色的则是感觉性、描述性、叙述性、娱乐性的，以直觉性为主要特点。通过感性语词及自由节奏的分析，已可以看出词体本色意象捕捉、召唤感性生命意识的能力。不过，在惯以象征方式解读美人香草意象的诗学批评传统中，本为“逢场之戏”的词作意象在阅读中内涵一种象征的理性传统，成为刺激词作的感发性，充实词作多义性的又一个要素。尽管这是由读者强化的，但语词指向含义，意象指向意味；词作意象的感性、直觉性质提供了经典审美经验及象征意味生成的可能性，更何况意象的捕获本来就需要读者情思的灌注与想象的建设。

宋词意象的感发性呈现出极为复杂的状态，或是本色直觉意象原生态的审美感发，或是比兴寄托思想中既审美又道德的关怀解读……又可简单地分为赋、比、兴三种意象构筑方式。“赋”是即物即心，心中情思直接体现在物象的描绘之中。例如，苏轼《浣溪沙·咏橘》词就纯用赋体，有再现功能的赋笔，对对象的刻画有助于感性的激发，但因为词的抒情性使得词人运用赋笔时，不需要提供一个极其完整的对象，否则就会遭遇“韵不足”或“质实”等方面的批评。

“兴”是由物及心，先有物象，然后感发心中情思。这是人的一种不期而遇的心物共感的内感体悟方式，要求主体感于外物而体悟到内心，又可由内在感受而体悟到外物的生命精神，物我生命是贯通的。重视感性自由的词人，很善于构筑兴感意象，这是词体审美特征的表现之一。因此，词中的兴到之作，是不能用深文罗织之法解读的。至于有的“偶然揽景兴怀”之作也蕴含着明显的道德关怀、学养内理，但因为是词人的率真之作，“非平日学养醇至不办”，是“得力于义方之训深”的自然呈现，也是“兴”而非“比”。

“比”是由心及物，先有心中理念，然后寻找可供比拟的物象，理性作用似乎更为突出。王建《宫中调笑》四首分别以团扇、胡蝶、罗袖、杨柳为起笔，就是《诗经》中的比体，不仅融情会景，而且不失题旨。不过比兴缠夹，故词家常连用“比兴”或直接用“兴寄”来分析词中的某些意象。例如，贺铸名句“试问闲愁都几许？一川烟草，满城风絮，梅子黄时雨”，便是“兼兴中有比”，意味更长。辛弃疾《祝英台近》（宝钗分）则是典型的兴寄幽微的词作，一则“闺怨词也”，另则“此必有所托而借闺怨以抒其志”，乃自怜幽独，伤心人别有怀抱之作。

二、宋词的美学特征

作为一代文学之胜的宋词，其发展流变的渊源和驱动力是丰富复杂的。但是，在中国古代文学文体发展的历史中，宋词的发展流变是一个充满了矛盾同时也是充满了活力的进程，它们从不同的层面影响制约着宋词的美学体征的变化，同时也形成了宋词发展的张力空间。

（一）雅与俗的消长变化

“雅与俗既是深藏在中国人特别是中国知识分子心底的最为稳定的价值尺度和审美标准，又是影响中国文化进程和文学发展走向的两股巨大力量”，宋词的发展也不例外。词在唐五代从民间形态进入文人手中逐渐定型成熟，宋代词人面临的雅俗之辩是多元的：从艺术形式上看，文人词相对于民间词而言是更加典雅精致的，但是文人词特别是花间词，相对于儒家言志载道的诗学观而言又是俗的，所以，作为唐宋词学中的一个重要论题，雅俗之辩的侧重点不尽相同，因而其内涵也随之有异。

综观当时的雅俗之辩，最突出的有两类：一类侧重于词的艺术风格；一类侧重于传统儒学中的诗乐观，也就是说衡量词雅俗的标准是双重的，一个是政治的标准，一个是艺术的标准。但是，除了这两类评价标准制约词的雅俗流变之外，还应注意的一个问题是宋词的消费市场和消费主体的变化也制约着宋人审美趣味的雅俗之变。

文学的生产和消费从来就存在着社会层次的划分。词在其形成之初，赖以繁荣的是其形而下的功能，其消费市场和消费主体是市井民间的市民，自温庭筠大开文人词风气之后，文人士大夫甚至朝官皇帝形成的巨大的消费群体在部分接纳民间趣味的同时，作为一种强势文化群体，必然要在词这一领域建构与之适合的审美形态，这种更为精致典雅的贵族化的审美形态与词的初期民间形态有意拉开距离显现自己合理合法的姿态。这种进程在南唐时期冯延巳、李璟、李煜君臣创作中就已开始。

宋初晏殊、欧阳修、范仲淹与王安石，由于他们高贵的社会地位、士大夫阶层深厚的学养才识等因素，词的创作呈现出雍容和雅的气度。而此时，在雅与俗的冲撞对立中尚为俗词容留一席之地，雅与俗的嬗变还处在较为平衡的状态。欧阳修在其词中除了士大夫情怀吟咏之外，还有民歌风味的十首《采桑子》，更有背离传统儒学诗风的艳词创作；柳永则以其浪子作风为词注入了声色市井俗趣，使词的创作相对于士大夫词而言由雅入俗。

后世词人从中不同程度地吸收养分，如苏轼与辛弃疾虽为正统士大夫，在语言上也如柳永以俗语入词，在词创作的观念和审美趣味雅化的同时，从语言上保留了民间创作的活力，所以尚留生气。北宋后期的周邦彦的地位相当于唐诗中的杜甫，把宋词富贵华艳的审美取向转变为瘦劲典雅。其实，周邦彦早年与柳永的放浪并无太大差异，而后期由于身份的御用化，在词的创作中，审美趣味和创作旨趣都有意典雅化，其词“富艳精工”“缜密典丽”，被人评为“无一点市井气”，成为南宋雅词写作的楷模。

南宋词坛上，词的创作观念和实践中复雅的趋势得到进一步的强化，其中，姜夔的词堪称典范，张炎在《词源》中就反复以“骚雅”“古雅”等词盛赞之。

从以上的分析中可看出，宋词发展中雅俗嬗变其实是雅化潮流成为一种强势往前推进的。但是，雅与俗是一对相互依持转化的矛盾，当雅俗嬗变发展失衡的时候，词这一源于民间的文体的活力也被逐渐耗尽。在宋词的雅化过程中，周邦彦是一个结北开南的重要人物，从他开始，词的创作中作意加深，表现手法从天工转向人巧，正如叶嘉莹先生所说的那样，周词“已经以思力之安排为主了”，缺乏自然感发的力量，而“南宋诸家之所以被讥为隔膜晦涩者，一则以其缺少直接感发，再则以其结构之过于曲折复杂，而此二者作风，则皆始于北宋后期的周邦彦”，也就是说，从周邦彦开始，宋词创作中由于过分的雕饰，丧失天真，已经潜在地存在着对雅的否定因素。

可以说，从周邦彦开始，词的创作由于过分强调技巧而逐渐丧失俗词的真趣和活力而使这一曾经辉煌的文体逐渐衰落淡出。在元代终于被“曲”这一新兴文体所取代，正所谓诗余为词，词余为曲，这样的过程某种程度上说明了雅俗嬗变转化与文体兴衰的紧密关系。

其实，在宋词雅化潮流中，市井民间市民这个庞大的消费市场和消费主体是一直存在的，吴自牧《梦粱录》记载宋代城市“诸店俱有厅院廊庑，排列小小稳便阁儿，吊窗之外，花竹掩映，垂帘下幕，随意命妓歌唱，虽饮宴至达旦，亦无倦怠也”。但是，问题的关键是，随着文人词创作的兴盛，文人士大夫消费市场和消费主体的形成，虽然在数量上无法与庞大的民间消费市场相比，但由于他们在政治上、文化上的中心主流地位，使得他们雅化的审美趣味能够有效地遮蔽民间大众的审美趣味。

正如沈义父所说：“如秦楼楚馆所歌之词，多是教坊乐工及闹井嫌人所作，只缘音律不差，故多唱之。”（《乐府指迷》）言辞间对“秦楼楚馆所歌之词”多有不屑，而张炎就说得更为明确：“附之歌喉者，类是率俗，不过为应时纳祜之声耳……岂如美成《解语花·赋元夕》……如此等妙词颇多，不独措辞精粹，又且见时序风物之盛，人家宴乐之同。则绝无歌者……而以俚词歌于坐花醉月之际，似乎击缶韵外，良可叹也。”（《词源》卷下）其间对周邦彦等人的雅词在秦楼楚馆“绝无歌者”痛心疾首，对“歌于坐花醉月之际”的率俗俚词却不以为然，但又无可奈何，所以在选词之时，便充分张扬士大夫词人的雅化标准，正如朱彝尊所说：“北宋人选词，多以雅为目。”（《词综·发凡》）

其实，这样的选词标准在南宋被进一步强化，“以雅为目”的词集多出于此时。在士大夫词创作和选评的雅化趋向中，俗词、俚词便只能在市井文化消费中处于自生自灭的状态而无法得到彰显，这也就是今天流传下来的大部分都是文人创作的雅词的原因。

(二)创作心理：观念上的拒斥与实践的热衷

在宋代，由于对各种文体的衡量标准更多地偏向于文化判断和政治判断，它们所受到的待遇是不平等的，从儒家社会教化功能角度进行的文体排序是文载道，赋体物，诗言志，词主情。后起的、从民间俗曲中变化而出的词处在这种文类等级的底层，所以形成了宋人在文化和政治上对词的认同障碍，在文学观念上认为词是“诗余”“郑声”“小词”，都不同程度地流露出对词体的轻视。魏泰在《东轩笔录》卷五中记载：“王荆公初为参知政事，闲日因读元献公小词而笑曰：‘为宰相而作小词，可乎？’平甫(王安国)曰：‘彼亦偶然自喜而为尔，顾其事业，岂止如是耶！’时吕惠卿为馆职，亦在座，随曰：‘为政必先放郑声，况自为之乎！’平甫正色曰：‘放郑声，不若远佞人！’”从“为政”的标准来看，词就等同于滥情宣淫的“郑声”。所以，宋代文人士大夫在染指这种文体创作时，总要表白自己仅是游戏而为，是以作诗文之余力为之。

但是，观念上的认同障碍并不意味着实践层面的拒斥，恰恰相反，宋人在词的创作实践心理和阅读实践心理上都表现出极大的热情，晏殊写词并非“偶然自喜而为”，否则何以留存下一百多首词。而陆游一旦写起“渔歌菱唱”之词，也是欲罢不能，“犹不能止”的。欧阳修等人又何尝不是如此呢？在阅读心理上，北宋钱惟演自言：“平生唯好读书，坐则读经史，卧则读小说，上厕则阅小辞(词)。”(引自欧阳修《归田录》卷二)从这段表白中，当然可以看出钱惟演在文学观念上对词的贱视，但同时也能看出其对小词的私心所好，与正襟危坐中阅读的经史不同，小词更适合人们在解除社会功利重负后的心性，所以词的创作和阅读成为士大夫文人调适心性，保持平衡的一种方式，是他们追求道德自我完善和事功的辉煌之余自我放松的一种方式。

宋词的创作就是在这种观念与实践、理性与感性的心理矛盾中进行的，这一点对宋词发展的影响是深刻的。因为理性观念上的轻视，词的创作也就能够从宋人高扬的理性精神中逃逸出来，不必承载过多的政治教化重负，从而能够更好地承传“诗缘情”传统，摆脱宋诗“渐老渐熟”(苏轼《与二邓侄》)的命运，保持一种感性鲜活的审美品质。后人极喜从宋代诗词的横向比较中来见出词的这种审美品质，王国维在《人间词话》中说：“五代北宋之诗，佳者绝少。而词则为其极盛时代，即诗词兼擅如永叔、少游者，词胜于诗远甚。以其写之于诗者，不若写之于词者之真也。”其间认为词胜于诗之处在于有真趣。

从才情、风格、虚实显隐等多方面的比较中见出宋词之长。陈廷焯把词放在更为广阔的文体背景中来比较：“后人之感，感于文不若感于诗，感于诗不若感于词。”(《白雨斋词话自序》)此处突出的是词的感人魅力。正因为这样，在后世评家的眼中，宋词逐渐改变了宋人自己的文体排序等级的低下，逐节攀升成为代表有宋一代文学之胜的崇高地位。

(三)情感：执着于悲哀与超越悲哀

宋朝建立以后一直严峻的社会与边境形势都使得宋代文人无法形成像唐人那样浪漫高远的理想主义精神，宋代高扬的理性精神使得人们在正统文学中对人的情感(特别是对悲剧性的情感)采取一种淡化、超越的心态，在诗文创作中超越了对悲哀的执着。但是，宋初词的创作中充溢着的是无法淡释的人生悲哀：“堪惜流年谢芳草，任玉壶倾倒。”(寇准《甘草子》)“一品与千金，问白发，如何回避。”(范仲淹《剔银灯》)“为君持酒劝斜阳，且向花间留晚照。”(宋祁《玉楼春》)

但是，作为一种时代思潮，超越悲哀的心理趋向必然会体现在词的创作中，一代文宗欧阳修在这方面做了很大的努力，竭力以其豪宕的意兴去排解人生悲哀，但总有些力不从心地坠入物是人非、世事无常的空幻中。而“只有到了苏轼，才是完全自觉的、积极的。通过从多种角度观察人生的各个侧面的宏观哲学，他扬弃了悲哀”，的确，苏轼以其超旷的才情，借助佛禅理论，洞察到世间万物都处在一个不断生灭变化、流注不已的进程之中，“月有阴晴圆缺，人有悲欢离合”是这个世界的本然，执着于其中的枝节就是执着于悲哀，纠缠于一时一地的得失也就终身与痛苦相伴。所以，苏轼的很多词都在表现从这种枝节得失中超脱出来的心理过程，最典型莫过于这首《定风波》：“莫听穿林打叶声，何妨吟啸且徐行！竹杖芒鞋轻胜马，谁怕？一蓑烟雨任平生。料峭春风吹酒醒，微冷，山头斜照却相迎。回首向来萧瑟处，归去，也无风雨也无晴。”在一场现实生活的猝不及防的风雨中，苏轼完成了一次精神的洗礼，从“竹杖芒鞋轻胜马，谁怕？”的执意对抗到“也无风雨也无晴”的无差别自由之境，苏轼超越了人生的悲哀。

一方面，苏轼借助佛禅理论固然可以生发随缘任运、把持当下之心，而且很多时候，他的确也做到了处变不惊、怡然自足。但是，另外一方面，既然宠辱尊卑、阴晴圆缺都可以忘怀，衡量人生的价值尺度又是什么？这就极易缘生出人生的虚幻悲哀。况且，苏轼那超逸的个性、高风绝尘的词境毕竟是一般词人难以企及的,所以在苏轼之后,宋词的情感趋向再度回到了执着于悲哀的传统情调上,苏轼的门下秦观词的创作就深陷人生苦难而难以自拔,贺方回也在细细地咀嚼那如“一川烟草,满城风絮,梅子黄时雨”的“闲愁”,周邦彦词中表现的则更是士大夫文人那种精致典雅的忧伤。

词至南宋,家国沦亡的大悲哀和扶危济困的爱国激情曾经一度替代了传统的人生无常的悲凉,张元幹、张孝祥以至岳飞、李纲等抗金将领、官员的词中激荡着复国雪耻的激情和这种激情受挫的巨大愤慨,在这种宏大的视角之下,个体生命的一己之悲变得无足轻重了。辛弃疾则更是以其凌厉无前的英雄豪气为我们展示了一种刚毅自重、脱略私情的高尚的人格风范。但是,在辛弃疾这样一位英雄的词里,我们依然能够感受到那种熟悉的梦幻情调:“钟鼎山林都是梦,人间宠辱休惊,只消闲处过平生。”(《临江仙》)而在姜派词人那里,弥漫的是繁华梦断、儿女情愫的深哀剧痛,所以杨海明先生称姜夔的词为“伤痕文学”,其中反映的是白石的“伤痕心理”,的确,姜夔早年孤苦无依,备受飘零流落之苦,其《红梅引》中有“漂零客,泪满衣”的句子,正是这种凄婉低沉之情,成为其毕生创作中的基调。

第八章　率情而作，浑厚圆润：北宋词

宋朝建立政权之后，吸取了中唐之后节度使专权导致最后灭亡的教训，实行了中央集权制度，这一制度对武将的权力进行了大幅度的削减。朝廷为了平衡利益，不得不给予官僚一些物质待遇。基于这样的背景，一些贵族开始大幅度置办田地，而且养了很多的歌伎、舞姬，享乐之风在这一时期盛行。这也导致诞生了一些与宴饮歌舞相生的词曲。

在宋朝初年，词的风格多沿袭了南唐的风格，这一时期，晏殊、张先、苏轼、范仲淹、欧阳修等人成了当时赫赫有名的显贵。虽然从形式、内容等层面来说，这些诗词多是应酬的作品，风格上比较闲雅，也没有脱离南唐花间词的窠臼。但是，就总体而言，已经从男欢女爱的爱情篇转向对人生的感慨，从绝情转向对情怀的抒发。直到柳永的出现，宋词才完全摆脱了五代词风的影响，并形成了独具特色的风格。到了北宋中叶，随着苏轼豪放派词风的出现，可以与婉约相媲美，这一时期的词坛逐渐进入了一个盛世佳境。到了北宋后期，以周邦彦为代表的大晟御用词人揣声摹色，对词的表现技巧进行了发展，并出现了一些雅作。之后，黄庭坚与江西诗派也在文坛上崭露头角。本章就对这一时期的词作展开分析。

第一节　独重女音，浅斟低唱：花间词风的延续和新变

随着五代中原时期的战乱，西蜀地区相对安定，逐渐成为当时文化的中心，并吸引了很多的文人雅士，统治者只追求安稳，君臣贪图享乐，歌舞升平，因此，刹那间生了很多词作，这些词作在形式、内容上存在着某些相似的方面，都是以华丽的文字写出的，采用的也是婉约的手法，尤其是对女性美貌、服饰艳丽等层面的描写，表达的是一种愁思。这些诗作被编纂在《花间集》中，因此这些词作也被称为“花间词”。

宋太祖赵匡胤登基之后，为了避免自己的下属同自己一样“陈桥兵变”，决定杯酒释兵权，同时用高官厚禄对官员进行麻醉，提倡官僚多积攒

田地,多多享乐。之后,“优容士大夫”被作为一条国策在当时订立下来,直到宋朝灭亡。在这项国策的纵容下,宋代地位较高的一些士大夫一边领着高昂的俸禄,一边又被默许囤积钱财、置办田地,这样就导致了朝廷上下的享乐之风。基于这样的情况,五代时期的花间词风在这一时期得到了延续。

当然,宋朝的统治者以及这些文艺创作队伍如果仅仅是对唐代花间词的继承,那么是很难让宋词成为一代之胜的。宋朝的统治者意识到这一问题,认识到娱乐之需的重要意义,因此,开展了“因旧曲创新声”的音乐文学活动。

自从第二任皇帝继位之后的各位皇帝,大都对文艺有较高的兴趣,有的甚至亲手制作新的曲子,用来带到音乐文学的发展。例如,《宋史·乐志》载:“太宗(赵光义)洞晓音律,前后亲制大小曲及因旧曲创新声者,总三百九十,凡制大曲十八”;又载:“仁宗(赵祯)洞晓音律,每禁中度曲,以赐教坊,或命教坊使撰进,凡五十四曲。”显然,太宗与仁宗这两个人就创作了这么多的曲子,再加上教坊收集的一些旧有的曲子、民间乐工自己制作的曲子等,这就使得音乐文学达到了一个较高的层次。

可见,以皇帝为主导的北宋前期的词作出现了百花争艳斗奇的局面。这一时期,主要代表人物有晏殊、晏几道等。他们在词作中加以锤炼,在词风上追求香艳熟软,用诚挚的情感赋予深邃的内涵,并从民歌中获取养分,将比兴手法引入词作之中,形成了词坛上具有承前启后作用的西江派,也称为“江西词派”,这一派别在用词上温雅和婉,在情思上充满了愁恨,并运用柔美、含蕴、细腻的笔调,是宋朝前期的一个重要派别,对日后宋朝的词作有着十分重要的影响。

一、晏殊的词创作

晏殊(991—1055),字同叔,谥元献,今江西临川人,人称“大晏”。晏殊早期就有着卓越的才华,7岁的时候就可以写成一篇文章,到了宋真宗景德二年(1055),他正值14岁,开始参加初童考试,取得进士,成为皇帝的文学侍从大臣。在朝廷的祭祀、游宴等各项活动中显示出了出色的才干,为真宗重视,擢升很快,28岁为知制诰,30岁为翰林学士。真宗在朝的15年中,晏殊不断擢升。仁宗朝亦受重用。晏殊生活清俭,为官清正,待人诚恳,笃学不倦。他为人性格刚简,多次忤太后旨而不惧。他“平居好贤,当世知名之士,如范仲淹、孔道辅皆出其门,及为相,益务进贤才,而范仲淹、富弼皆进用,至于台阁,多一时之贤”。晏殊官至同平章事,集贤殿大学士，兼枢密使，卒官江西。

晏殊少年早达，虽小有波折，但仕途显达，生活优裕。晏殊死谥元献，世称晏元献，著有《珠玉词》，有词122首，绝大部分是小令，是宋初最重要的小令作家。其词多表现优游的生活和幽微的心境，表现了对人的生存状态的深情体味。在艺术上既珠圆玉润，又显得清新自然，多有可取之处。

晏殊词多表现在富贵优游的生活中对人的生存状态的细腻而又深情的体味。如《浣溪沙》：

> 一曲新词酒一杯，去年天气旧亭台。夕阳西下几时回？
>
> 无可奈何花落去，似曾相识燕归来。小园香径独徘徊。

抒写对时光流逝的怅惘和对春意衰残的惋惜之情，圆润流畅，大有"富贵闲人"的韵味。其中有对时光的珍惜，也有无法把握生命的惆怅，更有在新词、新曲、杯酒、亭台、夕阳、落花、归雁、香径中萦回徘徊，体味生活绵绵的情致。如另一首《浣溪沙》：

> 一向年光有限身，等闲离别易销魂。酒筵歌席莫辞频。
>
> 满目山河空念远，落花风雨更伤春。不如怜取眼前人。

写因离别而产生的对生命的感悟和深情，大有动人之处。生命短促容易消失，山河之远不可把握，酒筵歌席足以缓解惆怅之情，眼前之人可以怜取，充分体现了宋代对世俗生活的执着。如《浣溪沙》：

> 小阁重帘有燕过。晚花红片落庭莎。曲阑干影入凉波。
>
> 一霎好风生翠幕，几回疏雨滴圆荷。酒醒人散得愁多。

这首词写的是优游的情景，小阁燕过，晚花落庭，阑影入波，好风生幕，疏雨滴荷，情景越是美好，就越是"酒醒人散得愁多"。又如《采桑子》：

> 春风不负东君信，遍拆群芳。燕子双双。依旧衔泥入杏梁。
>
> 须知一盏花前酒，占得韶光。莫话匆忙。梦里浮生足断肠。

这首词告诉人们：美好的时光永恒地轮转，不会消歇，人所要做的就是占住韶光，不使流逝。

显然，上述这些词笼罩在一片轻愁之中，因情景的精微细腻，这些轻愁又显得恬淡、悠远而又深邃。

当然，伤春悲秋也是晏殊词的重要主题。如《踏莎行》：

> 小径红稀，芳郊绿遍。高台树色阴阴见。春风不解禁杨花，濛濛乱扑行人面。
>
> 翠叶藏莺，朱帘隔燕。炉香静逐游丝转。一场愁梦酒醒时，斜阳却照深深院。

显然，暮春晚景，浅酒轻愁，一齐与幽微的心境相融合，对春天轻轻的爱惜和挽留以至使人觉察不到。如《蝶恋花》：

槛菊愁烟兰泣露。罗幕轻寒，燕子双飞去。明月不谙离恨苦。斜光到晓穿朱户。

昨夜西风凋碧树。独上高楼，望尽天涯路。欲寄彩笺兼尺素。山长水阔知何处？

在这首词中，作者表达了离情与秋思真如“山长水阔”，作者将精丽的物象和华美的语言融合在一起，使人觉得如锦心绣口连吐珠玉，满地散落而不及收拾。晏殊词的本色就在于临秋相思，逢春伤感，但慕而不怨，苦而不凄。这首词正是体现了这一点。再如《诉衷情》：

芙蓉金菊斗馨香。天气欲重阳。远村秋色如画，红树间疏黄。

流水淡，碧天长。路茫茫。凭高目断。鸿雁来时，无限思量。

从这首词的题目中就可以感受到作者的悲秋之情，但是悲秋却不凄凉，相思却不是铭心刻骨的，这样在疏淡与闲散中让人感受到自得与自足的情致。又如《采桑子》：

时光只解催人老，不信多情，长恨离亭，泪滴春衫酒易醒。

梧桐昨夜西风急，淡月胧明，好梦频惊，何处高楼雁一声？

在这首词中，作者将对时光温柔的感受和对好梦好景的珍惜展现得淋漓尽致。

当然，晏殊的词与一般的词人存在不同，除了悲秋之外，他在词作中还饱含着悼亡的韵味。如《玉楼春》：

绿杨芳草长亭路。年少抛人容易去。楼头残梦五更钟，花底离情三月雨。

无情不似多情苦。一寸还成千万缕。天涯地角有穷时，只有相思无尽处。

显然，上述词作中不仅包含的是悼亡，更重要的是对逝去的美好的一种惋惜和追忆，这显然与一般的悼亡词又有着显著的不同。

当然，除了上述词作外，晏殊在写人咏物层面也有着较高的成就。如《渔家傲》：

嫩绿堪裁红欲绽。蜻蜓点水鱼游畔。一霎雨声香四散。风飑乱。高低掩映千千万。

总是调零终有恨。能无眼下生留恋。何似折来妆粉面。勤看玩。胜如落尽秋江岸。

这首词的上片写的是荷塘在春夏季节是非常美丽的，给人以风情万种之感；下片写的是秋天的凋零之色，给人以怜香惜玉之感。显然，整首词通过借助咏颂荷花而表达对美人到了迟暮之年的惋惜。

当然，晏殊的词多写的是美人、歌女的角色，但是也有少量写农村姑娘的词。如《破阵子》：

燕子来时新社，梨花落后清明。池上碧苔三四点，叶底黄鹂一两声。日长飞絮轻。

巧笑东邻女伴，采桑径里逢迎。疑怪昨宵春梦好，元是今朝斗草赢。笑从双脸生。

这首词描写的是采桑少女打闹的情境，在写作时，作者将富贵闲愁的笔调脱离而去。

总体来说，在艺术上，晏殊的词笔调闲雅，有委婉畅达之致，这与他爱好陶渊明、韦应物的诗有关，而且理致深蕴，在淡雅中另有一种深情，这就是人们所说的晏殊词有“过人之情”。另外，晏殊词描写富贵生活而无雕饰的痕迹，描写男女之情也无轻薄之语。

二、晏几道的词创作

晏几道（约 1040—约 1108），字叔原，是晏殊最小的儿子。20 岁时，他的父亲亡故，生活开始步入贫困。对于他的生平，流传下来的不多，但是从一些记载中可以看到，晏几道的童年正是晏氏显赫的时候，父亲居高位，几个哥哥也都步入了仕途。因此，他从小就在胭脂水粉中浪荡，不知道生活的艰辛，但是父亲去世后，家道没落，他也曾因为郑侠案株连入狱。

晏几道自己独特的出身使得他很有骨气，仍旧彰显着自己是贵族子弟的身份，虽然已经没落。他著有《小山词》。

《小山词》中，大多数都是描写恋情的，其中屡屡提到与莲、鸿、苹、云四位歌女的交往。在《小山词》自序中说：“往与二三忘名之士，浮沉酒中。病世之歌词，不足以析酲解愠，试续南部诸贤，作五七字语，期以自娱。不皆叙所怀，亦兼写一时杯酒闲闻见，及同游者意中事。尝思感物之情，古今不异。窃谓篇中之意，昔人定已不遗，第今无传耳。故今所制，通以补亡名之。始时沈十二廉叔、陈士君龙家，有莲、鸿、苹、云，工以清讴娱客，每得一解，即以草授诸儿，吾三人听之，为一笑乐。”后沈匆匆下世，陈病瘫在床，歌伎流落民间，晏几道曾多有怀念。如《破阵子》：

柳下笙歌庭院，花间姊妹秋千。记得春楼当日事，写向红窗夜月前。凭谁寄小莲。

绛蜡等闲陪泪，吴蚕到了缠绵。绿鬓能供多少恨，未肯无情比断弦。今年老去年。

又如《虞美人》：

秋风不似春风好。一夜金英老。更谁来凭曲阑干。惟有雁边斜月、照关山。

双星旧约年年在。笑尽人情改。有期无定是无期。说与小云新恨、也低眉。

在上述两首词中，作者表达了对往日恋情的追忆，对境遇的感伤，对歌女生活的描述和同情是他的词的主要内容。

除了这两首，晏几道还有两首有代表性的词作，一首是《临江仙》：

梦后楼台高锁，酒醒帘幕低垂。去年春恨却来时，落花人独立，微雨燕双飞。

记得小苹初见，两重心字罗衣。琵琶弦上说相思，当时明月在，曾照彩云归。

这首词即写与小苹的感情。词作层次分明，蕴藉深沉，对仗工整流畅，结拍二句含不尽之意于言外。全词流丽俊爽，闲雅沉静，为一时之冠。另外一首是《鹧鸪天》：

彩袖殷勤捧玉钟。当年拚却醉颜红。舞低杨柳楼心月，歌尽桃花扇影风。

从别后，忆相逢。几回魂梦与君同。今宵剩把银红照，犹恐相逢是梦中。

这首词写的是与歌女重逢时的情景，今昔互衬，悲喜交集，形象鲜明生动，当时曾广为传唱。

晏几道词也表现出对爱情的珍惜，如《木兰花》：

初心已恨花期晚，别后相思长在眼。兰衾犹有旧时香，每到梦回珠泪满。

多应不信人肠断，几度夜寒谁共暖。欲将恩爱结来生，只恐来生缘又短。

晏几道的阅历逐步加深，他在词作上由寻芳问艳开始转向描写歌伎的悲苦与酸辛，在一些词中将她们幽微的心理表现出来，并给予她们同情。如《浣溪沙》：

日日双眉斗画长。行云飞絮共轻狂。不将心嫁冶游郎。

溅酒滴残歌扇字。弄花熏得舞衣香。一春弹泪说凄凉。

在这首词中，作者在巧装细饰，争歌斗舞的背后，饱含着“不将心嫁冶游郎”的清醒的认识，而“一春弹泪说凄凉”更是将前面所有的欢笑歌舞一笔荡尽，更能彰显欢愉之后的辛酸。再如《菩萨蛮》：

哀筝一弄湘江曲。声声写尽湘波绿。纤指十三弦。细将幽恨传。

当筵秋水慢。玉柱斜飞雁。弹到断肠时。春山眉黛低。

在这首词作中，一些词值得注意，如哀筝、湘波、纤指、幽恨、断肠等词，给人以深深的联想，衬托出歌伎难以说出的那种怨恨，而“春山眉黛低”则将人情移于春山，活画出了一个低眉俯首而又胸含愁怨的歌伎形象。

总体来说，晏几道的词艺术手法多样。他很少使用铺陈的手法，而是善于用情景交融的手法营造出一幅令人回味的画面，而且章法多变，讲究起承转合，虽是小令，也显得波澜起伏。在语言上，往往将绮丽精工蕴含在自然朴素之中，寓意深长。

第二节　慢词的兴起与柳永的俚俗词风

从花间词形成的文人词传统的主要特点在于以小令为主的体裁。小令这种体裁比较短小，内容是有限的，并与之相呼应，在内容上也往往以抒情、含蓄为主。但是，由于词令短小，是不方便进行叙事的，因此，在词体结构上缺少起伏的变化。

北宋时期，柳永、张先等人开始考虑那些在民间流行的慢词长调，并根据这些慢词长调进行作词，二人合称“张柳”。但是，张先的慢词写作并不十分完整，并未将起伏的情绪包容进去，是一种纯正的《花间》小令写法，如用物暗示人物，结尾处用含蓄的手法将主旨显现出来。相比之下，柳永的慢词无论是在叙述景物，还是叙述事件，都能够层层递进，展现了文人的审美特点，也为词的发展开启了新的篇章与时代。

一、张先的词创作

张先（990—1078），字子野，乌程（今浙江湖州）人。宋仁宗天圣八年（1030年）考取了进士。张先有着强健的体魄和旺盛的精力，虽然在官运上不佳，但是人生还是非常顺利的。他喜欢流连风月，喜好歌舞，常常与酒做伴。他与很多词作者都有往来，如欧阳修、晏殊、苏轼等。他著有《安陆集》，存词165首。

张先被人称为“张三影”。张先对自然景物描写往往以轻柔的笔触来表现自然情景的朦胧美。如他的代表作《天仙子》：

水调数声持酒听。午醉醒来愁未醒。送春春去几时回？临晚镜，伤流景，往事后期空记省。

沙上并禽池上暝。云破月来花弄影。重重帘幕密遮灯，风不定，人初静，明日落红应满径。

这首词写的是作者临老伤春之情，“云破”一句是最为著名的，王国维这样说道：“整首词自然流畅，浑无间隔，即使放在整个宋词里来考察，可以称得上是词作中的上品。”

如前所述，张先喜欢歌舞与酒，所以他描写歌舞生活的词比较多。对于琵琶、胡琴等乐声的描写，有独到之处。对于歌舞的描写，显得非常的细腻生动。如《一丛花令·南吕宫》：

伤高怀远几时穷，无物似情浓。离愁正引千丝乱，更东陌、飞絮蒙蒙。嘶骑渐遥，征尘不断，何处认郎踪。

双鸳池沼水溶溶。南北小桡通。梯横画阁黄昏后，又还是、斜月帘栊。沉恨细思，不如桃杏，犹解嫁东风。

这首词描写的是歌伎的悲伤情怀，情景是非常细腻的，感情也是非常细致的，被人们传诵。作者将歌妓的生活与复杂的心理详细地描绘出来，据说晏殊看了之后也颇受感动。

对爱情的渴望和情人的思念，与春日的天气一般暖热。也有率真而迫切的。如《千秋岁》：

数声鶗鴂。又报芳菲歇。惜春更把残红折。雨轻风色暴，梅子青时节。永丰柳，无人尽日飞花雪。

莫把幺弦拨。怨极弦能说。天不老，情难绝。心似双丝网，中有千千结。夜过也，东窗未白凝残月。

这首词中，作者写出了因为伤春而感到自己的伤心，在迫切中饱含着一种决绝与悲愤之情。

张先也有一些词描写城市的湖山胜迹以及市井的繁华，为开拓词的题材做出了贡献。如《宴春台慢》写的是汴京的繁华：

丽日千门，紫烟双阙，琼林又报春回。殿阁风微，当时去燕还来。五侯池馆频开。探芳菲、走马天街。重帘人语，辚辚绣轩，远近轻雷。

雕觞霞滟，翠幕云飞，楚腰舞柳，宫面妆梅。金猊夜暖、罗衣暗裛香煤。洞府人归，放笙歌、灯火下楼台。蓬莱。犹有花上月，清影徘徊。

这首词写的是帝王之都宫殿的巍峨，王侯府第的华丽以及都市繁华的景象，与柳永这方面的词有近似之处。

总体来说，张先的词改变了词的有调主题的传统形式，使词的主体更加集中，题材的范围也在逐渐加大，因此非常具有实用性价值，其对词的发展的意义也是非常巨大的。

二、柳永的词创作

柳永（约 987—约 1053），原名三变，字耆卿，崇安人，是工部侍郎柳宜的少子。著有《乐章集》，传词近二百首。柳永早年即以词知名。柳永年少时候是非常快乐的，这在一些词作中可以体现出来，并在后来的词作中有很多的追忆情节，表达了他对汴京的眷恋之情。之后，他在汴京应试时为很多的歌妓填词，这得罪了当时著名的词人晏殊，之后落败。

后来有人推荐他，仁宗批了“且去填词”四字。仁宗的批语虽未必当真，但在当时却等于堵死了他的仕途。柳永在仕途被阻塞以后，选择了爱情与温情来对抗现实，体证生命。如《定风波》：

自春来、惨绿愁红，芳心是事可可。日上花梢，莺穿柳带，犹压香衾卧。暖酥消，腻云亸。终日厌厌倦梳裹。无那。恨薄清一去，音书无个。

早知恁么。悔当初、不把雕鞍锁。向鸡窗、只与蛮笺象管，拘束教吟课。镇相随，莫抛躲。针线闲拈伴伊坐。和我。免使年少，光阴虚过。

这首词中的青楼女子是十分单纯天真的，她希望锁住情人的马，留住他的心，然后督令他在书房读书作文，陪伴着他在一旁做女红，恩恩爱爱过日子。柳永把她的心理活动刻画得鞭辟入里，惟妙惟肖，自己也幻化成了词中的男主人公。“针线闲拈伴伊坐”，不是外在的消遣，而是内在的生命状态。所以，柳永词中的爱情，也不再是一种游戏和玩弄，而是双方都共同沉浸与分担的深挚的情感，所以才会那样的动人。因此，对于柳永，我们绝不能仅仅把他看成一个“无行浪子”，而应该从时代的高度看到宋人对世俗生命的重视。

与以往的词不同，柳永的词在题材上有了很大的突破。在他的词集中，有 40 多首是描绘城市的状况以及城市生活情景的，几乎占到了他的全部词作的 1/4，对当时的汴京、杭州、苏州、长安、成都等地都有描绘。这在当时是一个了不起的成就。如《抛球乐》：

晓来天气浓淡，微雨轻洒。近清明，风絮巷陌，烟草池塘，尽堪图画。艳杏暖、妆脸匀开，弱柳困、宫腰低亚。是处丽质盈盈，巧笑嬉嬉，争簇秋千架。戏彩球罗绶，金鸡芥羽，少年驰骋，芳郊绿野。占断五陵游，奏脆管、繁弦声和雅。

向名园深处，争抳画轮，竞羁宝马。取次罗列杯盘，就芳树、绿阴红影下。舞婆娑，歌宛转，彷佛莺娇燕姹。寸珠片玉，争似此、浓欢无价。任他美酒，十千一斗，饮竭仍解金貂赊。恣幕天席地，陶陶尽醉太平，且乐唐虞景化。须信艳阳天，看未足、已觉莺花谢。对绿蚁翠蛾，怎忍轻舍。

这首词写的是清明节的情景，以写景物为中心，同时，渲染出了浓厚的游兴气氛，营造出了欢乐协调而又生机无限的氛围；巷陌烟草，弱柳艳杏，宝马画轮，妙舞清歌，俨然是一幅活生生的《清明上河图》。在这方面最著名的是描绘杭州城市的景色和经济状况的《望海潮》：

东南形胜，三吴都会，钱塘自古繁华。烟柳画桥，风帘翠幕，参差十万人家。云树绕堤沙，怒涛卷霜雪，天堑无涯。市列珠玑，户盈罗绮，竞豪奢。

重湖叠巘清嘉，有三秋桂子，十里荷花。羌管弄晴，菱歌泛夜，嬉嬉钓叟莲娃。千骑拥高牙，乘醉听箫鼓，吟赏烟霞。异日图将好景，归去凤池夸。

这首词写的是杭州的湖光山色和繁华富庶，壮丽的自然景色和繁盛热闹的城市活动浑然作一，声色辉映，但它不像上面几首浓艳世俗，别有清秀逸丽之韵致。词作巨细互衬，动静交映，将“承平气象，形容曲尽”，发人悠然远想。

柳永的词在当时流传极广。柳永是北宋第一个专力写词的作家，在词的体制结构、表现手法以及语言风格等方面都有创新，对词的发展史有着突出的贡献。

第三节　一洗绮罗香泽之态：苏轼的开拓与贡献

苏轼（1037—1101），字子瞻，又字和仲，号东坡居士，世称苏东坡。眉州眉山（即今四川眉山）人。嘉佑二年（1057）与弟苏辙同登进士。授大理评事，签书凤翔府判官。熙宁二年（1069），父丧守制期满还朝，为判官告院。与王安石政见不合，反对推行新法，自请外任，出为杭州通判。后迁知密州（今山东诸城），又移知徐州。元丰二年（1079），罹“乌台诗案”，责授黄州（今湖北黄冈）团练副使，本州安置。哲宗立，高太后临朝，被复为朝奉郎知登州（今山东蓬莱）；任未旬日，除起居舍人，迁中书舍人，又迁翰林学士知制诰，知礼部贡举。元佑四年（1089）出知杭州，后改知颍州，知扬州、定州。元佑八年（1093）哲宗亲政，被远贬惠州（今广东惠阳），再贬儋州（今海南儋县）。徽宗即位，遇赦北归，建中靖国元年（1101）卒于常州（今属江苏），年六十五，葬于汝州郏城县（今河南郏县）。

苏轼是宋代文学最高成就的代表，在诗、词、散文、书、画等方面取得了很高的成就。其诗题材广阔，清新豪健，善用夸张比喻，独具风格，与黄庭坚并称"苏黄"；其词开豪放一派，与辛弃疾同是豪放派代表，并称"苏辛"；其散文著述宏富，豪放自如，与欧阳修并称"欧苏"，为"唐宋八大家"之一。苏轼亦善书，为"宋四家"之一；工于画，尤擅墨竹、怪石、枯木等。有《东坡七集》《东坡易传》《东坡乐府》等，与其父苏洵、其弟苏辙皆以文学名世，世称"三苏"。

在北宋词坛上，苏轼既继承了前人传统又突破了传统樊篱，将诗文革新运动扩大至词的领域，在原有词风的基础上实现了标志性的突破与创新，为词的进一步发展开拓了全新的境界。苏轼的词题材多样化，无论是豪放词、旷达词还是男女恋情词，都给后人留下了深刻的印象，令人回味无穷。

在苏轼众多的豪放词当中，《江城子·密州出猎》可谓是东坡平生第一快词：

老夫聊发少年狂，左牵黄，右擎苍，锦帽貂裘，千骑卷平冈。为报倾城随太守，亲射虎，看孙郎。

酒酣胸胆尚开张。鬓微霜，又何妨！持节云中，何日遣冯唐？会挽雕弓如满月，西北望，射天狼。

这首词作于宋神宗熙宁八年（1075），当时苏轼在密州（今山东诸城）任知州。词的上片叙事，下片抒情，气势雄豪，淋漓酣畅，一洗绮罗香泽之态，读之令人耳目一新。上片点出出猎的主题，描写围猎时的装束和盛况，揭示出词人"亲射虎，看孙郎"昂扬的精神状态。下片叙述猎后开怀畅饮，直抒胸臆，"持节云中，何日遣冯唐"用到了汉文帝时的一个典故。云中太守魏尚曾抗击匈奴有功，后来因小过失受罚，汉文帝派冯唐到云中郡，传旨赦免魏尚，恢复其官职。此处苏轼以魏尚自比，希望皇帝能早日委派自己担当戍边卫国的重任。词末尾的"会挽雕弓如满月，西北望，射天狼"则抒发了词人的爱国激情，"天狼"指天狼星，在古代星象学上被认为是主侵略的，词人把它当作敌人的象征，誓要狠狠消灭掉西北方的敌人。整首词韵调铿锵，气势雄浑，感情奔放，境界开阔，在偎红倚翠、浅斟低唱之风盛行的北宋词坛可谓别具一格，自成一体，对南宋爱国词有直接影响。

苏轼豪放词的代表作还有《念奴娇·赤壁怀古》：

大江东去，浪淘尽，千古风流人物。故垒西边，人道是，三国周郎赤壁。乱石穿空，惊涛拍岸，卷起千堆雪。江山如画，一时多少豪杰。

遥想公瑾当年，小乔初嫁了，雄姿英发。羽扇纶巾，谈笑间，樯橹灰飞烟灭。故国神游，多情应笑我，早生华发。人生如梦，一尊还酹江月。

这首词写于宋神宗元丰五年（1082）苏轼谪居黄州时，当时他已经四十五岁，因“乌台诗案”被贬黄州已两年余，心中有无尽的忧愁无从述说，于是四处游山玩水以放松情绪。正巧来到黄州城外的赤壁（鼻）矶，壮丽的风景令词人感触良多，因而写下此词。上片咏赤壁，下片怀周瑜，最后以自身感慨作结。起笔高唱入云，词境壮阔，在空间上与时间上都得到极度拓展，由如画的江山引出“一时多少豪杰”。据说词中所咏赤壁并非历史上三国大战的赤壁，词人只简单地用一个“人道是”，撇开历史客观事实的纠缠，以情为主，随心所欲抒发内心感情，使之奔腾不遏，豪放无羁。下片寥寥几笔为我们展示了一个英气风发的英雄人物，雄姿英发，春风得意，羽扇纶巾，儒雅自若，“谈笑间”便使得曹魏敌军“樯橹灰飞烟灭”，这是何等的英雄气概。紧接着，词人笔调一转，“多情应笑我，早生华发”，在与周瑜少年得志的强烈对比下，突出了自己年岁已大壮志难酬的悲哀处境。不过词的结尾又指出“人生如梦”，没必要执着于所谓的功名，所以词人“一尊还酹江月”，显露出了向来的旷达和豪放。

词作虽然少许透露出了壮志难酬的感慨，但却没有影响到整体的豪迈风格。

在苏轼一生创作的众多词作当中，豪放词并不占多数，反而是清雄旷达之作占据了大部分。如《定风波·沙湖道中遇雨》：

（三月七日沙湖道中遇雨。雨具先去，同行皆狼狈，余独不觉。已而遂晴，故作此词。）

莫听穿林打叶声，何妨吟啸且徐行。竹杖芒鞋轻胜马，谁怕？一蓑烟雨任平生。

料峭春风吹酒醒，微冷，山头斜照却相迎。回首向来萧瑟处，归去，也无风雨也无晴。

由上片的雨中情景过渡到下片的雨中所感，由景到情表现得自然贴切。“一蓑烟雨任平生”这句话有双重含义，从表面上来看，是指不在乎眼前的烟雨，而实际上是说不因眼前的宦海沉浮、仕途坎坷而改变自己的人生志趣。词的末句“也无风雨也无晴”同样具有双重含义，表意是说风雨过后天空阴晴不定，实则是说不以世俗的价值标准来衡量自己的人生，所以心中一片宁静。整首词表现出旷达超脱的胸襟，寄寓着超凡脱俗的人生哲思，读来清新脱俗，使人心胸开阔。

又如《水调歌头·明月几时有》：

（丙辰中秋，欢饮达旦，大醉，作此篇，兼怀子由。）

明月几时有？把酒问青天。不知天上宫阙，今夕是何年。我欲乘风归去，又恐琼楼玉宇，高处不胜寒。起舞弄清影，何似在人间。

转朱阁，低绮户，照无眠。不应有恨，何事长向别时圆？人有悲欢离合，月有阴晴圆缺，此事古难全。但愿人长久，千里共婵娟。

这首词以月起兴，与对弟弟苏辙的怀念之情为基础，围绕中秋明月展开想象和思考，把人世间的悲欢离合之情纳入对宇宙人生的哲理性追寻之中，反映了作者复杂而又矛盾的思想感情，又表现出作者热爱生活与积极向上的乐观精神。整首词充满了传统的乐观主义精神和旷达的人生情怀，思想深刻而境界高逸，充满哲理，是苏轼词的典范之作。

苏词语言上的“以诗为词”，为词的表现功能提供了更为广阔的空间，拓展了词的表现题材，加强了词的表现能力。苏词的章法句法、炼字炼意等语言表现方式，因内容不同而呈现出千姿百态，大大地开拓了词境，使词跳出花间旧格，驰骋纵横，无意不入，取得新颖变化的效果。如在苏轼的代表作《水调歌头》中的“明月几时有，把酒问青天”，此处化用的便是唐代诗人李白《把酒问月》中的“青天有月来几时，我今停杯一问之”二句，同样是这首词，“我歌月徘徊，我舞影零乱”也是化用的李白《月下独酌》中的“已悟化成非乐界，不知今夕是何年”二句。苏轼将诗语、文语、口语都巧妙地熔铸到词的内容和体式当中，达到了浑然天成的境界，寓意深刻，韵味无穷。

在词中大量使事用典，始于苏轼。词中使事用典，既是一种替代性、精练性的叙事方式，又是一种深婉含蓄的抒情方法。比如，《江城子·密州出猎》就具有较浓厚的叙事性和纪实性，词的上阕和下阕各运用到一个典故来写，写出猎打虎的过程并不是三言两语就能叙述清楚的，苏轼便巧妙地借用孙权射虎的典故来比喻自己的出猎打虎的飒爽英姿，言简意赅而形象传神，通过读者对孙权的想象达到再现自我的目的。词的下阕用“冯唐”故事来抚今追昔，通过人我对比，虚写历史事实，实喻内心抱负，虚实相生，寓意深刻。苏词中寓意深广的典故，使词的语言表现力得以扩展延伸，丰富和发展了词的表现手法，总揽万物，跨越古今，起到了深化语言内涵的作用，是苏轼在词的创作方面创造性的探索。

苏轼之前，词被视为小道，只是音乐的附属品和衍生物，音乐性占首位，注重合乐可歌，意不惊人但以歌取胜，只谈调名唱法而不言缘由寄托，可有可无的意蕴内涵若隐若现于字句的抑扬顿挫之中。词至苏轼，声色渐隐，性情大开，打破了原有形式和格律的束缚，标题小序正文，三位一体，达到了高度的统一，言情写景，无所不能，说理叙事，无所不包，词声被词意替代，作词开始重言外之意而轻韵内之声，这也是苏轼对词所做出的突出贡献和创新性的发展。

第四节　婉约与阳刚：秦观与贺铸的对立

随着苏轼以及其门下弟子在文坛的兴盛，秦观、贺铸等继苏轼之后以词著名，成为新一代词坛的代表人物。并且，秦观、贺铸二人的词风也存在明显的区别。在两宋时期的词人中，秦观一般被认为是婉约派的词人，很多人对其有过评价。同时，秦观往往被视作包含柳永词与苏轼词的特征的中间状态，集融合才子风情与雅士高雅为一体的诗人。

相比之下，贺铸的词作多达 280 首，数量与苏轼相媲美。在内容上，贺铸的词多为言志、抒怀、记游，几乎很多都可以作为他写作的主题。贺铸的词的风格也是多种多样的，有的婉约，有的豪放。

总体来说，两位词作者都为词的发展做出了一定的贡献。

一、秦观的词创作

秦观（1049—1100），字太虚，后改字少游，扬州高邮（今江苏高邮）人，学者号为淮海先生。他少年豪俊，胸怀壮志，攻读兵书，企求驰骋边疆，建不朽功业，但在 30 岁前却无意科举。他 37 岁时才中进士。熙宁末年（1077），曾到彭城（今江苏徐州）拜谒苏轼，为赋《黄楼赋》。苏轼赞其“有屈、宋才”（《宋史》本传），后经常来往，谊如师友，因苏轼推荐，曾为太学博士。后因苏轼等屡受迫害，连遭贬斥，他先后被流放到郴州（今属湖南）、横州（今广西横县）和雷州（今广东海康），死于滕州。秦观创作颇多，但“性不耐聚稿”，故所存不多。只有《淮海居士长短句》（又称《淮海词》《淮海琴趣》等）三卷，现共存词 80 多首。

秦观词的内容大致可以用“情”“愁”二字来概括。具体来看可以分为两个方面。

第一，表现爱情是秦观词的主要内容。这些词中虽然有个别的趣味低俗的作品，但大多数还是健康的，如追求真挚长久的爱情，表现对歌妓的同情，等等，而在这些词中，秦观又往往融入了自己的身世之感，即周济在《宋四家词选》中所说的“将身世之感，打并入艳情”。这类词约占秦观词的半数。如《满庭芳》：

山抹微云，天连衰草，画角声断谯门。暂停征棹，聊共引离尊。多少蓬莱旧事，空回首、烟霭纷纷。斜阳外，寒鸦万点，流水绕孤村。

销魂。当此际，香囊暗解，罗带轻分。谩赢得、青楼薄幸名存。此去何时见也，襟袖上、空惹啼痕。伤情处，高城望断，灯火已黄昏。

这首词写的是离别之情，极尽凄婉缠绵，秦观也因“山抹微云”一句而被称为“山抹微云”君。此词当时传唱极广。

第二，抒写迁离之苦，约有三四十首，主要表现了他后期迭遭贬谪的心境和离别之苦。如《八六子》：

倚危亭。恨如芳草，萋萋刬尽还生。念柳外青骢别后，水边红袂分时，怆然暗惊。

无端天与娉婷。夜月一帘幽梦，春风十里柔情。怎奈向、欢娱渐随流水，素弦声断，翠绡香减，那堪片片飞花弄晚，蒙蒙残雨笼晴。正销凝。黄鹂又啼数声。

这首词写的是离别之“恨”，而“怆然暗惊”则隐含着政治打击的沉重与无情。不能与“无端天与娉婷”的佳人相聚，只有“柳外青骢别后，水边红袂分时”的悲伤，而“夜月一帘幽梦，春风十里柔情”，“片片飞花弄晚，蒙蒙残雨笼晴。正销凝，黄鹂又啼数声”则正是思念的伤感情景。

总体来说，秦观一生仕途蹭蹬，大有伤心之处，这对他的词风也有影响。但是，秦观虽受花间派及柳永影响，又能师法苏轼，破其藩篱，终于使词真正显示出了婉约的风格。

二、贺铸的词创作

贺铸（1052—1125），字方回，原籍山阴（今浙江绍兴），生长卫州（今河南辉县），为宋太祖五代族孙。贺铸7岁起就从父亲学诗，文武双全，先是武官出身，哲宗元祐六年（1091）因苏轼等人的推荐而为承事郎，改为文阶。此后18年历任泗州、太平州通判等职。贺铸性格狂放耿介，故仕途蹭蹬。因其有奇才而无机遇，故而长期挣扎于仕隐之间，对污浊的现实多有抨击和批判。晚年退居苏州，自号庆湖遗老，潜心收集校注古书，成就斐然，最后卒于常州僧舍。贺铸著有《东山词》。

贺铸的词洋溢着浓厚的爱国情怀，下面从两首《小梅花》中可以看出贺铸的抱负以及壮志难酬。如：

缚虎手。悬河口。车如鸡栖马如狗。白纶巾。扑黄尘。不知我辈，可是蓬蒿人。衰兰送客咸阳道。天若有情天亦老。作雷颠。不论钱。谁问旗亭，美酒斗十千。

酌大斗。更为寿。青鬓常青古无有。笑嫣然。舞翩然。当垆秦女，十五语如弦。遗音能记秋风曲。事去千年犹恨促。揽流光。系扶桑。争奈愁来，一日却为长。

城下路。凄风露。今人犁田古人墓。岸头沙。带蒹葭。漫漫昔时，流水今人家。黄埃赤日长安道。倦客无浆马无草。开函关。掩函关。千古如何，不见一人闲。

六国扰。三秦扫。初谓商山遗四老。驰单车。致缄书。裂荷焚芰，接武曳长裾。高流端得酒中趣。深入醉乡安稳处。生忘形。死忘名。谁论二豪，初不数刘伶。

两首词用的是《小梅花》，题目都是借用古乐府旧题。

第一首的上阕写空有缚虎之力，口若悬河的文才，但困顿潦倒，有志难申；下阕写借酒浇愁，在黑暗与郁闷之中度日如年。以“缚虎手。悬河口。车如鸡栖马如狗”开端，以“揽流光。系扶桑。争奈愁来，一日却为长”为结，气脉贯通，章法跌宕生姿，以激愤之气推动，抒发了有才之士不得其遇的悲慨，刻画出一位疏狂放浪的志士形象。

第二首上阕感慨世事沧桑，对历史的价值、意义以及庸俗的功名利禄提出了质询；下阕讽刺了那些假隐士，经不起功名利禄的诱惑，纷纷为权贵驱驰，而称刘伶为“高流”，对其进行了赞扬。“谁论二豪，初不数刘伶”是说刘伶《酒德颂》中的贵介公子、缙绅处士这“二豪”最初不承认刘伶，但“生忘形，死忘名”的酒隐品格是最终为人敬仰的。全词兴味无穷，议论深沉，形象鲜明，情感豪纵壮浪，是宋词中的上品。

他的六首登临怀古之作也颇出色，这在当时对于词的题材的开拓也是有意义的。这些吊古之作，有时也表现出雄放之风。如《台城游》：

南国本潇洒。六代浸豪奢。台城游冶。襞笺能赋属宫娃。云观登临清夏。璧月留连长夜。吟醉送年华。回首飞鸳瓦。却羡井中蛙。

访乌衣，成白社。不容车。旧时王谢。堂前双燕过谁家。楼外河横斗挂。淮上潮平霜下。樯影落寒沙。商女篷窗罅。犹唱后庭花。

这首词的上阕首句总写，从大处落笔，后面五句连写陈叔宝的骄奢淫逸的生活，均有历史依据，最后一句则写陈灭亡时后主藏身井中的情景。下阕化用唐人诗句，由咏史而抚今，感慨历史的沧桑巨变。音韵响亮，情致洒脱放达。

另外，他的《芳心苦》也是非常典型的作品。如：

杨柳回塘，鸳鸯别浦。绿萍涨断莲舟路。断无蜂蝶慕幽香，红衣脱尽芳心苦。

返照迎潮，行云带雨。依依似与骚人语。当年不肯嫁春风，无端却被秋风误。

这首词作的通篇都在写荷花，而又时时流露出作者怀才不遇的感慨。上片前三句写出荷花生长的环境，透露出其寂寞与孤独；后二句深入一层，写出荷花的孤寂与落寞，“芳心苦”三字极其恰切而又生动地写出了荷花的愁苦心情，透显出词人怀才不遇的惆怅。下片前三句写出池塘傍晚的景色和荷花随风摇曳的情态，后二句是荷花向“骚人”所语的内容，一个“误”字，写尽了对秋风的怨恨和埋怨，而词人自伤情怀之意亦在其中。词风清新，在咏荷花中寄寓了深长的身世之感，让人叹惋沉思。

总体而言，贺铸词在艺术上有许多独到之处。从大的方面来看，他的词豪放的一面继承了苏轼的豪放词风，对南宋的爱国词人有相当的影响，其深情绵邈的柔婉一面又充分体现了婉约派的词风，并使二者有机地融合起来。因此，他的词风是多样化的。

第五节　北宋词殿军周邦彦及其他大晟词人

在北宋王朝没落之前，宋徽宗没有励精图治的志向，而是与同其他末代皇帝一样，纵情声色。由于宋徽宗具有较高的艺术修养，对音乐、绘画等非常钟情，因此设立了大晟府。大晟府是由皇家设立的一种音乐机构，其设立主要有两大任务，一是对古音进行讨论，对古调进行审定，并进行整理；二是发展引、近、慢曲，对词调展开丰富的创作。基于这两个任务，实质就是将词的地位从民间转向文人，之后再转向国家乐府。在大晟府中，有很多词人，他们通过自己的创作来使得词律更加规范，并且以自己的作品对词的创作、词坛的艺术风尚产生影响。在大晟府词人中，周邦彦是影响最大的。此外还与晁瑞、田为等人。这些人的作品被称作“大晟词”。

事实上，大晟词人的作品在风格、内容等层面并不完全是一致的，在成就上也存在明显的区别。另外，到了北宋的后期，词的创新步伐在逐渐减缓，这在一定程度上是因为苏轼、柳永的贡献，使得题材、词体等各个方面都呈现出了新的高度，一时间是很难超越的。

周邦彦（1056—1121），字美成，晚号清真居士，有堂名“顾曲”。浙江钱塘（今浙江杭州）人。著有《清真集》，又称《片玉集》。24岁时“布衣西上”（《西平乐》词序），入太学读书。但虽一赋而为学正，使其备感沮丧，于是他转而走马章台，流连坊曲。由于周邦彦不愿依附旧党，于元祐二年（1087年）被赶出太学，过了10年的漂泊州县的生活，其间词风发生变化，由善为小令转为工于长调，从失于软媚转为浑厚和雅，并开始创制新调。绍圣四年（1097年）被召还朝，任国子监主簿。徽宗政和七年（1117年），因妙解音律而进徽猷阁待制提举大晟府，为朝廷制礼作乐。周邦彦虽政治上较为显达，但主要是积官而得，不愿依附蔡京等人。

周邦彦词版本众多，有宋刻本《片玉集》10卷，今存词180多首，其中有相当一部分并不可靠。周邦彦的词句式整齐，格律谨严，后期词更是讲究平仄，甚至严守四声，极其适合配乐歌唱。他的词基本上写艳情和羁旅之愁，间或有描写时令、景物和咏史的作品，较有影响的词还是那些吟咏离愁别绪、男女之情和风花雪月的作品。

《少年游》写于太学读书时期，表现了他早期词作的风格：

并刀如水，吴盐胜雪，纤手破新橙。锦幄初温，兽烟不断，相对坐调笙。

低声问向谁行宿，城上已三更。马滑霜浓，不如休去，直是少人行。

这整首词明白简练，清丽自然，生动活泼，情见乎辞，反映的应该是当时上层社会的冶游生活。

当然，早期的周邦彦还会写一些艳词。如《风流子》：

新绿小池塘，风帘动，碎影舞斜阳。羡金屋去来，旧时巢燕；土花缭绕，前度莓墙。绣阁里，凤帏深几许？听得理丝簧。欲说又休，虑乖芳信；未歌先噎，愁转清商。

遥知新妆了，开朱户，应自待月西厢。最苦梦魂，今宵不到伊行。问甚时却与，佳音密耗，寄将秦镜，偷换韩香？天便教人，霎时厮见何妨？

这首词写于周邦彦为溧水县知县时。全词描绘的是相思怀人的苦闷，上片写黄昏听曲，于曲折中爱上了一位大家闺秀，可见忆念深挚；下片写渴望会面却无缘得见，只有想象意中人待月西厢的情景，无由相晤，即使在梦中也无法相见。

周邦彦的慢词也是非常出色的，在传达细腻情感的同时有着独特的间接，如《浪淘沙慢》：

晓阴重，霜凋岸草，雾隐城堞。南陌脂车待发，东门帐饮乍阕。正拂面、垂杨堪揽结。掩红泪、玉手亲折。念汉浦、离鸿去何许？经时信音绝。

情切，望中地远天阔。向露冷风清，无人处，耿耿寒漏咽。嗟万事难忘，惟是轻别。翠尊未竭，凭断云，留取西楼残月。

罗带光消纹衾叠，连环解，旧香顿歇。怨歌永，琼壶敲尽缺。恨春去，不与人期，弄夜色，空馀满地梨花雪。

这首词写的是怀念久别的恋人。全词层层递进，有柳永《雨霖铃》的风致，但是有比《雨霖铃》多了一份灵动之美。第一叠回忆分别时的情景，仿佛历历在目，中间一叠写自己深切的思念，情致缠绵，第三叠则将激荡于胸怀的思念情绪倾囊泄出。

总体来说，周邦彦的词主要有两大特点。

第一，周邦彦的词作建立了一套词的创作程式，其中重要的方式是从前人的诗词中寻找素材，通过化用前人的诗词来表现更新、更丰富的情感。如《西河·金陵怀古》：

佳丽地。南朝盛事谁记。山围故国绕清江，髻鬟对起。怒涛寂寞打孤城，风樯遥度天际。

断崖树，犹倒倚。莫愁艇子曾系。空余旧迹郁苍苍，雾沉半垒。夜深月过女墙来，伤心东望淮水。

酒旗戏鼓甚处市。想依稀，王谢邻里。燕子不知何世。入寻常，巷陌人家，相对如说兴亡，斜阳里。

这首词以刘禹锡《石头城》《乌衣巷》诗为基础，又化用了谢朓、杜牧等人的诗意，大有超越前人之处。

第二，周邦彦的词还极善铺叙和勾勒，如《六丑》，十分善于言情体物：

正单衣试酒，恨客里、光阴虚掷。愿春暂留，春归如过翼。一去无迹。为问花何在，夜来风雨，葬楚宫倾国。钗钿堕处遗香泽。乱点桃蹊，轻翻柳陌。多情为谁追惜。但蜂媒蝶使，时叩窗隔。

东园岑寂。渐蒙笼暗碧。静绕珍丛底，成叹息。长条故惹行客。似牵衣待话，别情无极。残英小，强簪巾帻。终不似一朵，钗头颤袅，向人欹侧。漂流处，莫趁潮汐。恐断红，尚有相思字，何由见得。

这是周邦彦的自度曲，不仅仅是伤蔷薇之作，还寄予深重的身世之感。“正单衣试酒，恨客里、光阴虚掷”是伤别，“愿春暂留，春归如过翼”

是伤春，伤别与伤春同为感伤，但又在一转之后相互生发。不仅在整体上呈现出严整中有所变化的特点，在后三句中更是蕴藏着三次转折：不敢有奢望，仅仅是愿春暂留，但春不稍停，而是“春归如过翼”，不仅春过，而且还是“一去无迹”。“为问”以下七句，则转写花落与国亡，二者融为一体，不可分割；后面的两句则写花落国亡之后，尚有多情者在。下阕开始转入写东园春尽后的岑寂状态，但又一叹三转，写离别情与相思苦。总之，词作含义丰富曲折，文人刻意制作的痕迹很浓，其中有很多可供模仿的程式。

在周邦彦的影响下，很多人供职于大晟府，如田为。田为，生卒年不详，字不伐，善琵琶，无行。政和末年供职大晟府典乐，宣和元年（1119）八月为大晟府乐令。他创制的慢词颇多，有《洋呕集》，今大部分不存，近人赵万里辑本，仅得词六首。王灼《碧鸡漫志》卷二以为：“田不伐才思与雅言（万俟咏）抗行”，并谓其“供职大乐，众谓乐府得人云”；又赞其“极能写人意中事，杂以鄙俚，曲尽要妙，当在万俟雅言之右”。

第九章　匠心巧运，意内言外：南宋词

1127年，金灭北宋，徽、钦二帝及宋朝皇室三千余人被掳北上。同年，赵构称帝于南京（今河南商丘），改元建炎，随即南渡，10年后定都临安（今杭州），历史掀开了南宋之页。强敌压境的半壁江山是南宋面临的新环境，社会生活的巨变带来词文学的改观，怀念故国、渴望收复中原成为南宋词的主旋律。苏辛豪放词风对南宋和金朝词人都有巨大影响。在逐渐偏安的社会环境中，周邦彦的典雅之风又在姜夔、吴文英等人手中有新的发展。

第一节　故国之念：南渡词人与李清照

一、南渡词人

所谓“南渡词人”，是指活动于南北宋之交、从北宋过渡到南宋的词人。他们的前半生是在徽宗朝畸形繁荣的社会中度过的，优裕的生活、享乐的心理，加之艳体的词体观念，使他们的词风呈现婉媚轻艳的特点。靖康之难后，民族的屈辱、残破的河山和词人们所经历的颠沛流离的生活改变了他们的风格，悲愤激切、忧患苦闷成为南渡词人新的主题。

南渡词人不论身份地位高低，山河破碎的剧变都使他们的心灵受到震撼。宋徽宗赵佶（1082—1135，自号教主道君皇帝）以帝王之尊降为阶下囚，金人将他与其子钦宗赵桓掳往北方五国城。他在北行路上见到杏花盛开，百感交集，写下《燕山事》词：

> 裁剪冰绡，轻叠数重，淡著燕脂匀注。新样靓妆，艳溢香融，羞杀蕊珠宫女。易得凋零，更多少、无情风雨。愁苦！问院落凄凉，几番春暮？
>
> 凭寄离恨重重，这双燕何曾，会人言语。天遥地远，万水千山，知他故宫何处？怎不思量，除梦里，有时曾去。无据，和梦也，

新来不做。

上片先写杏花的香艳，继写杏花的凋零，形成巨大的反差，已含有人事巨变之意。下片直抒亡国之悲。故国远在天外，只能梦中慰藉，却又新梦不成。心中悲苦千折百回。

南渡之后怀念中原、收复失地成为词中主旋律。宋翔凤说："南宋词人，系情旧京，凡言归路，言家山，言故国，皆恨中原隔绝。"（《乐府余论》）南渡前后李纲写下《水龙吟》《喜迁莺》等咏史词 7 首，皆围绕中兴之主雄才大略，平灭外侵或叛寇，强固国家统一的主题，借古喻今，实为上奏高宗，鼓励其收复河山信心的谏书。

南渡词人的风格前后变化巨大，如叶梦得（1077—1148）的词，早年"婉丽绰有温、李之风，晚岁落其华而实之，能简淡时出雄杰"（关注《题石林词》）。再如向子湮（1085—1152），早年作词主要学晏、欧、秦、柳，多花前月下的风致，南渡后写故国之思与隐居山水的感受。他还将南渡前后的词分别名之为《江北旧词》和《江南新词》，并"退江北所作于后，而进江南所作于前"（胡寅《酒边集序》），表现了南渡之后词体观念的变化。

朱敦儒（1081—1159），字希真，号岩壑，又称伊水老人，洛阳人。词集名《樵歌》，一名《太平樵唱》。南渡前隐居故里，《宋史·文苑传》称他："志行高洁，虽为布衣而有朝野之望。"追求的是清狂放逸的人生境界，如《鹧鸪天·西都作》：

> 我是清都山水郎。天教懒慢带疏狂。曾批给雨支风券，累上留云借月章。诗万首，酒千觞。几曾着眼看侯王。玉楼金阙慵归去，且插梅花醉洛阳。

黄昇称他这类词"有神仙风致"（《花庵词选》）。靖康之难打破了他的潇洒自在，他在携家南逃中历尽苦难，词风因而大变。如《采桑子》：

> 扁舟去作江南客，旅雁孤云。万里烟尘，回首中原泪满巾。碧山对晚汀洲冷，枫叶芦根。日落波平，愁损辞乡去国人。

此词抒发国破家亡的沉痛心情，充满悲凉凄苦之音。朱敦儒颇受后世推崇，如汪莘说："余于词，所爱喜者三人焉。盖至东坡而一变，其豪妙之气，隐隐然流出言外，天然绝世，不假振作。二变而为朱希真，多尘外之想，虽杂以微尘，而其清气自不可没。三变而为辛稼轩，乃写其胸中事，尤好称渊明。此词之三变也。"（《方壶诗余自序》）将他与苏轼、辛弃疾相提并论，似恐过誉。然而，朱敦儒词风南渡前后的变化在文人雅士中却具有典型意义。

张元幹（1091—1167），字仲宗，号芦川居士，长乐（今属福建）人，词集有《芦川词》。张元幹在南渡之前的"政和、宣和间，已有能乐府声"（周必大《跋张元斡送胡邦衡词》),生活上与朱敦儒的疏狂颇有相似之处,“百万呼卢,拥越女吴姬共掷”(《柳梢青》),更显豪奢。词的内容多在花间樽前,风格“极妩秀之致”(毛晋《芦川词跋》)。南渡后,词风转为慷慨激昂,如《贺新郎·送胡邦衡侍制》:

梦绕神州路。怅秋风,连营画角,故宫离黍。底事昆仑倾砥柱,九地黄流乱注。聚万落,千村孤兔。天意从来高难问,况人情,老易悲难诉。更南浦,送君去。

凉生岸柳催残暑。耿斜河,疏星淡月,断云微度。万里江山知何处?回首对床夜语。雁不到,书成谁与?目尽青天怀今古,肯儿曹,恩怨相尔汝。举大白,听《金缕》。

胡邦衡即胡铨,时为枢密院编修官,曾上书高宗请斩奸臣秦桧等三人之头以谢天下,因而得罪遭流放。张元斡不畏秦桧淫威,写下这首词为胡铨送行。词中激愤之情、忠勇之气令人感奋至极。

《芦川词》突出表现了爱国之情,报国之志,使词从闺阁绣帏走向时代风云际会的前沿。张元斡词的这种变化,受到时人的高度重视。曾几谓元斡词“岂以嘲风咏月者所可同日语”(《芦川归来集序》),蔡戡说元斡词“非若后世靡丽之词,狎邪之语……不为无补于世,又岂与柳、晏辈争衡哉”(《定斋集·芦川居士词序》)。

二、李清照

李清照(1084—1155),自号易安居士,山东济南人。生于仕宦门第,其父亲李格非,进士出身,耿直狷介,曾受知于苏轼,精通经史,官至礼部员外郎。其母王氏亦善诗文。李清照早慧,少时即以诗词知名,后与太学生赵明诚结婚,婚后夫妻恩爱。赵明诚是金石家,夫妻共同收集、研究金石书帖,可谓志同道合。赵明诚和李清照的关系也较为平等,对妻子的文学爱好和创作从不束缚限制,夫妻生活中充满了学术气氛和诗情画意,使李清照的创作得到了发展,也使她积累了丰富的艺术鉴赏和艺术审美经验。

但李清照结婚不久,李格非便被卷入了新旧党争,名字被刻于党人碑上,李清照随父回原籍,继而蔡京罢相,李清照又由原籍回汴京。后赵明诚的父亲因事入狱,赵家失势,赵明诚、李清照回山东青州赵氏故家居住了十余年,夫妻二人烹茶读书,情好弥笃。宣和三年(1121年),赵明诚知莱州,不久李清照也到任所随住。

靖康二年(1127年)三月,赵明诚赴建康奔母丧,八月知江宁府事。此年年底,青州兵变,李清照只身带15车金石书画南渡,在途经镇江时遇盗。建炎元年（1127年），赵明诚、李清照在家乡所存书画古器等十余屋被焚。建炎三年（1129年）赵明诚奉旨知湖州，此年八月卒于建康。李清照得到消息后悲恸欲绝，再加大病，“仅存喘息”。

绍兴二年（1132年）李清照居临安，因孤零无依，以49岁之年，于夏天改嫁监诸军审计司张汝舟。张汝舟婚后对李清照百般虐待，李清照不堪忍受，又发现张有贪赃罪行，遂告官并要求离异。按宋代法律，妻告夫即使属实也要判两年刑，张汝舟被判刑，李清照也入狱9天。后李清照漂泊于杭州、金华一带，度过了孤苦的晚年。宋刊《漱玉词》已散失，现在辑录的词有70多首。

李清照的词以南渡为界限分为前后两期。她的词作虽然有的很难编年，但从其情感上大致可以判断出属于哪一个时期。前期主要写她天真烂漫的少女生活和夫妻间的爱情，后期则多表现国破家亡的哀痛。前期的词如《点绛唇》塑造了一位顽皮活泼而又心思细致的少女形象：

蹴罢秋千，起来慵整纤纤手。露浓花瘦，薄汗轻衣透。见客人来，袜划金钗溜。和羞走，倚门回首，却把青梅嗅。

上片写荡完秋千的小憩场面，首句的“蹴”字却传出了运动时的节奏，使人想象得出她全身心投入，玩得痛快淋漓的样子。“露浓”句抓住了人、花的共同特点，做双关的比喻描写，既交代了夏日花园里绿叶茂盛、红花稀少的环境特点，又以沾了晶莹露珠的红花暗喻汗透轻衣的少女，使人、花映照，意境纯美。

下片写客人突来引起的慌乱。少女运动后衣冠不整，客人的突然闯入，封建礼教所形成的闺阁心理以及少女特有的好奇突然集合在一起，由此引起了一系列的戏剧性的冲突。“倚门回首，却把青梅嗅”一笔，尤为传神。词没有一笔从正面描绘她的容貌、服饰，而是通过一连串富于特征的动作，将少女天真、活泼、顽皮、娇羞可爱的性格，刻画得栩栩如生、活灵活现。又如：

卖花担上，买得一枝春欲放。泪染轻匀，犹带彤霞晓露痕。怕郎猜道，奴面不如花面好。云鬓斜簪，徒要教郎比并看。

（《减字木兰花》）

词作富有民歌风味。上片写买花、赞花。词人一反惯用手法，不以花喻人，而是以人喻花，春花像一位薄施脂粉、腮染红霞、面挂晓露的少女一样可爱，赋予春花以鲜活的生命，塑造了花人合一的形象。下片重在写人，写少女自信美丽又怕情郎误认花美，于是要斜插春花，在情郎面前，和春花一比高低。这种逞胜的心态，娇憨的做法，使人物平添了几分可爱。通过描写少女买花、簪花、比花以及对情人心理的猜测等一系列的活动，生动地刻画出一个青春少女的形象,更通过对这种性格的描绘、赞扬,表现了她对禁锢人性之礼教的挑战。

反映少女、少妇日常生活的如《如梦令》:

> 昨夜雨疏风骤,浓睡不消残酒。试问卷帘人,却道海棠依旧。知否,知否,应是绿肥红瘦。

小令描述了一个完整的生活小故事,化用了孟浩然《春晓》,在一问一答中极为细腻地表现了惜春的情感。尤其是“绿肥红瘦”四个字,被誉为“人工天巧”。四字设喻新颖、贴切,“红”“绿”以颜色代替叶子和花,“肥”“瘦”以形态突出叶子和花的特点,将风雨后绿叶肥茂、红花凋残的暮春景象描摹得宛然如见,不仅刻画了生动的意象,创造了完整的意境,而且传神地表达了女主人惜春怜花的细腻感受;“肥”字化俗为雅,凸显了雨后叶子大而滋润的神态,产生了生气勃勃的艺术效果,给人以绿油油、鲜灵灵的感觉。

表现对丈夫的离别相思也是李清照前期词的重要内容。如《醉花阴》:

> 薄雾浓云愁永昼,瑞脑销金兽。佳节又重阳,玉枕纱厨,半夜凉初透。东篱把酒黄昏后,有暗香盈袖。莫道不销魂,帘卷西风,人比黄花瘦。

上片写词人在重阳节一天的生活感受。先写室外天气的阴霾暗淡,以“愁”字映照全词,然后转用曲笔写室内,将重阳节阴郁迷离的氛围渲染得酣畅淋漓。下片写黄昏饮酒赏菊,在人与黄花的比较中,突出了词人的相思之情。而“人比黄花瘦”即景取譬,振起全篇,醒明题旨,将全词的抒情色彩提到了新的境界,成为古今同赏的精警之句。“莫道不销魂,帘卷西风,人比黄花瘦”三句,已成为思念爱人的经典名句。

李清照后期的词主要表现因国破家亡和个人的不幸遭遇带来的种种悲苦,在艺术上更加成熟,她以女性特有的敏感的心灵,将国破家亡的沉痛,夫死流离的伤悲与孤寂表现得深切动人。例如,《声声慢》:

> 寻寻觅觅,冷冷清清,凄凄惨惨戚戚。乍暖还寒时候,最难将息。三杯两盏淡酒,怎敌他晚来风急?雁过也,正伤心,却是旧时相识。满地黄花堆积,憔悴损,如今有谁堪摘?守著窗儿,独自怎生得黑!梧桐更兼细雨,到黄昏,点点滴滴。这次第,怎一个愁字了得!

故国之痛、乡土之思、亡夫之哀、飘零之苦,一时俱发,在低回婉转中,喷薄而出,有不禁之势。该词是千古激赏的名词,将种种感受融合为一天的生活实录,富有个性又深寓时代苦难的深悲剧痛。词分三层。第一层开篇总写心情凄惨,七组叠字一气而下,流利浑成,层次分明,有惊心动魄之感而又无雕琢痕迹。从“乍暖”到“点点滴滴”为第二层，是借景抒情。词作已不分上下片，而是一气贯注，以富有愁悲含义的意象组成典型环境，反复渲染愁情。其中，有天之冷暖与体质羸弱的对比，有天气多变与时局多变的映衬，有风雨凌侵与身世的凄苦，有“憔悴损”、孤苦无依之悲以及雨打梧桐与不耐凄凉的景象。淡酒、雁、黄花、梧桐、细雨等意象层层聚积，使秋意与悲情合二为一。最后两句为全词的第三层，直抒胸臆，愁思无穷，“这次第”三字一笔收住，有满纸呜咽之感。她的代表作《永遇乐》还表现了对现实的不满和对国家的关切：

> 落日熔金，暮云合璧，人在何处？染柳烟浓，吹梅笛怨，春意知几许。元宵佳节，融和天气，次第岂无风雨？来相召，香车宝马，谢他酒朋诗侣。中州盛日，闺门多暇，记得偏重三五。铺翠冠儿，撚金雪柳，簇带争济楚。如今憔悴，风鬟雾鬓，怕见夜间出去。不如向帘儿底下，听人笑语。

这是李清照晚年流寓临安（今杭州市）时以元宵为题所写的一首慢词。全词通篇对比，从今到昔，又从昔返今，层层展开，抒写家国身世之悲，将两种元宵佳节，两种人物心情抒写得酣畅淋漓，因此，映衬出对国事的关心。上片将元夕乐景和词人寂寞愁苦情怀做了四层对比。前三层是三组排比句，每组前两句为工整对偶，描绘景色，后一句写情。在对句描绘中对美景做了强烈否定，形成鲜明反差。“次第岂无风雨”则是疑惧世事难料，将词人的悲己与忧国融为一体，在铺叙与反诘句中使得词作在情绪上跌宕起伏。下片是今昔对比，先写汴京元夕的盛况，然后以“如今”作一顿转，抒伤今之怀。全词可谓处处对比，而又自然妥帖，不言悲而悲极，极具感染力。

另外，李清照还写出了像《渔家傲》这样的具有求索精神和豪放风格的词：

> 天接云涛连晓雾，星河欲转千帆舞。仿佛梦魂归帝所，闻天语，殷勤问我归何处。
>
> 我报路长嗟日暮，学诗谩有惊人句。九万里风鹏正举，风休住，蓬舟吹取三山去。

词作抒发了李清照对世路漫长崎岖、自己临日暮而壮志未酬的感慨，对自己文学才能感到自豪，一个“谩”字，力透纸背，将自己的苦闷倾囊泄出，也对不合理的现实做了有力控诉。她的《夏日绝句》则直如英雄豪杰：“生当作人杰，死亦为鬼雄。至今思项羽，不肯过江东。”豪放悲壮，掷地有声，气概不让须眉。

李清照对于婉约词的发展有一定的贡献。词至北宋，风行渐广，由小令而慢词，大家辈出，词的黄金时代来临。但柳永、苏轼对词的改革使文人词处于由“正”到“变”的十字路口，引起了词坛上的一场争论。李清照站在正统派立场，写下了著名的《词论》。

《词论》提出了词“别是一家”的主张，历数诸家的瑕疵，虽有保守倾向，但对词的创作提出了更高标准，并在创作实践中继承了北宋婉约派的特点。清代沈谦之《填词杂说》谓“女中李易安，极是当行本色”。李清照作为“当行本色”派作家，严守诗词之辨，注重词体特质的独立性，并不是轻视词体，更不是以词为“小道”，而是尊重词，提高词的地位，使之不沦没于诗，使之作为一种独立文体与诗分庭抗礼。在这种思想的指导下，李清照广取诸家之长，更好地发展了婉约词的特点，使婉约词的创作呈现出了新的面貌。在词的内容上，李清照比前人有所突破。

首先，她以女性作家的身份写女性情感，写闺情、友情、爱情、夫妻之情，清真自然，委婉细腻，情真意切，无所矫饰。她笔下的抒情主人公形象，大部分是词人的自我写照，有的摄入了她熟悉的形象，经过艺术加工，都是具有各自特色的典型形象，具有独特的真实性、深入性和新颖性，是活生生的真灵魂，绝无男性词人笔下女性形象的矫饰和作态。如《如梦令・常记溪亭日暮》中的少女、《减字木兰花・卖花担上》中那个要在情郎面前与花比美的少女、《浣溪沙・绣面芙蓉一笑开》中那个“眼波才动被人猜”的多情少女、《添字丑奴儿・窗前谁种芭蕉树》中的“北人”，都是这样。应该说，词这种“女性文学形式”到了李清照的手里焕发出了其应有的光辉。

其次，她生逢乱世，善于结合个人身世，不仅抒写了乡愁哀思，表达爱国情怀，也反映时代动荡，对拓展婉约词的题材领域具有莫大的意义。

在词风上，李清照取前人之长，结合自己的生活经历和女性独有的特点，创立了既委婉含蓄，又亲切直率的独特艺术风貌。

首先，李清照的词给人最突出的感觉是亲切感人，词人把自己的所见所闻、所思所感都真诚地袒露出来，无隐瞒，无伪饰，使人读之如面对挚友亲人，仿佛促膝谈心，完全可以了无遮拦地进入对方的心灵世界。如《摊破浣溪沙》：

病起萧萧两鬓华，卧看残月上窗纱。豆蔻连梢煎熟水，莫分茶。

枕上诗书闲处好，门前风景雨来佳。终日向人多蕴藉，木犀花。

这首词是李清照病后静养生活的记录。上片写病后的形象及调养情况，笔调朴实无华。下片写词人病愈后所见到的美好景象和美好的感受，枕上看书、门前观雨、闲里赏花，欣喜愉悦等小情态宛然如在眼前。再如《临江仙》（并序。欧阳公作《蝶恋花》，有“深深深几许”之句，予酷爱之。

用其语作“庭院深深”数阕,其声即旧临江仙也):

庭院深深深几许,云窗雾阁常扃。柳梢梅萼渐分明。春归秣陵树,人客远安城。

感月吟风多少事,如今老去无成。谁怜憔悴更凋零。试灯无意思,踏雪没心情。

此词应是李清照南渡后在建康时所作。上片写江南早春景象,“常扃”二字,透显出景色和心情的封闭压抑与冷漠孤寂。下片直抒胸臆。“感月”二句作今昔对比,在叹老声中深寓了伤国之情。最具特色的是结句,其以淡语出之,用“无意思”“没心情”这种最朴实的口语将“试灯”“踏雪”两件最令人惬意的乐事予以否定,将词人的神思倦怠、心灰意冷的心态描绘得十分生动。词作自叙心曲,写得浅近自然而意味无穷,犹如日记,使人读之如晤其面。

其次,在铺叙中营造曲折巧妙的章法布局。李清照的词多数都运用了铺叙的手法,词的结构较为曲折,在情绪上往往波澜起伏,回旋往复,呈现出强烈的立体感。如《声声慢》,仿佛是南渡后一天的生活实录,娓娓道来。在物象上,以内心感受为顺序,将晓风送寒、小饮遣愁、闻雁伤心、懒摘黄花、终朝凝愁、雨滴梧桐层层铺叙出来,在情感上,把南渡后的故国之恸、乡土之思、亡夫之哀、飘零之苦融合为一个有机的立体情感世界,充分表现出在铺叙中融情于景,营造曲折巧妙的章法布局的特点。

李清照的词还善于化用清新朴素、自然雅致的口语,以浅近之语,发清新之思,善于调动比喻、拟人、夸张等各种修辞手法,并充分运用白描的艺术方法,如《武陵春》“风住尘香花已尽”,甚至有民歌的某些特点。例如:

旧时天气旧时衣。只有情怀不似,旧家时。

(《南歌子》)

知否,知否,应是绿肥红瘦。

(《如梦令》)

此情无计可消除,才下眉头,却上心头。

(《一剪梅》)

这样的例子俯拾即是,而尤以《声声慢·寻寻觅觅》为最,几乎全词都是浅语,但有深情无限。这一特点充分说明了李清照词的语言造诣。李清照的词还声律和谐,富有音韵之美。她非常重视词的音律和节奏及变化,对于双声叠韵、对句也极为重视。这不仅增添了词的音韵美,对于表达感情,也是必不可少的。李清照将上面的两者几乎是完美地结合在了一起。

总体来看，李清照词继承了秦观等人的婉约词风，但她又能破其藩篱，无论从词境的营造还是语言的使用上，都可以看出她在传统的婉约词风的基础上发展出清真自然的风格。李清照的词，从实质上讲，是从她的感性生命的深处自由流溢出来的心音。

第二节　雄豪悲壮、慷慨激昂：辛弃疾与辛派词人

一、辛弃疾

辛弃疾（1140—1207），原字坦夫，后改字幼安，号稼轩，原籍甘肃狄道（故址在今甘肃临洮），出生于金国初期的济南府历城县。辛家世代仕宦，先世曾任武职，祖父知开封府。祖父辛赞因“以族众拙于脱身”，被污仕金，但他常怀念故国，领辛弃疾等人登高望国，鼓励辛弃疾等人归正，“以纾君父不共戴天之愤”（《进美芹十论扎子》）。辛弃疾自幼受家庭的影响，老师的教诲，又深受儒家思想的熏陶，具有强烈的爱国热情。依照祖父的安排，辛弃疾曾先后两次赴燕京参加进士考试，目的却是探查金人统治中心的虚实，为将来起事做准备。

绍兴三十一年（1161年）九月，金主完颜亮大举南侵，金国后方军民趁机“屯聚蜂起”，纷纷起义，其中，济南农民耿京的农民起义军声势最大，很快发展到了几十万人。此时，辛弃疾22岁，也毅然组织族亲民众两千人起义，并同奔耿京，任掌握全军文告的掌书记之职。辛弃疾的朋友义端和尚经辛弃疾动员也归属了耿京，后来义端偷取耿京大印逃往金营，被追捕处决。其后，辛弃疾代表义军与南宋联系，并呈述大计，引起了高宗的重视。当他北归时，耿京已被叛徒张安国谋害，并劫持了部分义军归金。辛弃疾邀请王世隆等人，率50余人突入5万人的金营，将叛徒张安国缚于马上，并当场号召上万义军反正，渡淮归附南宋。“壮声英概，儒士为之兴起，圣天子一见三叹息”（洪迈《稼轩记》）。辛弃疾的这一作为，振奋了当时的南宋。

辛弃疾富有政治头脑和军事才能。南归初期，辛弃疾任江阴签判，在主战派虞允文受孝宗重用时，辛弃疾于乾道元年（1165）写《美芹十论》献给宋孝宗，分析敌我形势，提出北伐措施，极具见地。5年后，辛弃疾在建康通判任上又向朝廷上《论阻江为险须藉两淮疏》和《议练民兵守淮疏》，对淮南重要的战略地位以及依靠民兵巩固两淮防务的重要性进行了

论证。辛弃疾将抗战北伐的期望寄托在曾战胜过金人的宰相虞允文身上，向他呈上了有名的北伐计划书——《九议》。《九议》分析了宋、金形势，有力地批驳了苟安妥协的思想，提出了具体的政治、军事见解。但因“持论劲直，不为迎合”（《宋史》本传），没有被朝廷采纳。

辛弃疾还在自己的任上进行了切实有效的准备工作，他曾经历任滁州知府，江东、江西、京西、湖北、湖南、两浙、福建等地安抚使、转运副使、提点刑狱等职，做了很多好事。如“宽征薄赋，招流散，教民兵，议屯田”（《宋史·辛弃疾传》），还不顾众议，“起盖寨栅、招步军二千人，马军五百人”，创建了一支“飞虎军”（《宋史·辛弃疾传》）。但宋金对峙渐趋稳定，主和派一直占据上风，再兼辛弃疾是所谓的“归正”人员，一直得不到信任，南宋政府只是利用其才能来治理地方。辛弃疾多年担任地方大员，才具卓越而又刚正不阿，因此得罪了不少权贵，处境孤危。开禧三年（1207），辛弃疾在悲愤中死去。

清代陈廷焯在《白雨斋词话》中赞叹辛弃疾说：“辛稼轩，词中之龙也！”（卷一）实不为过。《稼轩词》存词620多首，虽然有闲适词、农村词和艳情词等，但抗战词是其最主要的部分，他以词为武器来表达自己强烈的爱国热情，将苏轼开启的豪放词发展到了一个新的高峰。

在内容上辛词最突出的特征是以慷慨悲歌、壮志难酬但又乐观豪放的情绪来表现其强烈的爱国热情和对投降派的憎恶。翻阅《稼轩词》，触目都是这类词句，如《鹧鸪天》，前面的小序说：“有客慨然谈功名，因追念少年时事，戏作。”下阕这样写：“追往事，叹今吾，春风不染白髭须。却将万字平戎策，换得东家种树书。”约作于庆元六年（1200）辛弃疾罢居瓢泉时。上片回忆突击金营的英雄往事，下片由叙事转抒情，豪迈陡转悲凉，结韵写出南渡后壮心抱负落空的落寞。《满江红》下阕写道：

层楼望，春山叠。家何在，烟波隔。把古今遗恨，向谁说。蝴蝶不传千里梦，子规叫断三更月。听声声，枕上劝人归，归难得。

由上片的春愁引入乡愁、古今家园愁，以蝴蝶梦、子规啼层层烘托，含蓄而深沉，满含着对广大中原地区的怀念。

《破阵子·为陈同甫赋壮词以寄》的情感就更为激烈：

醉里挑灯看剑，梦回吹角连营。八百里分麾下炙，五十弦翻塞外声。沙场秋点兵。马作的卢飞快，弓如霹雳弦惊。了却君王天下事，赢得生前身后名。可怜白发生！

这首词约作于与陈亮唱和《贺新郎》之后不久，辛疾弃时任福州知府兼福建安抚使。开篇虚拟，亦“醉”亦“梦”，写出沙场点兵之豪迈气概。

继之写激烈的战斗场景，征尘劈面，气势逼人。词作接连用挑灯看剑、连营吹角、麾下分炙、弦翻塞声、的卢飞快、霹雳弦惊等一系列意象，表现了将军点兵待发的勇武气概。结构也很特别，传统写法是上片主要写景，下片主要抒情，而辛弃疾打破了分片的限制，从开头到“赢得生前身后名”，形成了一组内容完整、意境清晰的画面。最后写“可怜白发生”，梁启超说：“无限感慨，哀同父，亦自哀也。”（《艺蘅馆词选》）将词的情感提高到了一个新的层次。

辛弃疾也时借古人的遭际来抒写心中的不平，表达有国难复的悲慨。如《八声甘州》：

（夜读李广传，不能寐。因念晁楚老、杨民瞻约同居山间，戏用李广事，赋以寄之）

故将军，饮罢夜归来，长亭解雕鞍。恨灞陵醉尉，匆匆未识，桃李无言。射虎山横一骑，裂石响惊弦。落魄封侯事，岁晚田间。谁向桑麻杜曲，要短衣匹马，移住南山。看风流慷慨，谈笑过残年。汉开边，功名万里，甚当年，健者也曾闲。纱窗外，斜风细雨，一阵轻寒。

小序交代写作缘由，“戏作”丝毫不戏，非思古幽情，实在申诉不平。上片引述李广故事，将胸中块垒和盘托出，与落魄英雄同声共气。下片起高扬之调，抒不屈之壮士怀抱。“汉开边”以下则直指昏君佞臣，意在讽今。末句以景结情，摧刚为柔，不仅余韵不绝，更透显出词人胸间的悲凉和惆怅。辛弃疾时时感到自己的责任重大。如《生查子·题京口郡治尘表亭》：

悠悠万世功，矻矻当年苦。鱼自入深渊，人自居平土。红日又西沉，白浪长东去。不是望金山，我自思量禹。

以大禹自比自励，将恢复故国视为己任。《菩萨蛮·书江西造口壁》则表现出伤心与坚忍的情绪：

郁孤台下清江水，中间多少行人泪。西北望长安，可怜无数山。青山遮不住，毕竟东流去。江晚正愁余，山深闻鹧鸪。

上片分写山水，由清江之水而及人之清泪，诉不尽的国耻民辱，书不完的伤心泪史；写山则暗用唐代李勉“望阙”之意，寓万劫不易的耿耿忠心。下片山水合写，以不停的江流喻时光的易逝，时事的变易。最后两句写晚闻鹧鸪，更衬托出国愁与乡愁，意境更加沉郁。全词忠愤填膺，悲壮与深婉共同蕴藉其中。

勉励友人也是辛词的一个重要内容。例如：

唤双成，歌弄玉，舞绿华。一觞为饮千岁，江海吸流霞。闻道清都帝所，要挽银河仙浪，西北洗胡沙。回首日边去，云里认飞车。

（《水调歌头·寿赵漕介庵》）

鹏翼垂空，笑人世，苍然无物。还又向，九重深处，玉阶山立。袖里珍奇光五色，他年要补天西北。且归来，谈笑护长江，波澄碧。

（《满江红·建康史致道留守席上赋》）

在表现爱国热情的词作中，《永遇乐·京口北固亭怀古》《水龙吟·登建康赏心亭》《摸鱼儿》（淳熙己亥，自湖北漕移湖南，同官王正之置酒小山亭，为赋）等是其代表作。《永遇乐》写于镇江知府任上。面对江山而发浩叹，气势颇似苏轼的《赤壁怀古》。词作缅怀古来业绩，叹英雄无觅，比较两段北伐史实，引出教训，显示出偏安一隅之可悲。以廉颇自比，以示自己老当益壮之志，并对朝廷不用抗金人士感到愤懑。《水龙吟》作于建康通判任上。词作借古讽今，以"闲愁"启"国愁"，面对六朝兴亡的历史遗迹感慨今昔，抒写深沉的国忧，把酒临江，感叹英雄无用武之地，对苟安的现状无比愤懑。除此以外，辛弃疾还写了一些闲适词、农村词和爱情词。

辛词的艺术成就是多方面的，既有雄劲豪放的主题风格，也有缠绵悱恻的一面，有时还将二者较好地融合起来。在艺术上，辛弃疾最突出的特点是创造出雄奇廓大的意境，"气魄极雄大，意境却极沉郁"（陈廷焯《白雨斋词话·卷一》），深刻地指出了辛词最突出的审美特征。如著名的《永遇乐·京口北固亭怀古》：

千古江山，英雄无觅，孙仲谋处。舞榭歌台，风流总被，雨打风吹去。斜阳草树，寻常巷陌，人道寄奴曾住。想当年金戈铁马，气吞万里如虎。元嘉草草，封狼居胥，赢得仓皇北顾。四十三年，望中犹记，烽火扬州路。可堪回首，佛狸祠下，一片神鸦社鼓。凭谁问廉颇老矣，尚能饭否？

这首词作于开禧元年（1205年），时在镇江知府任上。词人于3月到任后，立即积极投入备战工作，希望能够实现北伐抗金的夙愿。

京口即今江苏镇江，北固亭在镇江城北北固山上。北固山下临长江，形势十分险要。此词堪称豪壮悲凉的怀古词之杰作。上片面对壮丽江山而大起浩叹，起句气势宏大，与苏轼的赤壁怀古词有相似之处。通过对古代英雄业绩的深沉缅怀，既表现了词人对历史上英雄人物的无限向往，也表现了他企盼杀敌报国实现夙愿的心意。下片对一成一败的两段北伐史实加以比较，引出深刻的历史教训，警示今人，应当充分备战。对43年来的抗金形势进行了回顾，对今日抗金意志的衰退表示了深沉的惋惜和愤澹。最后以老将廉颇自比，显示出自己的老当益壮和有志报国的情怀，也表现了对南宋朝廷不能重用抗金人才的痛惋。词作用典丰富，虽增加了理解的难度，但也大大地扩充了词的容量，对熔铸词的刚健雄奇的风格起到了很大的作用。词境高远苍劲，雄浑开阔，正是辛词的典型代表。

在辛词中，许多物象一扫前人词作的柔婉，显得刚劲挺拔，甚至大有超越唐诗之处，完全突破了所谓的“诗庄词媚”的观念。如《贺新郎·用前韵送杜叔高》：

细把君诗说。怅余音，钧天浩荡，洞庭胶葛。千尺阴崖尘不到，惟有层冰积雪。乍一见，寒生毛发。自昔佳人多薄命，对古来、一片伤心月。金屋冷，夜调瑟。去天尺五君家别。看乘空，鱼龙惨淡，风云开合。起望衣冠神州路，白日销残战骨。叹夷甫，诸人清绝。夜半狂歌悲风起，听铮铮，阵马檐间铁。南共北，正分裂。

词作于淳熙十六年(1189)，闲居上饶时。杜叔高是浙江金华人，其家兄弟5人都博学工文，人称“金华五高”。辛弃疾十分赏识杜的诗集，其声律之美和境界之高都获好评。上片写杜叔高之才情品格，并论其不得意的处境。下片劝其立足点当高，放眼形势，勉励其为国效命，担当重任。“夜半”以下，亦宾亦主，或诗或歌，阵风铁马，激怒发愤，悲思如潮，只缘于南北大分裂，结尾收煞极其有力。整首词意象奇崛刚劲，风格沉郁雄浑，苍凉悲壮。

辛词善于以吊古伤今、登高怀远、运用典故的方式来营造廓大的词境。如《水龙吟·登建康赏心亭》：

楚天千里清秋，水随天去秋无际。遥岑远目，献愁供恨，玉簪螺髻。落日楼头，断鸿声里，江南游子。把吴钩看了，栏杆拍遍，无人会，登临意。休说鲈鱼堪脍，尽西风，季鹰归未？求田问舍，怕应羞见，刘郎才气。可惜流年，忧愁风雨，树犹如此！倩何人，唤取红巾翠袖，揾英雄泪？

此词体现了辛词的早期风貌。上片写山水之势，雄浑清丽而又富有绵长顿挫之致。“落日”七句，背景廓大苍凉，凸显出一位孤寂而又不倔强的爱国者形象，给人以一气呵成之感。下片抒壮志难酬的情绪，委婉曲折而又悲情四涌，在一波三折中反复唱叹，给人以荡气回肠之感。此词既有登高，又有怀远，既吊古又伤今，但悲中见壮，伤感中寄寓豪放，在绵延低回中尽显英雄气概，实有“词中之龙”的气象。

辛词有时也有缠绵悱恻的情调。如《祝英台令·晚春》：

宝钗分，桃叶渡。烟柳暗南浦。怕上层楼，十日九风雨。断肠片片飞红，都无人管，倩谁唤，流莺声住。鬓边觑，试把花卜归期，才簪又重数。罗帐灯昏，呜咽梦中语。是他春带愁来，春归何处。却不解，将愁归去。

写闺中思妇卜花盼归，才簪重数，体味神态心理深刻细腻，文笔传神。全词盘旋吞吐，反复渲染，深得柔婉含蓄之趣。有人说此词也有所寄托，上片喻国事日非，下片喻恢复无期，并非没有道理。

辛弃疾在一定意义上可以说是宋词的集大成者。辛词不仅取法豪放和婉约两派，还兼及六经、楚辞、庄子及前代诸诗人，其语言也是熔经铸史，兼取前代诗人、词人之长，《稼轩词》中，各种词体几乎无所不备，在中国词史上只有辛弃疾一个人达到了这种境界。宋词到了辛弃疾的手中更加成熟，单以表现手法而论，他的词可谓词坛之冠。所以，如果说苏轼是为词立法，辛弃疾则是集宋词之大成了。

辛弃疾词出现之后，立即吸引了一批追随者，他们成为一个声势浩大的爱国词派，历史上称为辛派词人。其中主要有陈亮、刘过、韩元吉、杨炎正、刘克庄、刘辰翁等。陈亮的《龙川词》、刘克庄的《后村别调》、刘辰翁的《须溪词》都较有影响。

二、辛派词人

陈亮（1143—1194），字同甫，号龙川，有《龙川词》。他是辛弃疾的好友，也是辛派词人中的重要作家。

陈词在题材以及情感方面与辛词大致相似，表现技法也颇多接近之处。《念奴娇·登多景楼》是他“以词为文”的代表作：

危楼还望，叹此意，今古几人曾会？鬼设神施，浑认作，天限南疆北界。一水横陈，连冈三面，做出争雄势。六朝何事，只成门户私计。因笑王谢诸人，登高怀远，也学英雄涕。凭却长江管不到，河洛腥膻无际。正好长驱，不须反顾，寻取中流誓。小儿破贼，势成宁问强对！

喜用典故也是陈词的特点之一，如《水调歌头·和赵周锡》：“安识鲲鹏变化，九万里风在下，如许上南溟！斥鷃旁边笑，河汉一头倾。”用的是《庄子·逍遥游》中的寓言。对于口语，陈词也有吸收，如《洞仙歌·丁未寿朱元晦》：“许大乾坤这回大。向上头些子，是雕鹗抟空，篱底下，只有黄花几朵。”在思想上，他与辛弃疾一样，坚定地主张北伐，曾给朝廷写过《中兴论》《上孝宗皇帝书》等，表达忧国忧民的心情。他的名作是《水调歌头·送章德茂大卿使虏》：

不见南师久，谩说北群空。当场只手，毕竟还我万夫雄。自笑堂堂汉使，得似洋洋河水，依旧只流东。且复穹庐拜，会向藁街逢。

尧之都，舜之壤，禹之封，于中应有，一个半个耻臣戎。万里腥膻如许，千古英灵安在，磅礴几时通？胡运何须问，赫日自当中！

词中充满了强烈的民族自豪感和爱国热情，在结构上也疏朗刚健，开合大度，风格豪放雄奇，颇有辛词的格局。陈廷焯说开头五句“精警奇肆，几于握拳透爪，可作中兴露布读”（《白雨斋词话·卷一》），确是会心之论。陈词虽然努力模仿学习辛词，但无论是内容还是艺术上都与之有一定的差距。在内容上，陈词比较单调狭窄，而在艺术上，不仅显得议论过多，整体上也显得较为粗糙。

刘过（1154—1206），字改之，号龙洲道人，一生不仕。有《龙洲词》。刘过年龄比陆游、辛弃疾小许多，但因主张抗战，词风相近，所以和他们以及陈亮都有很深的友谊。刘过的《六州歌头·题岳鄂王庙》怀念岳飞、憎恨权奸之情溢于言表：

中兴诸将，谁是万人英。身草莽，人虽死，气填膺。尚如生。年少起河朔，弓两石，剑三尺，定襄汉，开虢洛，洗洞庭。北望帝京。狡兔依然在，良犬先烹。过旧时营垒，荆鄂有遗民。忆故将军。泪如倾。

说当年事，知恨苦，不奉诏，伪耶真。臣有罪，陛下圣，可鉴临。一片心。万古分茅土，终不到，旧奸臣。人世夜，白日照，忽开明。衮佩冕圭百拜，九泉下，荣感君恩。看年年三月，满地野花春。卤簿迎神。

刘过对辛弃疾十分崇拜，在《呈稼轩》诗中说：“书生不愿黄金印，十万提兵去战场。只欲稼轩一题品，春风侠骨死犹香。”作词刻意效法稼轩，如《沁园春》：

斗酒彘肩，风雨渡江，岂不快哉。被香山居士，约林和靖，与东坡老，驾勒吾回。坡谓“西湖，正如西子，浓抹淡妆临镜台”。二公者，皆掉头不顾，只管衔杯。白云“天竺飞来。图画里，峥嵘楼观开。爱东西双涧，纵横水绕，两峰南北，高下云堆”。

逋曰“不然，暗香浮动，争似孤山先探梅。须晴去，访稼轩未晚，且此徘徊”。

此词仿效辛弃疾《沁园春·将止酒戒酒杯使勿近》的对话体，将白居易、林逋和苏轼的诗化入，构思奇特，深得辛词豪迈狂放、幽默活泼的神韵。

刘过一生浪迹江湖，豪纵自许，狂放不羁，他说：“人间世，算谪仙去后，谁是天才？”（《沁园春》）“坐则高谈风月，醉则恣眠芳草。”（《水调歌头·晚春》）但有时也对自己的拙于谋身自悲自惭：“四举无成，十年不调。”（《沁园春·卢蒲江席上时有新第宗室》）“笑书生无用，富贵拙身谋。”（《六州歌头》）但他并不是没有才能，陈亮曾赞许勉励他“才如万乘器”，“会须斫取契丹首，金印牙旗归故乡”（《赠刘改之》）。连年老的陆游也对之另眼相看：“放翁七十病欲死，相逢尚能刮眼看。”（《赠刘改之秀才》）。刘过以文为词，不重音律，造语狂宕，有时不免粗疏。但他的词风格多样，大多数词还是沿袭旧题材，语言风格也委婉缠绵。

第三节　恢复壮志与悲抑之情俱现：陆游与其他爱国词人

一、陆游

陆游（1125—1201），字务观，号放翁，越州山阴人。他父亲是王安石的弟子，本人曾向曾几学诗。陆游一生经历，可用四句话来概括：他首先是一位爱国文人，他的爱国之情，从少年到成年，从中年到老年，经年望岁，日久弥深。他又是一位全才诗人。他的诗作极多，且极有名。他也是一位深情恋人。在这方面，宋代文学人物中，大约只有李清照可以和他媲美。他的情爱经历，虽不如李清照那样如模如范，却比李清照的情爱更加凄美动人。他还是一位志行老人，体现在他的诗文中，更显示出他的才华出众，知识广博，气度不凡。

但排在他人生道路第一位的，还是大诗人。他一生作诗无数，流传到今天的仍有 9300 余首。如此庞大的数字，着实惊人。试想大唐王朝三百年，诗人数百位，传到今天的诗作只有 4 万余首，李、杜、王、白、李五位唐代杰出的诗人，其诗歌总量还不如他一个人的诗多。虽然诗的地位，不单以数量为度，但他一生写出这许多有质量有影响的诗作，确实非同凡响，甚至有些匪夷所思。

陆游曾就学于江西诗派的曾几，但他的诗不受江西诗派的束缚，他诗歌中最感人的内容，是他的爱国复土之作。因为这些内容与他的诗风十分相契，所以不论宋初的西昆体，还是影响相当大的江西诗派，以及后来永嘉四灵，都不能达到他诗歌的水准。在当时，陆游与尤袤、杨万里、范成大并列为中兴诗人，合称尤、杨、范、陆，但尤袤、范成大的诗作显然不及他与杨万里。从后来人即元代以后的评论看，杨万里的诗也同他不处在一个档次。可以这样说，如果从宋代选出三位最杰出的文学人物，那么这三位人物应该是苏东坡，辛稼轩和陆务观。他入选的根据，首先因为他是南宋首屈一指的大诗人。

对陆游的评价，钱钟书先生讲得最为恳切也最具说服力。钱钟书认为，其他诗人包括李白、王维及宋代诗人吕本中、汪藻、杨万里等，他们写从军诗，虽然语气雄壮，讲的却是别人，陆游所书所写，所吟所唱，根本就是他自己，他把自己首先放在从军者的行列之中。钱先生认为：在南北宋之交像韩驹的诗里，也偶然流露过这种“修我戈矛，与子同仇”“谁知我亦轻生者”的气魄和心情，可是从没有人像陆游那样把它发挥得淋漓酣畅。这也正是杜甫缺少的境界，所以说陆游“与拜鹃心事实同”还不算很确切，还没有认识到他别开生面的地方。爱国情绪饱和在陆游的整个生命里，洋溢在他的全部作品里；他看到一幅马画，碰到几朵鲜花，听了一声雁唳，喝几杯酒，写几行草书，都会惹起报国仇、雪国耻的心事，血液沸腾起来，而且这股热潮冲出了他的白天清醒生活的边界，还泛滥到他的梦境里去。这也是在旁人的诗集里找不到的。

诗、词之外，他的文章也很有名，其中尤以《入蜀记》和《老学庵笔记》价值为高，只是因为他诗名太大，这两种奇书的意义反而有些被人忽视了。陆游词的主调是爱国的、豪放的，这主调在他的词中，比比皆是。他送朋友，马上联想到报国之心；他赏景色，又马上联想到报国之业。报国是他一生之志，此心此愿来了，他是一刻也不能安心。

陆游的词作内容丰富，而他的词风，也不限于豪放一格。他是一个艺术才能全面的词家。正像他的诗，能写黄钟大吕式的爱国报国之作，也能写充满情趣与智慧的生活之作，所谓“山穷水复疑无路，柳暗花明又一村”。

陆游词风超迈，词艺多能。以内容论，则有爱情词、闲适词、咏物词和报国词。先说爱情词。陆游的那一首《钗头凤》，堪称千古情爱之绝唱。其风韵情调，岂止秦观、贺方回等，全然可以与李清照的爱情词颉颃上下，相映生辉：

红酥手，黄藤酒。满城春色宫墙柳。东风恶，欢情薄。一怀愁绪，几年离索。错！错！错。春如旧。人空瘦。泪痕红浥鲛绡透。桃花落，闲池阁。山盟虽在，锦书难托。莫！莫！莫！

词到此境，毋庸多言。有情人一见，自有灵犀一点通。再说他的闲适词。放翁享年久，又长时间做“冷官”，遭冷遇，甚至赋闲在家，所以他有时间，也有条件作闲适词。但他的闲适，并非朱敦儒式的闲适，也不是林逋式的闲适，而只是陆游式的闲适，即表面闲适，那如火的丹心，在山林景色背后依然跳跃。他有《好事近》十二首，其中多数背景确在林道山野之间。请读其中的第四首：

岁晚喜东归，扫尽市朝陈迹。拣得乱山环处，钓一潭澄碧。

卖鱼沽酒醉还醒，心事付横笛。家在万重云外，有沙鸥相识。

虽说山情水意，犹有心事在怀。唯第七首，似不着痕迹。到第十首，又不同了，看来只是咏手中藤杖，但那风韵与众独别。

秋晓上莲峰，高蹑倚天青壁。谁与放翁为伴？有天坛轻策。

铿然忽变赤龙飞，雷雨四山黑。谈笑做成丰岁，笑禅龛楖栗。

但在山水之间，藤杖忽然化龙飞去，竟自促成丰收之年。这样的闲适词岂是真的隐士做得来的？实在，它只有闲适景，已没了闲适意。再就是咏物词。陆游咏物词中，最具影响力的是那一首《卜算子·咏梅》。

驿外断桥边，寂寞开无主。已是黄昏独自愁，更著风和雨。

无意苦争春，一任群芳妒。零落成泥碾作尘，只有香如故。

自然，它没有"待到山花烂漫时，她在丛中笑"那样的胸襟，它不大可能有那样的胸襟。词人写这词时，是一位屡遭打击的爱国诗人。虽然屡遭打击，他就是痴心不改。所以才说"零落成泥碾作尘，只有香如故"。这意境也不是别的词人可以取代的，甚至不是寻常人等，如帝王将相、江湖侠士、文豪士师可以做到的。它固然是由极精美的文字写出，那内涵表现的却是"三军可以夺帅，匹夫不可夺志"。

陆游词中最有影响的显然还是那些爱国咏志的词章，如《汉宫春·羽箭雕弓》《夜游宫·雪晓清笳乱起》《鹊桥仙·茅檐人静》《诉衷情·当年万里觅封侯》《鹧鸪天·家住苍烟落照间》等，这些词久为人知，加上胡林翼先生的《宋词选》的推荐，传播更为广泛，这里引他一首《诉衷情》：

当年万里觅封侯，匹马戍梁州。关山梦断何处，尘暗旧貂裘。

胡未灭，鬓先秋，泪空流。此生谁料，心在天山，身老沧州。

二、范成大

范成大（1126—1193），字致能，号石湖居士，吴郡人，今属江苏省苏州市。他是一位很有才能的官吏。为官一生，同情农民疾苦。1170年，出使金邦，全节而回，不仅为宋王朝争了光，而且得到了金主的尊重，称其为两朝官员的榜样，说"可激励两朝臣子"。他为官正直，不避艰危。1171年，宋孝宗打算任命外戚张说做签书枢密院事。事极不当，但无人敢言。他坚持己见，拒不起草有关文件，得到内外人士的敬重。

范成大出身书香官宦家庭。父亲颇有文名，母亲尤有教养，其母是大书法家蔡襄的女儿，文彦博的外孙女。可说出身高贵，家学深厚。范成大亦是个神童。12岁时，已经遍读经史，14岁，能作诗。虽然父母亡故较早，但他们对他的影响是深刻的，愈久而弥深。1154年，29岁范成大考取进士。以后三十年为官，中间小有挫折，基本是顺利的，而且于民于史皆有官声。

范成大的文学成就，以诗歌为首，他与尤袤、杨万里、陆游齐名，史称尤、杨、范、陆。范成大读书多，精儒学，通佛学，在好用释氏语这一点上，与江西诗派有相似之处。他的诗既好用典，又擅长用典，用典没有累赘难读或夸耀学识之嫌，而且能恰到好处，以此受到专门研究者的肯定。他的诗内容丰富，写景之外，也有抒情之作，有关乎军国大事的，也有田园风格的。

范成大的词作亦别有特点，他的独特之处在于，他既不可简单地归入豪放派，又不能简单地归入婉约派，非豪非婉，另成一格。他也有婉约之作，但显然与传统婉约词作有别，他也有激越之作，又与狭义上的豪放词风有异。他绝不效仿他人，而是自出机杼，别具风采。他词的影响或许不是很大，但如果遗漏了他，就显得词史有缺，而且他大约是南宋之后最末一位高官词人。自他之后，宋词开始淡出殿堂，进入江湖。以晏殊、王安石、李纲和他为代表的宋代高官词人，是一个很有趣的文化现象。比较这些人物的词作与人生经历，也是一件有意义的事。

这里引他三首词。一首是他本人特别得意的《南柯子》。这词的妙处，在于以共时性方式写一对分别的情侣，上片写男子的思念与忧烦，下片写女子的忧心与无边思绪，一呼一应，很是好看。但大体说来，这词借鉴民间词创作方式，确有些新意，放在晏、欧时代，价值自在，此时此地，多少有些未能触到时代的神经中枢。

> 怅望梅花驿，凝情杜若洲。香云低处有高楼，可惜高楼不近木兰舟。
>
> 缄素双鱼远，题红片叶秋。欲凭江水寄离愁，江已东流哪肯再西流。

一首是他的《朝中措》，写他的归隐之思，写得真切。其中“芳意不如水远，归心欲与云平”，尤其为词评家所欣赏，其风格不在豪、婉二家门墙之内，别成一种风流。

> 长年心事寄林扃，尘鬓已星星。芳意不如水远，归心欲与云平。
>
> 留连一醉，花残日永，雨后山明。从此量船载酒，莫教闲却春情。

范成大另有情怀激越的作品，但其风格依然不似辛、陆、陈、刘一派，在某些地方，与王安石、苏东坡的词作倒有些相似之处。

第四节 清雅密丽：姜夔、吴文英以及其他格律派词人

在南宋众多的婉约词人之中，姜夔与吴文英应该算是双峰并峙的。姜夔承周邦彦词的程式衣钵，将驰骤作疏宕，化清刚入雄健，变裱丽为淡远，把国事之忧、身世之感、情思之困与物华之美融为一体，营造出一种“古雅峭拔”，如“野云孤飞，去留无迹”般的“清空”词境，对宋末元初的词风以及清代的浙派词人都产生了很大的影响。

一、姜夔

姜夔（1154—1221），字尧章，鄱阳（今江西波阳）人。寓居吴兴（今浙江湖州市）时，因所居地邻白石洞天，遂号白石道人，后世多称姜白石。姜夔工诗善词，精于音律，兼善书法，著有《白石词》。

姜夔早岁孤贫，幼年、童年是在鄱阳老家度过的，少年时代随父亲在汉阳度过。父亲死时，姜夔方14岁左右，后曾依嫁在汉川的姐姐生活。淳熙三年（1176）冬，姜夔曾沿江东游，历楚州，西游濠梁，东至扬州，创作了著名的《扬州慢》。

22岁至31岁的10年间，姜夔行踪不详，但从其词中可以看出他在这一时期曾游合肥及江淮间的其他地方。姜夔在约31岁时在湖南结识了著名诗人萧德藻。姜夔的前期生活很不安定，其足迹遍及湖南、湖北、江西、安徽、江苏、浙江一带，对他的创作产生了许多积极影响，如《扬州慢·淮左名都》《一萼红·古城阴》《霓裳中序第一·亭皋正望极》《湘月·五湖旧约》《清波引·冷云迷浦》《八归·芳莲坠粉》《翠楼吟·月冷龙沙》等词都是作于这一时期。

自淳熙十四年（1187）之后，可以算作姜夔生平创作的后期，此时他的生活相对比较安定，基本上在江浙皖一带活动，而以湖州、杭州为中心。但是，词人一生与仕途无缘，虽屡入试帏，都以落第告终。姜夔主要靠亲友资助生活，长住杭州，游历过长江中下游的许多地区。他与当时的著名文人多有交往，如杨万里、范成大、辛弃疾、尤袤等。姜夔一生多数时期寄人篱下，过着清客式的生活，死时以致贫不能葬。

姜夔词的内容主要以流连风景、咏物赠答、慨叹身世、歌咏恋情为主，也有一些是写时世之慨、身世之悲的。在家国之悲方面，早期作品《扬州

慢》是其代表作：

淮左名都，竹西佳处，解鞍少驻初程。过春风十里，尽荠麦青青。自胡马窥江去后，废池乔木，犹厌言兵。渐黄昏，清角吹寒，都在空城。

杜郎俊赏，算而今重到须惊。纵豆蔻词工，青楼梦好，难赋深情。二十四桥仍在，波心荡，冷月无声。念桥边红药，年年知为谁生？

词前的小序说："淳熙丙申至日，予过维扬。夜雪初霁，荠麦弥望。入其城，则四顾萧条，寒水自碧，暮色渐起，戍角悲吟。予怀怆然，感慨今昔，因自度此曲。千岩老人以为有《黍离》之悲也。"此时作者约22岁，从汉阳沿江东下，经过扬州，亲眼目睹了这一淮左名城遭兵火后的残破景象，写下此词。上片用白描手法，直赋扬州遭兵燹后的萧条残破，下片用杜牧在扬州活动的情事典故做对比，反衬今日的《黍离》之悲，对比鲜明，有力地加强了主题的表达。词作将写景、抒情、议论与记叙融为一体，描绘了金人破坏后的扬州一片空荡萧条的景象，尤其是"废池乔木""清角吹寒"以及"犹厌言兵"数句，更表现了作者对金人侵扰江淮的痛恨和造成土地残破、人民流亡景象深沉的忧伤。此词不仅有鲜明的抒情形象，更重要的是营造了清幽的意境，尤其是下片，确实有"深情""难赋"之致。全词风格清婉，音节朗畅，是白石词代表作之一。

《八归·湘中送胡德华》也是写于早期的忧国伤时之作：

芳莲坠粉，疏桐吹绿，庭院暗雨乍歇。无端抱影销魂处，还见筱墙萤暗，藓阶蛩切。送客重寻西去路，问水面，琵琶谁拨？最可惜，一片江山，总付与啼鴂。

长恨相从未款，而今何事，又对西风离别？渚寒烟淡，棹移人远，缥缈行舟如叶。想文君望久，倚竹愁生步罗袜。归来后，翠尊双饮，下了珠帘，玲珑闲看月。

上片在伤别中渐及伤时，"最可惜、一片江山，总付与啼鴂"，感慨忧伤之深广，可为一时之冠。此词的立意与《诗经·豳风·东山》末章有近似之处，全词从不同的角度入手，以白描手法写景抒情，情景相容，笔力浑然流转，一气到底，将友情抒写得酣畅淋漓。后来陆续还有此类作品。

而《霓裳中序第一》则更真实地表现了他的乡国之愁、身世之悲和飘零之感：

亭皋正望极，乱落红莲归未得。多病却无气力，况纨扇渐疏，罗衣初索。流光过隙，叹杏梁，双燕如客。人何在？一帘淡月，仿佛照颜色。

幽寂，乱蛩吟壁，动庾信，清愁似织。沉思年少浪迹，笛里关山，柳下坊陌。坠红无信息，漫暗水涓涓溜碧。飘零久，而今何意，醉卧酒垆侧！

词人将多重愁绪糅合在一起，真实地表现了他的情感世界。姜夔词中的爱情篇章主要是怀念所谓“合肥情人”的。姜夔约在淳熙三年到合肥，结识了一位勾栏中的女子，往来约10年。姜夔先后为之赋词十八九首之多。例如：

燕燕轻盈，莺莺娇软。分明又向华胥见。夜长争得薄情知？春初早被相思染。

别后书辞，别时针线。离魂暗逐郎行远。淮南皓月冷千山，冥冥归去无人管。

（《踏莎行》）

姜夔词对后世的影响主要表现在其独特的艺术成就上。前人对姜夔词的艺术特点多有论述，如“词极精妙，不减清真，其高处有美成所不能及者”（黄昇《中兴以来绝妙词选》），“白石词幽韵冷香，令人挹之不尽”（刘熙载《艺概·词曲概》），“白石词以清虚为体，而时有阴冷处，格调最高”（陈廷焯《白雨斋词话》卷二），词要清空，不要质实；清空则古雅峭拔，质实则凝涩晦昧。总的看来，姜夔的词表现出了一种清雅的风格，说其词境“清空”应该说还是得其神理的。

姜夔词吸收了婉约派词的深微细腻的表现方法，还从晚唐与江西诗派的清丽而富有哲思的诗风中受到启发，从而创造出清丽幽深的意境，表现出一种清雅之美，十分善于运用暗喻、联想等艺术手法，将景物与心境融通起来，极好地营造了“清空”的意境，如《疏影》：

苔枝缀玉，有翠禽小小，枝上同宿。客里相逢，篱角黄昏，无言自倚修竹。昭君不惯胡沙远，但暗忆江南江北。想佩环月夜归来，化作此花幽独。

犹记深宫旧事，那人正睡里，飞近蛾绿。莫似春风，不管盈盈，早与安排金屋。还教一片随波去，又却怨玉龙哀曲。等恁时重觅幽香，已入小窗横幅。

该词从正面写梅花。上片写梅花姿态、神韵和情怀。词中暗用“昭君”故事，寄寓了故国之思，设想奇妙。清人蒋敦复说：“虽小小咏物，亦贵得风人之旨。……白石《石湖咏梅》，暗指南北议和事，……寓其家国无穷之感，非区区赋物而已。”（《芬陀利室词话》卷三）下片咏梅花的身世，由花落而起惜花、护花之想，想做金屋贮藏梅花，并由此想到，如果春风又吹落一片梅花，随波而去，又该怨笛子吹出的《梅花落》太哀伤了。尽管如此，还是水流花谢，幽香难觅，徒剩下窗内画幅上梅花的影子了。这里既有惜花之念，护花之想，也可能还寄寓着家国之思，沧丧之痛。全词形象鲜明饱满，由花落而及惜花护花，运思深微妙绝。语言可谓玲珑剔透，意象含蓄而又鲜明，寄托遥深而又清淡。在这方面更突出的是《暗香》：

旧时月色，算几番照我，梅边吹笛。唤起玉人，不管清寒与攀摘。何逊而今渐老，都忘却春风词笔。但怪得竹外疏花，香冷入瑶席。

江国，正寂寂。叹寄与路遥，夜雪初积。翠尊易泣，红萼无言耿相忆。长记曾携手处，千树压西湖寒碧。又片片吹尽也，几时见得。

这首《暗香》与上篇《疏影》均为应范成大之邀而作。词咏梅花，但在咏物中寄托着对“玉人”的相思之情。上片先是回忆了旧时与“玉人”月下赏梅摘花的闲雅情致，但“何逊”四句笔锋陡转，写自己眼下年岁渐老，已无以前的兴致，致使梅花零落。在与前文强烈的对比中凸显出迟暮之感。下片承上而来，写江国寂寂，路遥雪积。自己对酒而泣，对花无言，与开篇相呼应。在物是人非的空虚寂寞中表现出对“玉人”的深切思念。该词处处写梅，处处关人，咏物与寄托自然融合，不黏不滞而又不即不离，情景在变幻中促生交融，意境朦胧而空灵，有玉壶冰心之情致，充分表现了姜夔词在营造意境方面的特征。

姜夔词在艺术风格上也有其多样性，如他在用字炼句方面十分讲究，像“无奈苕溪月，又唤我扁舟东下”（《探春慢 · 衰草愁烟》），“数峰清苦，商略黄昏雨”（《点绛唇 · 燕雁无心》）等，不仅都具有清丽幽婉、挺拔俊洁的特点，并且还有着诗的韵致。

在词的结构上，姜夔词可谓灵动不居，尤其在词上下阕的接合部使得情景交融，在承上启下中将词的意境提升到新的层次。在音律方面，姜夔词多用拗句、拗调，易于营造清峻挺拔的词境。姜夔词极富音乐美，在其词集中，有17首自注工尺谱。他善于修改旧曲，自度新曲，都以音律和谐为原则。其自度曲中如《扬州慢》《暗香》《疏影》《长亭怨慢》等，今天读来仍觉音律和谐，句式张弛有度，舒卷自如。

二、吴文英

吴文英（约1200—约1260），字君特，号梦窗，晚号觉翁，四明（今浙江宁波）人。一生未第，游幕终生，于苏州、杭州、越州三地居留最久。吴文英于词学颇有心得，其“词法”部分由沈义父《乐府指迷》保存下来，如“论词四标准”“音律欲其协，不协则成长短之诗；下字欲其雅，不雅则近缠令之体；用字不可太露，露则直突无深长之味；发意不可太高，高则狂怪而失柔婉之意。”

梦窗词的渊源来自周邦彦，如沈义父《乐府指迷》说：“梦窗深得清真之妙。”周缦云说：“梦窗实本清真。”（《绿棵花龛词序引》）其词作内容与周邦彦为近，多表现落魄失意的心绪，抒发缠绵缱绻的情怀，时事的感慨被迷离的情绪所隐匿。陈锐说：“梦窗变美成之面貌，而炼响于实。”（《褒碧斋词话》）

总之，梦窗词脱胎于周邦彦，进而形成超逸沉博、浓艳密丽的风格特色，其独特审美价值正体现于此。

前人论梦窗词，多批评其晦涩难懂，如沈义父《乐府指迷》说：“其失在用事下语太晦处，人不可晓。”王国维《人间词话》说：“梦窗诸家写景之病，皆在一‘隔’字。”其实，梦窗词有其独特的情绪体验和表现方式。如《风入松》：

听风听雨过清明。愁草瘗花铭。楼前绿暗分携路，一丝柳、一寸柔情。料峭春寒中酒，交加晓梦啼莺。

西园日日扫林亭。依旧赏新晴。黄蜂频扑秋千索，有当时、纤手香凝。惆怅双鸳不到，幽阶一夜苔生。

这是一首怀念亡姬的作品。词中境界亦真亦幻，实景与梦景交替出现。乍读之，有“映梦窗，零乱碧”（王国维《人间词话》引梦窗词句）之感，深悟方理解是作者痴迷的忆恋而产生的幻觉。

梦窗词的章法结构也十分独特，叶嘉莹说“他的叙述往往使时间与空间为交错之杂糅”（《迦陵论词丛稿·拆碎七宝楼台》）。这种叙述方式与亦真亦幻的内容相适应。如其长达240字的自度曲《莺啼序》，即将过去的回忆、现在正在进行的事情、未来的设想相互渗透，又将空间不同的景物杂糅描写，再将写景、叙事和心理活动交织一起，于是便给人造成情景错综叠映、意境扑朔迷离的感觉。

三、张炎

张炎（1248—1319），字叔夏，号玉田，一号乐笑翁，先世凤翔人，世居临安（今浙江杭州）。南宋初大将张俊六世孙。宋亡，家产籍没。此后流落漫游。曾与王沂孙、唐珏、周密等人唱和。以《南浦·春水》一词，人呼为“张春水”；又以《解连环·孤雁》一词被呼为“张孤雁”。张炎少得声律之学于杨缵等人。精通音律，于词学颇有心得，著《词源》二卷。其论词极推姜夔的“清空”“骚雅”，作词也颇有白石风致。有《山中白云词》。仇远认为他的词“意度超玄，律吕协洽，不仅可写音檀口，亦可被歌管，荐清庙。方之古人，当与白石老仙相鼓吹”（《玉田词题辞》）。因而与姜夔并称为“姜张”。其《南浦·春水》如下：

波暖绿粼粼，燕飞来，好是苏堤才晓。鱼没浪痕圆，流红去，翻笑东风难扫。荒桥断浦，柳阴撑出扁舟小。回首池塘青欲遍，绝似梦中芳草。

和云流出空山，甚年年净洗，花香不了。新绿乍生时，孤村路，犹忆那回曾到。余情渺渺，茂林觞咏如今悄。前度刘郎归去后，溪上碧桃知多少。

这首词作于宋亡之前，写景优美，用笔细腻，“有周清真雅丽之思”（舒岳祥《赠玉田序》）。南宋亡国后，张炎词风也随之变为凄凉悲苦。如其《解连环·孤雁》：

楚江空晚，怅离群万里，恍然惊散。自顾影、欲下寒塘，正沙净草枯，水平天远。写不成书，只寄得，相思一点。料因循误了，残毡拥雪，故人心眼。

谁怜旅愁荏苒？谩长门夜悄，锦筝弹怨。想伴侣，犹宿芦花，也曾念春前，去程应转。暮雨相呼，怕蓦地，玉关重见。未羞他双燕归来，画帘半卷。

这首给他带来又一个雅号“张孤雁”的词，写尽孤雁的飘零和凄凉，其实正是词人当时处境的写照。

参考文献

[1][英]卜道成.外国人眼中的中国人：朱熹[M].张晓霞，张洪，译.北京：东方出版社，2014.

[2]蔡燕.唐诗宋词艺术与文化审视[M].昆明：云南大学出版社，2006.

[3]查庆，雷晓鹏.宋代道教审美文化研究[M].成都：四川大学出版社，2012.

[4]陈新璋.唐诗宋词概说[M].广州：广东人民出版社，1997.

[5]丹彤.国学常识[M].南京：江苏凤凰科学技术出版社，2016.

[6]单芳.南宋辛派词人研究[M].成都：巴蜀书社，2009.

[7]邓乔彬.唐宋词艺术发展史[M].北京：中华书局，2010.

[8]杜若鸿.柳永及其词之论衡[M].杭州：浙江大学出版社，2004.

[9]葛晓音.唐诗宋词十五讲[M].2版.北京：北京大学出版社，2013.

[10]郭英德，等.中国古代文学史[M].北京：中国人民大学出版社，2011.

[11]黄拔荆.中国词史[M].福州：福建人民出版社，2003.

[12]蒋孔阳.蒋孔阳全集：5卷[M]合肥：安徽教育出版社，2005.

[13]冷成金.唐诗宋词研究[M].北京：中国人民大学出版社，2005.

[14]刘乃昌.两宋文化与诗词发展论略[M].济南：山东大学出版社，2009.

[15]刘扬忠.唐宋词流派史[M].2版.北京：中国社会科学出版社，2007.

[16]刘扬忠.晏殊词新释辑评[M].北京：中国书店出版社，2003.

[17]罗立刚.唐宋文学导读[M].桂林：广西师范大学出版社，2007.

[18]罗宗强.唐诗小史[M].天津：百花文艺出版社，2007.

[19]莫砺锋.唐诗与宋词[M].南京：南京大学出版社，2016.

[20]钱鸿瑛.周邦彦研究[M].广州：广东人民出版社，1990.

[21] 史仲文 . 唐宋诗词史 [M]. 北京：中国社会出版社，2011.

[22] 王兆鹏 . 唐宋词史论 [M]. 北京：人民文学出版社，2000.

[23] 王仲闻 . 李清照集校注 [M]. 北京：人民文学出版社，1979.

[24][英] 韦尔斯 . 世界史纲——生物和人类的简明史 [M]. 吴文藻，等译 . 北京：人民出版社，1982.

[25] 闻一多 . 唐诗杂论 · 孟浩然 [M].1 版 . 上海：上海古籍出版社，1956.

[26] 吴庚舜，董乃斌 . 唐代文学史 [M]. 北京：人民文学出版社，2006.

[27] 吴熊和 . 唐宋词通论 [M]. 杭州：浙江古籍出版社，1989.

[28] 夏承焘 . 唐宋词论丛 [M]. 上海：古典文学出版社，1956.

[29] 夏敬观 . 东山词补 [M]. 上海：上海古籍出版社，1986.

[30] 熊礼汇 . 隋唐五代文学史 [M]. 武汉：武汉大学出版社，2009.

[31] 许总 . 唐宋诗体派论 [M]. 南昌：江西人民出版社，2008.

[32] 薛砺若 . 宋词通论 [M]. 北京：中国三峡出版社，2010.

[33] 杨柏岭 . 唐宋词审美文化阐释 [M]. 合肥：黄山书社，2007.

[34] 余恕诚 . 唐诗风貌 [M]. 修订版 . 北京：中华书局，2010.

[35] 袁行霈 . 中国文学史：3 卷 [M]. 2 版 . 北京：高等教育出版社，2005.

[36] 张涤云 . 中国诗歌通论 [M]. 杭州：浙江大学出版社，2006.

[37] 张仲谋 . 宋词欣赏教程 [M]. 修订版 . 南京：南京大学出版社，2015.

[38] 赵义山，李修生 . 中国分体文学史：诗歌卷 [M]. 3 版 . 上海：上海古籍出版社，2014.

[39] 朱志荣，王怀义 . 蒋孔阳评传 [M]. 上海：上海远东出版社，2012.

[40] 李庄临，毛永国 . 岳飞《满江红》新证 [J]. 南开学报（社科版），1986（6）.

[41] 许金榜 . 婉约派之宗主——李清照在词史上的地位 [J]. 山东师范大学学报（社会科学版），1992（1）.